U0943427

创业砥砺人生　奋斗赢取未来

——江苏省委常委、南京市委书记　杨卫泽

创者赢

徐　宁●主编

江苏文艺出版社
JIANGSU LITERATURE AND ART
PUBLISHING HOUSE

目　录

PART Ⅰ

PART Ⅱ

名家寄语创业　叶兆言 & 刘醒龙

PART Ⅲ

名家寄语创业　范小青 & 黄蓓佳

PART Ⅳ

名家寄语创业　周梅森 & 储福金

一个工科男的“小宇宙”

中国的月亮

带上梦想奔跑

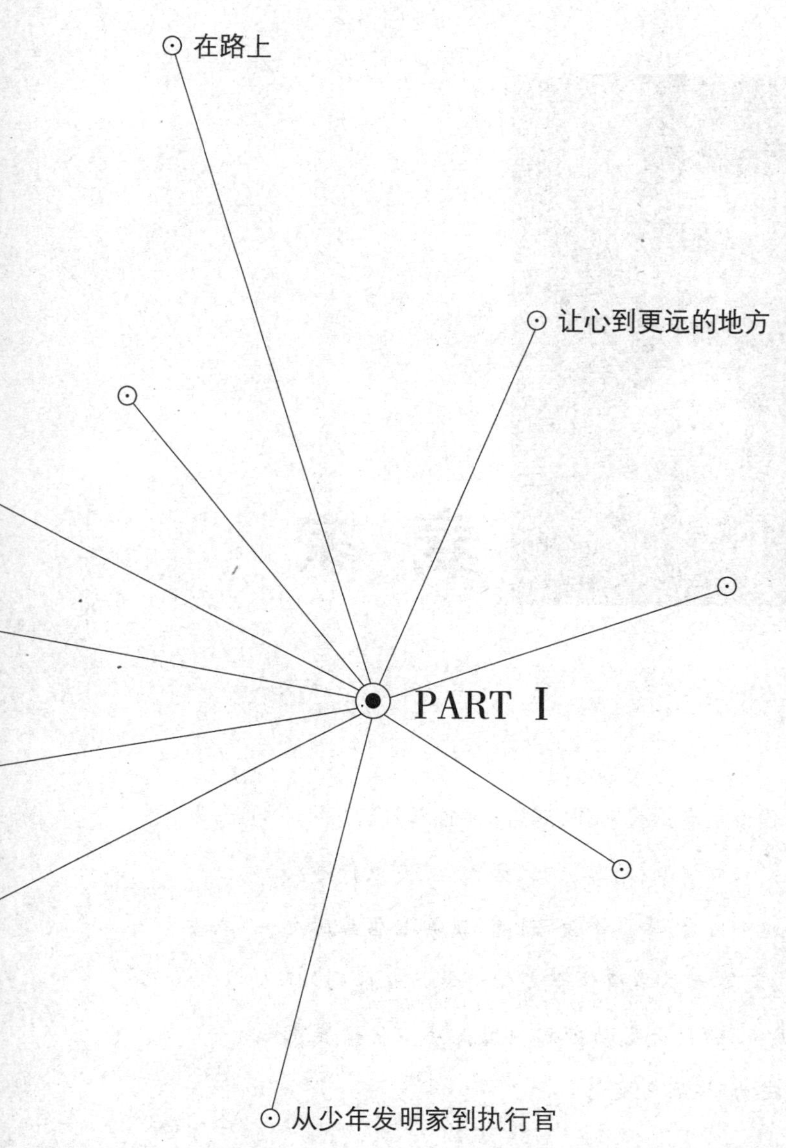
在路上
让心到更远的地方
PART Ⅰ
从少年发明家到执行官

麦 家

MAI JIA

浙江省作协主席。代表作《解密》、《暗算》、《风声》、《风语》、《刀尖》，电视剧《暗算》、《风语》、《刀尖上行走》，电影《风声》、《听风者》等。小说《暗算》获第七届茅盾文学奖，《风声》获第六届华语传媒文学大奖。电视剧《暗算》、电影《风声》的巨大成功掀起中国大陆当代谍战影视狂潮。被誉为“谍战之父”。

一个成功者都是作了大量的牺牲、让步和妥协的。你对自己的个性在妥协，对自己的欲望在妥协，你不能什么东西都由着自己。一个人进入享乐状态，享受人生很容易，创造、付出、牺牲才是难的。因为难，我们要学会约束，把有限的精力孤注一掷。我想一个人一辈子，只能做好一件事。

苏 童

SU TONG

江苏省作协副主席。代表作《妻妾成群》、《离婚指南》、《米》、《罂粟之家》、《红粉》等。多部作品被改编成电影并获国际大奖。其中《妻妾成群》被张艺谋改编成电影《大红灯笼高高挂》，获奥斯卡金像奖提名，蜚声海内外。

曾获第五届鲁迅文学奖、第二届郁达夫奖、华语传媒文学大奖“年度杰出作家奖”、国际布克奖提名等多种文学奖。2009年，苏童以《河岸》获得“英仕曼亚洲文学奖”。

不管是创业，还是像我这样写字的，其实说到底，都是“贩卖”创意与想象力的人。我们的作品，平台不同、形式不同，某种程度上，都是想象力和梦想的一个“膨胀体”。

中国的月亮

文/傅宁军

一

智商和情商哪个更重要？这个问题当然是很有意思的，该问一个初出茅庐的青涩学子，还是问一个功成名就的企业大亨？

不巧的是，偏偏就问到了逯利军。

逯利军何许人也？中组部“千人计划”特聘专家及评审专家、江苏省“双创”计划创业型领军人才，江苏省首批“产业教授”、南京“科技创业家”、“紫金科技创业新锐人物”。其主创的赛特斯信息科技股份有限公司，为国家级高新技术企业。能证明他的头衔还有一大堆。

那天正是深秋的下午，东南大学礼堂座无虚席，大屏幕上“拥抱梦想”的字样激动人心，“全国知名作家 VS 南京创新创业人才”电视节目实录就此开场。主持人报出第一轮辩题：智商和情商哪个更重要？一下吊起了观众的胃口。一方是麦家，写谍战小说获“茅盾文学奖”的著名作家；一方是逯利军，“海归”的高科技公司当家人。

真佩服主办方的大胆设想，这样跨行业的“混搭”够绝的。我对作家如何表达心里有底，且看逯利军如何接招吧。果然，我看到了戏剧性的一幕：作家很自信地直言，智商绝对能“平地拔楼”。逯利军则说，情商对成功“至关重要”；作家自信地强调，不管做企业还是写小说，肯定智商是最重要的。逯利军微笑着倾听，谦和地述说，没有“唇枪舌剑”地争辩。

就在刚才，我跟逯利军有过一面之交。

一小时前，我和作家朋友一起，来到徐庄科技园采风，赛特斯的研发总部是此行的重点参观点。在宽阔的接待大厅里，手持扩音喇叭的副总经理，简明扼要地介绍了赛特斯的辉煌业绩，然后带着我们上楼参观一排排电脑的工作间，最后来到走廊顶头的总裁办公室。透过落地玻璃窗，对面就是连绵起伏的紫金山，众人皆叹，真是紫气东来啊。

当数十人潮水般地鱼贯退出，我东张西望，目光落在了人群的最后头。我身后还有一个人优哉游哉，似乎是一个旁观者。哎，怎么好像面熟啊？我突然想起了，在总裁办公室书柜上摆放的照片，那张令人印象深刻的方脸庞，就轻轻问了一句：您是逯总吧？他客气地点点头。和他交换了名片，随便聊了几句，我就赶紧继续参观行程了。

想到这个细节，我坐在台下暗自莞尔。在逯利军挂帅的“科技王国”，他都能置身度外，这是什么样的智商？当我们听得似懂非懂，向他的副总问这问那的时候，他已经闪在一旁，看了个一清二楚。因此，让逯利军回答与智商有关的问题，我能看出他嘴角滑过的些许狡黠。与锋芒毕露的作家相比，他更像剑客对阵，宁可后退一步，却有大智若愚的稳当。

二

不按常理出牌，这是我对逯利军的第一印象。当我重访赛特斯，寻找一个真实的逯利军的时候，我发现，逯利军的智商之高，让我这个报告文学作家大为沮丧。从国内求学到海外留学，全都是一份份令人羡慕的优异成绩单，太缺乏一波三折的人生经历了。他在邢台一中念高中时，参加全国奥林匹克化学竞赛，就拿到河北省第一名，拥有了保送北京高校的名额。

这等天上掉馅饼的好事，居然被逯利军拒绝了。他把目光投向了中国最著名的学府清华大学。最终，他放弃保送资格，参加全国统考，考上了清华大学自动化专业。更叫人惊叹的是，他的学习张弛有度，从来不让父母操心，也从来没有请过家教，这样的"学霸"还真少见！

再看逯利军此后的简历：清华本科毕业，北大硕士毕业，留校一年后赴美留学。他原本已经取得了硕博连读的资格，可他读完美国弗吉尼亚大学电子工程硕士学位，却放弃继续留在校园读博，进入了全球闻名的美国休斯卫星公司工作。我想知道，在大洋彼岸的美国名校求学，到美国最著名的大公司求职，逯利军有没有端盘子打工或在各种逆境中备受煎熬过？

没有。逯利军和熟悉他的人都告诉我，逯利军赴美留学前，向四所美国名校发过申请，被这四所学校同时录取，而且都提供奖学金。也就是说，逯利军是靠全额奖学金完成学业的，与我印象中生活清苦四处挣钱的留学生不同。况且，他在美国休斯卫星公司很快崭露头角，担任了技术经理。同时，他仍瞄准高技术前沿，在网络安全领域有了重大突破。

到2000年，在许多人眼中，32岁的逯利军已是实现“留学梦”的典范。他和在美国留学后工作的妻子购买了自己的房子，有了高级轿车，还添了两个聪明伶俐的孩子。更主要的是，在美国休斯卫星公司任职5年，收入足以迈入美国中产阶层，一到假期，他们全家去旅游胜地滑雪，富足而安逸。

然而，逯利军心里仍有一个“创业梦”——以他在美国申请的网络技术专利为依据，开办自己的公司。家人未免担心，离开这个全球最大的以卫星为主的无线通信商，不只放弃了高收入，还要承担风险，而且公司的初期盈利是不能发工资的。

逯利军说，我在美国的这家大公司做，主要是集成电子芯片设计，后来在管理岗位带一些人，做到高级经理。但实际上，我们在美国公司做，还是隔着一块天花板，或者说透明的天花板。尽管你能力很强，或者技术很强，未必就提拔你，看似过得不错，其实很难有突破了。

是安逸下去，还是闯荡一番？逯利军果断地选择了后者。跳出“透明天花板”的自信心，来自于超前的核心技术，加上敏锐的市场判断。逯利军创立了两家IT领域的高科技公司，先后争取到美国国家自然科学基金、马里兰州企业发展基金在内的数千万美元资金。到2006年，其中一家公司融资1000万美元，以8500万美元的价格卖出，盈利相当于6亿多人民币。作为公司创始人的逯利军是主要股东，一下子成了亿万富翁。

三

挣到“第一桶金”，逯利军又看准了下一代互联网。

起名为赛特斯的这一家高科技公司，就是逯利军和合作者以及风投公司共同投资的。赛特斯，拉丁语的音译，意思是“保障”，言简意赅地表达了公司的主攻方向，要当网络领域的“保护神”。

2007 年初的逯利军踌躇满志，主攻网络免疫的新技术。客观地说，美国政府是有前瞻性的，第一代互联网还在运行，已经有 100 多家大学和科研机构，要研究下一代互联网的关键技术了。

2007 年底，原本前景看好的赛特斯，突然感到前所未有的寒意。不只客户锐减，许多公司在裁员，美国经济形势也日落千丈。怎么办？公司还能维持吗？美国合伙人对逯利军建言，赶紧把公司关掉吧，不然损失更大。可是，逯利军对这家公司投入了很多心血，投入了占一半的资金，眼看全都要打水漂了，他心有不甘，苦苦思索着公司摆脱困境的出路。

是啊，关门最简单，然而逯利军绝不肯轻言放弃。他比其他人看得更远，关门不仅意味着损失，更意味着服输，甚至可能就此一蹶不振。他平时不喜欢高谈阔论，骨子里却流动着不服输的热血。

2008 年初，当经济危机开始席卷美国的时候，逯利军提出了一个大胆的想法，不是关门，而是到中国去发展！

之所以说大胆，在于逯利军的选择，带有极大的未知因素。固然，当时的中国并没有受到金融危机的影响，对海外投资者表示欢迎。然而,从 1995 年到美国留学,逯利军在美国生活了 13 年,他的思维方式和行为举止难免打上了西方的烙印,能适应中国的环境与市场吗?

当时逯利军考虑的,不是细枝末节,而是大的方向。美国的合伙人没到过中国,以为中国人还是穿毛式服装,举止极为古板,根本接受不了互联网。逯利军一直关注着中国经济运行,他了解到中国正大力推广三网融合,可能给公司带来机遇。在讨论公司去向的股东会上,逯利军据理力争,终于说服了风投方,几个公司合伙人同意,把赛特斯公司转移到中国。

逯利军一天也不愿等,立马开始考察投资地点。显然,在中国的投资地点事关将来的成功或者失败,马虎不得。

仅仅一个月后,逯利军就拍板,确定了一个在美国看来很遥远的城市:中国江苏省的省会南京。

说来就来。逯利军和公司副总经理钱培专,还有公司首席运营官、美国人斯蒂夫和妻子,带上公司材料和现金支票,一行 4 人从美国弗吉尼亚起飞,历经 15 个小时航程,直抵南京。

逯利军他们乘坐的国际航班,到南京已是深夜时分。他们在美国生活的地域与中国南京的纬度差不多,此时都是冬天。而他们没想到,南京正经历一场百年未遇的雪灾。南方的暴风雪肆虐于一向温暖的地域,他们乘坐的出租车在肮脏的雪泥中行进,不时地颠簸,不免令人担心。

遍地的冰雪,酷冷的气温,并没有影响逯利军的心情。当晚他们下榻在一家离玄武区政府最近的饭店,次日就和区招商局取得了联系。负责招商的工作人员很热情,陪着他们办手续,找租用的办公房。

这座城市虽然在遭受罕见的雪灾，但初次相识的南京人，却让他们在严冬里感到了春天的温暖。冒着冰雪，一连看几个地方，相互比较下来，逯利军敲定了公司的落脚点，黄埔科技大厦上的四间空房子。还没购置电脑和办公桌，他们就决定先招人。南京集中了许多知名高校，逯利军毫不怀疑，公司能招到最优秀的人才。

雪总是要化的，灾总会过去，赛特斯就要如期开张了。

四

2008 年，无论对于赛特斯，还是对于逯利军，都是一个转折之年。当他们来到南京时，还有一个月他就 40 岁了。移师南京，这是他一生中至关重要的决定。

当我听说，从选定南京到飞来南京，中间相隔这一个月，逯利军和南京方面所有的联系，都是在长途电话和电子邮件之间进行的，他没有到南京考察过一次，竟然就信心百倍地来了，不禁感到万分诧异。

逯利军一行 4 人，到底与南京有什么样的关系？等我采访了逯利军和副总钱培专，确实大吃一惊。钱培专出国前出生在上海，他小时候跟家人来过南京，几乎没有记忆。美国人斯蒂夫和妻子对中国极其陌生，更不知道南京在哪里。而主要的拍板者逯利军，2008 年前一次也没来过南京。

那么，逯利军为什么选择了南京？

原来，当逯利军决定回国创业时，先想到了北京中关村。他在北京读了 9 年书，北大、清华有许多人脉，还记得中关村以“中国的硅谷”

自许的底气，可是打电话到中关村咨询，可能投资方太多，对方不甚热情。再想到了上海张江开发区，浦东也同样牛，对方说别问这么多了，你人过来再说吧。电话能问清楚的，为什么非得跑一趟？逯利军当然很不爽。

此时，在美国赛特斯公司里，有两位毕业于南京大学的软件工程师。他们对逯利军说，逯总，南京好啊，你到南京去吧！逯利军问，南京好在哪里？他们说南京人做事比较踏实，加上院校比较集中，公司招人不成问题。逯利军抱着试试看的态度，打越洋电话跟南京联系了。

那是一个颇有意思的场面。逯利军拨通了南京招商热线，电话机旁，坐着副总钱培专，还有美国人斯蒂夫。咨询了相关的信息，他们商量一通，又打电话过去。尽可能的，该问的都问到。

与北京、上海相比，南京的态度截然不同，提供了多种定点方案，逯利军选择了中心区域玄武区，四周著名高校和科研院所云集，不难找到理想的人才支撑。从市里到区里，虽说素不相识，对方都表示了热情欢迎的态度，而且耐心解答逯利军的提问，不能做主的事情也及时向领导汇报，尽快给予了明确的答复，这让逯利军感觉耳目一新。

长期在美国生活的逯利军，最喜欢直来直去的交往方式，不喜欢云里雾里弯弯绕绕。他通过长途电话和电子邮件，了解到南京推出的一系列“海归”回国投资优惠政策，能感受到这些政策实实在在，没有虚假成分，决心也就更坚定了。逯利军提供了赛特斯公司的资质材料，南京方面看到了他的投资诚意，自然给予了积极的回应。在他和同事处理美国公司事务的同时，赛特斯南京公司设立程序就启动了，注册手续和费用由玄武区政府帮忙办理和垫付，当逯利军他们赶到南京时，公司的注册手续已经基本完成了。

逯利军没有看错南京。南京也没有看错逯利军。

副总经理钱培专和逯利军共事多年，他告诉我，逯总有一个非常好的特质，敢想敢做，不会拖泥带水，绝对不会。一旦想好，马上就做，碰了壁再说。你知道吗？这其实是做企业家必需的性格！

钱培专有次听课，讲创新公司的运作。教授讲，初创企业有一点很重要，你先行动再问问题。是指初创型的公司，不是成熟的公司。他一听到这句话，就想到逯总的决策。为什么呢？你要开一家公司，想做一件事情，如果每样东西仔细去想，问题一堆，越想问题越多，到最后，你就不会去做了。

也许逯利军当时还不了解南京，但却相信了南京，其实就是因为，他相信中国。他感觉到新技术革命的浪潮，正前所未有地冲击着古老的神州。改革开放中打开国门的中国，仿佛一艘曾经搁浅的巨轮，正积蓄着宏大的能量，而他，要站在巨轮的甲板上，一同劈波斩浪驶向远方。

五

显然，在逯利军的成功之路上，并没有穷则思变的迫切意识，也没有白手起家的打拼情节，但逯利军在人生转折关头中的选择，在选择中的决断，却是一般人难以企及的。为什么坚持这样选择，为什么放弃另一种选择，往往最能影响人的前程，甚至能影响一个人的一生。

说到选择，我对赛特斯的资深员工很好奇。赛特斯如今家大业大，已扩展到500多人的规模，我想了解，当初逯利军存心要选择最优秀的人才，而最优秀的人才为什么选择他这个网络公司呢？

事实是，当逯利军他们通过各种渠道，把招聘信息发布出去，真的吸引了南京大学、东南大学等著名高校的毕业生。公司设在黄埔科技大厦，因此，第一批进入赛特斯的员工，被逯利军称作“黄埔一期”。

后来赛特斯搬到徐庄软件园，公司购买了一栋四层办公大楼，用作赛特斯的研发总部。这时候招聘的员工，又被叫作“徐庄一期”或“徐庄二期”。不过，怎么叫，也不如“黄埔一期”那么响亮。

寻找“黄埔一期”并不困难，除了外出的，在公司的几位欣然接受了采访。2008年赛特斯在南京初创，最早加入的确实是一批IT精英。张建民，31岁，南京大学计算机本科，曾任某大公司工程部主管；凌志辉，30岁，东南大学计算机硕士，曾任某大企业高级系统工程师；林强，29岁，南京大学计算机硕士，曾收到多家知名企业录取通知书。他们不约而同，集合在逯利军的麾下，至今都成长为公司关键岗位的业务骨干。

我问，是什么吸引了你们？

他们说，选择赛特斯就是选择跟随逯总。他们看中了逯利军与世界接轨的研发理念，看中了成为初创公司的骨干成员的个人施展空间。果然，赛特斯如同逯利军当初所激情描述的那样，迅速进入了良性运营的快车道，而他们置身其中，有一种与公司一同成长的成就感。

现在的赛特斯，仍是一支年轻的科研团队，平均年龄不足35岁。逯利军的心态，一如当年那样年轻，保持着对于前沿高科技的敏锐触角。如果说，当初他选择回到中国，是把美国的订单，做成后销到美国，维持公司在美国的运营。那么后来，他找到了中国的市场增长点，果断把重点转向国内。又一个明智的选择，使赛特斯扬其所长，业务越做越大。

坦白地说，我采访逯利军很不容易，或者说逯利军这个总裁当得很不容易。给他打电话吧，今天在上海，明天在合肥，后天在北京，有时他刚到机场候机厅，准备上飞机了。他身边的人告诉我，逯总特别忙，飞来飞去的，不过，只要在公司，他就会扎到最下头，跟科研人员切磋。与某些等级森严的大公司不一样，逯利军是没架子的人，一线技术人员有问题，可以找中层主管，也可以直接找他，他都会耐心地听取，提出意见与建议。

难道，逯利军就没有发火的时候？

当然有了。在公司中层以上主管参加的例会上，时常围绕攻关项目的进展，发生各抒已见的争执。逯利军是个直性子，有啥说啥，有时说服不了别人，也会气得恼火。有一次，他急了，说话有些冲，当场叫人家下不了台。到了晚上，所有与会的中层主管，都收到逯利军发的邮件，他为自己的不冷静，无意中伤害了其他人，表示了歉意。正因为逯利军的坦荡，跟他干的部下觉得痛快，大家都明了他的为人，真诚总能收获真诚。

可以说，南京是逯利军的福地。

与循规蹈矩的"理工男"不一样，逯利军的选择多有出人意料之处，成为创造远大前程的一个起点。在逯利军的创业过程中有好几次重要选择，其中选择南京，在他的人生中具有里程碑的意义。

我在前面写到了逯利军与南京“相爱”的故事，那天在“全国知名作家VS南京创新创业人才”的现场，南京市委书记杨卫泽就情商与智商的话题，似乎就是这个故事的最好注释。他说：“从情商、智商来讲，好的政策思路就是智商，好的服务就是各个部门的情商。这种服务、感情、意志能感动创业者，这是城市最好的投资环境，也是创业者最需要的环境。”

杨书记此言不虚，逯利军被南京深深地感动了。

说到做到，今后赛特斯的根，就扎在了南京。逯利军觉得，对于南京最好的回报，就是在南京把赛特斯做出规模来。

也许有一天，无论是北京中关村，还是上海浦东，都会回过头来反思，当初怎么轻易放过了逯利军这条“大鱼”！

随着赛特斯业务触角伸向全国，数项核心技术的销售收入超过2个亿，公司总资产达3亿元，它的研发总部还在南京扩展。逯利军外出参加清华同学会，谈起南京鼓励“海归”创业的优惠政策，以及营造的投资软环境，总是头头是道，同学们善意地戏谑他是南京的“代言人”。

尽管逯利军从美国归来，他的思路、观念和行为方式，都有了西方印记，但他对于故土的挚爱，尤其对于中华传统精神，仍然融会于心。比如公司春节团拜会上，他最爱唱《我的中国心》。后来有人透了底，他喜欢京剧，对于所有的京剧流派如数家珍。于是，他在去年春节唱了现代京剧《沙家浜·智斗》。今年春节他又唱了传统京剧《淮河营》：“此时间不可闹笑话，胡言乱语怎瞒咱。在长安是你夸大话，为什么事到如今要奸猾。左手拉住了李左车，右手再把栾布拉，三人同把那鬼门关上爬，生死二字且由他……”

微风吹拂的夜晚，徐庄软件园也静了下来。赛特斯大楼总裁办公室的灯光依然亮着。从外地回到总部的逯利军，此时像往常那样伏案桌前，对着电脑忙碌着公司的大小事务。他抬起头的时候，透过玻璃窗的那片山脉上，如水的月光如泻银般波动闪烁。哦，一盘明月清辉如许！

在这梦一般的情境里，他想到他生活过的美国马里兰州，窗前洒过同样的月光。外国的月亮并不比中国的圆。

晶莹的月色牵动着逯利军的情思，他又想到南京在实现“中国梦”的进程中，正开足了马力前行，而他要做世界最好的高科技公司，他的“创业梦”如此真切如此明晰，他的内心很敞亮也很踏实。

紫金山的月亮，南京的月亮，中国的月亮！

作者简介

傅宁军，中国作家协会会员，国家一级作家。著有《淬火青春：大学生从军报告》、《此岸，彼岸》、《大学生村官》、《悲鸿生命——徐悲鸿的生前死后》、《吞吐大荒：徐悲鸿寻踪》、《李敖：我的人生不可复制》等长篇若干。曾获全国“五个一工程”奖、徐迟报告文学奖、紫金山文学奖。担任总撰稿《血脉》获中国电视金鹰奖“最佳长篇纪录片奖”。

中国报告文学学会理事，江苏省作协报告文学委员会副主任，南京市作协副主席。

让心到更远的地方

文/章　红

一

黄浩崇拜他的父亲。

父亲家境贫寒，祖父早逝，祖母难以独自养活五个孩子，被迫将他送到远房亲戚家里做帮工。雇主家请来先生开馆授业，主人家的孩子们在屋里上课，父亲放完牛，就趴在窗口听。一天，先生注意到这个蹭课的放牛娃，便将他唤到近前，让他试着背诵课文，或者考考他的算术——先生几乎立刻认定这是他遇到过的最有天赋的孩子，便道：你应该去念书啊！

祖母心疼这个想念书的孩子，几经争取终于让儿子进了免费小学。父亲仅用两年就小学毕业了，升入张治中先生资助的中学读书。家里没钱，赤脚上学，下雪天跑十几里地回家，双脚得让大姑搓上好一会儿才缓得过来。后来，父亲以学校第一名的身份考进大学。毕业后，作为根正苗红的大学生，进入安徽省委工作。

“文革”开始后，黄浩的父亲受到冲击，被下放到合肥工业大学从事教育科研。“文革”后落实政策，父亲有机会重返政坛，但他选择了将干部编制转为教师编制。父亲认为，自己的仕途远没有孩子的教育重要。

这是父亲言传身教给予黄浩的第一条人生教诲：搞技术的人生，受到干扰最少，风险最小。

黄浩是在合工大的校园里长大的。父母忙碌且身份“特殊”，黄浩从九岁开始就和妹妹一起小鬼当家。他学会了笨拙地照料自己和妹妹。一天晚上黄浩发起高烧，额头滚烫，小脸通红，因高烧变得昏沉的头脑依然保持着一个清醒的念头：必须求助，必须去找医生，否则会因为高烧死掉……

这个九岁孩子独自出了家门，在漆黑的午夜挣扎着走在合工大校园里。从宿舍区到校医院的路是从未有过的漫长，终于走到了，终于敲开急诊室的门……门一打开，男孩就一头栽倒，昏了过去。

经历坎坷的父亲知道，人的一生什么事都可能遇上，他有意训练黄浩的生存技能。小学一年级，黄浩就到工厂大门前练摊卖菜，父亲远远地站在后面，偶尔见孩子确需帮助时才上前。几次以后，黄浩就会看秤算钱了，像模像样地当起了菜贩子。

每到寒暑假，父亲就把黄浩送到乡下老家，让他养鸭养鹅。成群的白鹅麻鸭伸着颈子嘎嘎叫着，黄浩每日赶着它们到河里、田间觅食，脚踝常常被稻茬划破，溃烂了，浸泡在水中疼痛难忍。

这是父亲给予黄浩的第二个人生教诲:生存需要耐力。

一直以来,黄浩信任父亲的眼界识见,父亲的教诲是他的标杆。然而,2008 年黄浩萌生回国创业的念头时,父子俩产生极大分歧。第一次,黄浩断然违拗了父亲的意见,一意孤行地辞职归国。黄浩走出了父亲的影子。

就在那一年,黄浩的置顶信息技术有限公司成立。

二

如果以 2008 年作为分水岭,此前黄浩的人生可谓一路凯歌。

1980 年,年方 16 岁的他考入合肥工业大学。四年以后又到天津大学读研究生。那正是国家百废待兴、急需科技人才的年代,扎实稳健的学业基础、灵活敏捷的头脑与踏实质朴的品行让黄浩很快脱颖而出。研究生阶段,他便进入原国家计委所属的经济研究所与标准定额局,参加"中国产业结构研究"、"中国建设项目经济评价方法与体系研究"等国家重点项目的研发工作。"中国产业结构研究"的成果为国家产业结构政策提供了基础数据及理论支持,被写入政府工作报告,并获得国家科技进步二等奖和国家计委科学技术进步大奖。上世纪九十年代初,还未到而立之年的黄浩就成为国家计委项目经济评价委员会 23 位成员之一。

工作过程中,黄浩接触到一些联合国代表,那些西方年轻人充沛的活力、开阔的眼界、敏锐的感觉、专业的做派,对他产生了很大吸引力。一个念头萌生了——出国深造。一向富有行动力的他说干就干，托福与GRE都考出高分，加上研究成果丰厚的履历，29所美、英学校录取了他，其中包括牛津大学、麻省理工、宾大沃顿商学院等顶级名校。西弗吉利亚大学给予了全额资助外加高额奖学金，尤其美国朋友对西弗吉利亚的风光大加赞许，于是他最终去了西弗吉利亚大学。

事后回想，黄浩对这一选择的解释是：还是爱玩！

在美国他修了两个硕士学位：计算机和经济学。毕业后他在好几个著名公司工作过。有两个公司让他印象深刻：Tracfone Wireless Inc. 和 Tyco International/ADT公司。前者是前世界首富，墨西哥电信大王卡洛斯在美国的公司，是北美最大的预付费手机运营商。黄浩在该公司担任过高级软件工程师、WEB主管及WEB软件部门的经理，负责全公司的主要运营系统及业务平台。后来到Tyco/ADT任高级设计师，负责IBM技术在电子商务部门的应用。在离开公司的前一年，他带领30多人，历时近半年开发了一项新技术，将业务系统主平台的热启动时间从四十分钟减少至二十几秒，他的这番心血保住了公司与美国海军部的项目合同。

从一名留学生进而成为世界五百强企业的主任级设计师，这时候的黄浩——按照父亲所期待的——果然成为一个学有专长的人，一名专业人员。专业是一道门槛，必须付出巨大努力与耐心，但跨过这道门槛，人就拥有了一点底气。黄浩就是这样，这时的他已经是在自身领域有所建树的人。

同时，他有了很不错的年收入，一家三口其乐融融，住在漂亮的大房子里,假日开车四处游玩。美国梦变为现实。

然而,就在这个当口,黄浩却决定毅然转身,回国创业!

很少有人能理解这个决定,包括父亲。

父亲觉得,在专业领域探索这么多年,经过漫长的训练才得破门而入,逐渐拥有稳定良好的状态。此时中断,离去,进入一个全然陌生的领域,何苦?

何苦的意思,一是创业必定吃苦,在美已经有了优渥生活与职位,何必非吃这个苦头不可?二是创业可能成功也可能失败,结局难以预料,何苦要去承受风险?

父亲既饱尝生存忧患,又富有生存智慧。他说:"你教书行,做研究行,当个工程师行,做个小经理也行,就是不会做好生意。你心软又沉不住气,哪是做生意的料?"

黄浩笑着回答父亲:"这么说我做过的事情都还行。只有生意是我没做过的,何不让我做做看?"

对父亲,黄浩轻描淡写、举重若轻,然而这后面,其实是长久的深思熟虑与压抑不住的报国情怀。

1993年,黄浩初到美国,震惊于中美差距太大了,震惊于美国老百姓日子过得太好了!他是一个吃过苦的孩子,对贫穷有着深刻记忆;他也深深明白这个贫穷的祖国曾把他当人才以厚待,他受惠于自己的国家。他希望有一天,可以用自己的能力与方式为祖国做点事儿。

初到美国,他感觉美国处处都是宝。他参加过一个移动模型项目的研究。这个模型研究,从理论上中国人都懂,但是国内的数据不完备。而美国,从1952年开始所有的数据都准确完善,远远超出他的想象。尤其重要的是他们秉持的研究态度:必须遵从数据及科学本身,每一个论点都必须有数据与事实的支持,都必须是合乎科学逻辑的推论。

做经济学博士生时,一位区域经济学的教授看了他的课堂论文,给予了这样的评价:很糟,你像个政治家,论文中的观点都是宣言,没有足够的论述,也没有足够的数据与事实支持。在数量经济学(Ⅲ)的学期研究报告中,他得了学生生涯中的唯一零分。他纳闷:为何在实验室干了三个月,研究的结果一分未得?教授说:你的一个模型没有注明来处。其实,这个模型是一个类似于公理的模型,出处人人皆知,但教授的要求是,每一个定理、每一个推论,不是你的,就要注明。

这是一个很好的教训。他认识到美国是一个科学、理性的社会,它在社会行为准则、经济市场运行机制、教育体系、科技体系等等方面都建立起成熟的机制。这个机制既制约着人们的行为,同时对人的消耗、干扰又很少。社会与人群形成合理、良性的循环,可以没有负担地往前走。

在美国的工作经历,也从不同角度启发了他的思维。以他印象最深的两大公司为例:Tracfone其实没有自己的核心技术,它有的只是自己独特的商业模式和切入点:针对北美地区穷人,整合通讯资源,零售通话时间,并运用资本的力量,将它做到美国最大,成本最优,竞争力最强。而Tyco International/ADT则以核心技术取胜,“9·11事件”中五角大楼的一个角被飞机撞塌了，公司的安全系统还在运行，时任美国国防部长的拉莫斯菲尔德还可以从那儿指挥全球美军。可见Tyco产品技术的高强与含金量。Tyco是靠技术维持公司发展、做强做大的代表。

他开始理解各种不同的运行模式，它们都有可能通往成功。

他希望把美国社会理性与科学的氛围、良好的行为准则、先进的观念带回国内。他将不仅仅是一个IT工程师，专业技术人员，而是能够以自身的经验、阅历和思考来影响身边的人。

社会责任感的半径扩大了。他想，如果有一大批专业人才回来，对社会上下将起到示范作用。回来的人多了，中国社会的进步就会加快。

从个人事业生涯来说，其时黄浩也感觉内心有一种不安分的力量在蠢蠢欲动。做IT工程师，并一路做到高级设计师，生存早已不成问题，但对黄浩而言，这些工作已经缺乏挑战性。他生性是个不安分的人，总有一种隐隐的不快、郁闷累积在心中。

他渴望过一种冲击力大一点的生活。而此时的中国市场为这一心愿提供了机会。

在黄浩看来，创业就是过把瘾。创业让你可以按照自己的想法去组织力量，组织资源，形成一个模式来达到目标。还有什么比创造的感觉更能让人感到内心的满足？

于是，给儿子留下40万美元作为教育基金，黄浩和妻子携带全部积蓄回到国内。买了办公室，买了一辆车，公司成立起来，此时他们账面只剩下20万元人民币。

三

置顶公司是信息技术服务企业，致力于3S(GIS、RS、GPS)在航空、气象、水利等行业的应用，包括自然灾害预警预报系统、防汛抗旱预警预报及保障系统、区域暴雨大雾等的预警预报系统、航空预报报文系统、航空气象服务平台、航空航路红绿灯系统等。

创业伊始，黄浩便为公司发展立下三条准则：创新、求实、真诚。

创新，就是把没有的技术开发出来，把已有的技术做得更好。专业本能令黄浩将核心技术视为公司的生命线。以民航空管分局的“空中红绿灯”项目为例，在两个核心技术上“置顶”都居于全国领先位置：

一是基于雷达拼图的外推技术。空中飞行时，天气影响占到27%，如果对天气的预测能提高12%，效用就非常可观了。地面监测需要数万个监测点，这些数据在短时间内来不及汇总反馈。雷达可以管到几百公里，但是一个航线可能有上千公里，那么就需要将多部雷达的监测数据集中起来，由此做出对这一片地区的气象预测。

二是3D显示技术，这项技术让不同高度的云层、空气、雨量、风力、能见度、雷电等等天气要素的标注综合展示，空管指挥中心能够像看动画片一样看到这个地区的全部气象情况。它将飞机与实景结合起来，空气湿度如何，前方有没有降雨，有没可能发生雷电，可能性多大，要不要躲……空管中心可以根据3D显示上的标注迅速做出计划和调度,由此每年可以节省几个亿。

求实,意味着把产品扎扎实实做出来。好的产品必须稳定、可靠,符合客户需求。黄浩特别留意客户的每一点要求与关切,甚至在客户自己也不清楚要什么时,他会引导、挖掘出他们内心里模糊的想法,加以实现并改进。而在产品开发过程中,他要求员工遵循技术规律,尊重技术的客观限制,不仅要好的框架设计,还要做好每一个细节,不能省事,不能马虎,不能放过一个发现的问题。

置顶特别注重服务,这就是“真诚”二字的含义:真诚地对待客户,让产品对客户有效用。黄浩说,良好的服务不仅能帮助客户解决问题,提高他们的工作效率,更让客户对公司及产品有信心,对置顶的员工有信心。这样公司才能成为市场的宠儿。优质的服务需要耐心、热情、周到、全心全意,正因为有了真诚,置顶的员工在服务中根本不考虑成本、麻烦、工作量。围绕客户体验的服务体系,让公司有了良好口碑。

如今的置顶公司,在业界颇有点儿名气:国家级高新技术企业,取得了“双软认证”、计算机系统集成资质、技术先进服务型企业、“228”创新团队、国家创新基金项目立项等几乎全部的高科技 IT 企业所需的资质,成为空管部门、气象单位、水利单位等众多客户的首选产品与技术供应商。目前公司的客户遍及全国并拓展到美国。

四

现在的黄浩，每天都会遇到不同的事、不同的人、不同的难题、不同的挑战；会遇到有才学、有才能、有思想的成功者或失败者；会看到别人和自己的成功与失败，并从中领悟与掌握新的知识、才能。时常能感觉到自己的进步，又总是觉得自己离成功的企业家差距还很大，踮起脚用力地去达成目标，这才是他要的生活！

"海归"水土不服的问题，黄浩肯定不能完全避免。这时候，专业精神和生存耐力帮到了他。

专业上形成的训练有素的眼光，使得黄浩看待其他问题时也显得练达成熟。他不强调短期利益，但是面对一个短期目标，如何一步步达到，这个他是非常重视的。他关注怎么做一个好的计划，这个计划怎么实现，需要得到多少帮助，怎么争取这些帮助……

生存的耐力让黄浩习惯了啃硬骨头。作为一个起步时间尚短的民营公司，利润丰厚的项目不一定轮得到他，但他自信地说："活儿很肥不一定能得到。如果一个活儿费用有限，对产品质量技术要求高，客户就会想到我。"这实际上体现了公司的真实竞争力。

"置顶"是满足黄浩英雄梦想的地方，也是他和同事们不断成长的地方。黄浩说："我希望公司能成为一个像华为、格力那样的企业，有自己的核心技术，围绕这个技术建立自己的核心技术研发团队，不断研发一流的软件与硬件设备。同时，有一批批年轻人一起与公司发展。将来在我们退休后，他们能接着把公司做大做强，达到行业内的顶尖——一个高端的技术研发中心，一个高端可靠的产品研发基地，一个客户可以完全信赖的技术服务中心。我希望将来同事们回忆到这段经历，会说：跟着老黄干几年，不亏。”

作者简介

章红，毕业于南京大学中文系，文学硕士。18岁开始在《少年文艺》发表小说，后成为《少年文艺》编辑、主编，现任职于江苏少年儿童出版社文学编辑室。

写过多部童书：《放慢脚步去长大》、《小猪和圆妈》、《白杨树成片地飞过》、《踏上阅读之路》等，出版有文集“章红‘时光’系列”和“杨等等慢成长”系列。出版散文随笔《对幸福我怎能麻木》、《你吸引怎样的灵魂》等。

曾获冰心图书奖、江苏紫金山文学奖、南京市委宣传部“五个一工程”奖等。系江苏省作协、南京市作协签约作家。

在路上

文/周　伟

徐静很忙，对她的采访不得不安排在周末。她在电话里说："你坐地铁一号线到天隆寺，然后乘 75 路公交，两站，下车就到。"大概是她不太留心乘几站之类的问题，我按她说的下了车，四下环顾，哪有科技园的影子？问人后才知道，我是该乘三站的。

宁双路是条新路，估计很多南京人都不知道它在哪。放眼望去，工地成片，路口有红绿灯却不亮。车辆疾驶而过，我站在路边等待，忽然想起徐静的简历：美国斯坦福大学硕士、加州大学伯克利分校博士；曾任职于美国德意志银行、巴克莱银行和微软公司。

这些都是世界顶尖机构——教育的、金融的、科技的，一生中能在上述任何一家机构中学习或工作都足以自豪，而它们都排列在徐静的履历中！

望着尘土飞扬的宁双路，我心里冒出一个疑问：她到这个分辨不出季节的大工地来干嘛？

徐静在沁恒科技园院子里迎接我。她身材小巧，看不出新旧的皮衣配条看不出新旧的牛仔裤，头发简单地朝脑后一挽，正是想象中IT女的形象。她的公司有个很女孩子气的名字——“果橙网络科技公司”，只有一间房，约七八十平米，每个隔档后面都有一台电脑，此外几乎没东西。

果橙网络科技公司只有袋泡茶，还有在窗下作业的推土机。在此后的谈话中，推土机一直轰鸣。

徐静是南京人，从小生活在虎踞关一带。大概是知识分子家庭特别重视教育的缘故，她4岁就被送去上学了。不过学习从来没让她头疼过，中学考进南外足以证明她的学习成绩。高中毕业，徐静被保送去北外，开学时父母只送她到火车站，徐静拎着行李独自上路。

人生免不了有时在路上，但16岁就独自出门上大学则不一样。景色在车窗外变幻，前方是令人莫名兴奋的未知，没有任何场景比这更符合青年人的心态了。徐静还记得当年进入宿舍的情形：房间里挤满了家长，他们都想让自己的孩子住下铺。徐静要了上铺，收拾一下就爬上去，在家长们的嘈杂中看起了舒婷诗集。在那样的场合下，一个16岁的小女孩说不上话，选择上铺是一种无奈，但上铺更适合安心读书。失就是得，很多人一辈子都没领悟到这一点，却在16岁时融入了徐静的人生态度。

从此她喜欢在路上的感觉，从1990年秋她在浦口火车站与父母挥别，到2012年她回南京创业，其间22年她一直在路上，而她的口头禅就是“always on the road”。

Always一词有两种解释:总是或永远。这句话因此可以翻译为“总是在路上”或“永远在路上”,前者是一种状态,后者是一种态度。

徐静属于哪一种呢?

这是我想弄明白的问题。

四年大学毕业,徐静在水利部得到了一份工作。北京市户口,公务员编制,很多人毕生为之奋斗的东西,她在不满20岁时就都有了。如果知足,她此后的生活就是一个随时间推移的程序:家庭、孩子、升职、加薪、第二套房……这个程序了无新意却能耗尽人生,当今社会上大多数人都在其中摸爬滚打并乐此不疲。

徐静却没按这个程序运作下去。那间办公室在她眼里总显得有点小、有点乱,她反复自问:“难道今生我就在这些杂务上度过?”

出国深造?她自知没有优势——她学的是英语专业,出了国就等于没有专业,而且她不是富二代,必须得到奖学金。把这些条件列出来,连她自己都心灰意冷。但重新上路的冲动在心中翻腾,她偷偷发出第一份申请,然后一发而不可收,第二份、第三份……

在水利部工作了三年后的一天早晨,她走进了主管人事的领导办公室,郑重地放下一份辞职报告。大家都惊呆了:“出国留学?你啥时候申请的?”憋到这会的徐静咧嘴笑了,她收到了威斯康辛大学麦迪逊分校的录取通知,而且是全额奖学金!

只身登上飞往大洋彼岸的波音747时,23岁的徐静面临着更大的挑战:这次她不仅跨出了国门,还要改变职业方向——此去她要攻读经济学硕士学位。

徐静说话语速很快，还不时蹦出些成语或格言，古代的现代的中文的英语的都有，看来她阅读很广。“是的，”她承认，“阅读是我最大的爱好。上中学时我偏重文学，上大学后阅读面开阔多了，经常是拿到什么读什么，别人觉得枯燥无味的东西我却觉得很有味。就说高等数学吧，我看着有趣，就把这门课自修了。”

我愕然。连理科生见了都挠头的课程，她像闹着玩似的就学完了？

徐静觉察到了我的疑惑，拿出一份威斯康辛大学麦迪逊分校某教授的推荐信。该教授写道：“这是我这些年来遇到的最好的学生，她与第二名之间的距离大得令人惊讶。”

这封推荐信是为徐静转学而出具的。徐静在读了两年经济学之后，发觉与自己的兴趣不符，于是向加州大学伯克利分校提出攻读统计数学博士学位的申请。

从五大湖区的威斯康辛到太平洋东岸的加利福尼亚，徐静又一次上路。路程并不远，挑战却更大——如果说经济学还算是文科，那么统计数学就是理科中的理科，通常要求有物理学的专业背景。

徐静学得怎样？让事实说话吧。她在毕业前一年就被美国德意志银行录用，在华尔街的中心地带为市场走向做数据分析。

华尔街是男人的世界，具体说是白种男人的世界，更具体说是犹太男人的世界，唯一夹杂于其中的是娇小的徐静。这份工作有多重要？华尔街是一个建立在数据上的帝国，没有数据分析它就将在顷刻间崩塌。数据！数据！投资人、基金经理、操盘手都伸手要数据，所以分析员这份工作很辛苦，早上六点就得去上班，客户在等分析结果以决定操作方向；晚上往往要工作到九点多，当天的数据要归纳。那时的徐静挤不出一点可供自己支配的时间。冬天情况更糟，室外天寒地冻，室内火热如夏，她就靠一件薄薄的大衣穿行于冬夏之间。银行对分析员非常重视，经常把食品、饮料送到每个人的电脑前，下班晚了还用加长林肯送他们回家。薪酬优厚自不待言，德意志银行还为徐静申请了绿卡。

别忘了徐静总想上路的性格，不过这次的距离近得令人吃惊——就在华尔街，只不过隔条马路。动机很简单："既然我的分析能成为别人决策的依据，那我为何不直接运用自己的分析结果呢？"说干就干，她应聘了巴克利银行基金经理，阿尔法可转移基金，她直接操盘。

还是忙，但忙得有乐趣。专业知识，女性的敏感，敢于冒险的性格，徐静三者兼得，因而如鱼得水。

如果不是"次贷危机"，徐静大概会在这个职位上待很久，那场席卷全球的风暴就是从华尔街刮起来的。企业破产、银行倒闭、股市狂泻、房价回到半个世纪之前，"投资"转瞬间成了一个谈虎色变的词汇。西方企业裁员，不是挑那些没能力、没背景的，而是从服务年限最短的开始，因为补偿金按工龄支付。徐静于是成了兼职。那其实就是失业，忙不过来时请你来，支付比正常工资更高的酬劳，但整个市场都瘫痪了，还有什么忙不过来？

近乎疯狂的工作突然间停止了，徐静得以梳理自己的思绪。既然闲着，那就回到校园去吧，学习对她来说可是件轻松的事。随着年龄的增长，徐静越来越喜欢阅读学术书籍，看各种思想的碰撞给她以莫大的乐趣。

这回她选择了斯坦福大学——创业者的摇篮。

她又要上路吗?

对。但这不仅是重返温暖的加利福尼亚,还预示了一条更长的路。

斯坦福大学教职员中有十六位诺贝尔奖获得者(其中一半是经济学奖),获诺贝尔奖的毕业生多达几十个,还有一百三十多位美国科学院院士和八十多位美国工程院院士。这还不算,闻名全球的硅谷是从斯坦福校园里发展起来的。一所大学造就了一项改变世界的产业,这在人类历史上绝无仅有,因此斯坦福以创新与突破闻名。

徐静要在这里攻读数学金融硕士学位。她的同学和她一样,都是有成就的人,也都充满了奇思怪想。他们辩论、阅读、求证,当然也蹦迪、飙车、打游戏。就在理智与疯狂摇摆之间,斯坦福最重要的东西——创业的基因不知不觉渗入了他们的血液。

学位刚到手,徐静就趁着那股热乎劲开始了创业。她有两个美国合伙人,一个是谷歌公司最早的员工之一,另一个是哈佛的 MBA。公司地点选在硅谷,不用说,这是一家 IT 公司。

IT 是一个开放的产业,不在于你入行多久,只要有新点子就能分到一杯羹。看看他们的组合吧,有市场前瞻,有精细的分析,还有技术支撑,所以公司很快就有了收益。可偏偏他们仨心都大,各自在外还兼着活,公司经常没人打理。大家一合计,干脆把公司转让了。

徐静在这次尝试中受益匪浅:她亲手运作了属于自己的公司,这是全新的体验;她深入到 IT 行业内部,弄懂了它的运作模式;最重要的是，她找到了所学专业与新兴产业的结合点。

当时徐静手头还有加州政府退休金咨询的活，工作之余她常常自问："我接下来做什么？"至此我们都清楚，按徐静的性格，下一步她会自己创业。

可是，她上哪筹措启动资金呢？

从她第一次登上飞跃大洋的波音747至今，14个年头过去了。其间她经常回国，总感觉到处都是工地。作为一个金融专家，她清楚大规模的基本建设对经济的拉动，更清楚这种增长模式的弊端。

其实这个问题中国政府早就意识到了。资源、能源、环境都不能承受原有的发展模式，中国亟须转型。政府把目光投向了海外留学生，招聘活动在世界各著名大学间展开。

徐静怦然心动。她的浑身解数在国内有了用武之地！

各地政府相继推出了对科技创新的扶持政策，这正是她所亟需的启动资金！在海外漂泊了14年后，她与祖国有了事业上的链接。

2011年10月，徐静回到了国内。她在"创赢未来"电视栏目中登场，推介"随身医生"项目。她胸有成竹，对答如流。一位评委当场表态："她说的东西我还没完全搞懂，但我欣赏她的精神与状态。"的确，徐静的陈述给评委及观众留下了深刻的印象，南京市把她从事的项目列为"321"工程重点扶持项目。2012年4月，果橙网络科技公司在南京开始运作。

徐静现在做的是图片识别系统：只要你把商品拍摄下来，系统就会自动识别，并列出同类商品的不同品牌、不同性能、不同价格供你选择。相对于"淘宝"自己去找商品或"我查查"只对同一商品进行比价，图片识别系统更为高端，也更方便。这个系统还提供网上交易，只要通过它选择了商品，用户就会获得一个交易码，这个交易码能让用户得到比亲自去砍价还多的优惠，而果橙网络则因给商家带来客户而获得分成。这是一个多赢的格局，参与各方都能受惠。

“有成功的例子吗？”我很感兴趣。

不料徐静重重地叹了口气。“我与某电影发行公司谈好了合作，我们开发了应用软件并装上了他们的 POS 机，前后忙了几个月，对方却没了下文。在我一再追问下，经办人才说因为换了领导，这个项目不搞了。我真不明白，不搞了为什么不提前打招呼？简直不拿我们的劳动当回事！最可气的是干了那么长时间，我们一分钱都没拿到！这可是一家国有企业呀！”

我半晌无语。拖欠农民工工钱的事落到了科技创新的“海归”头上，而且用的是同样拙劣的方式。这是否预示着科技创新的见效将和农民工讨工钱一样遥遥无期？

“我回来创业之前，一位斯坦福的中国同学劝我三思。他说你不是官二代，办起事来会到处碰壁。我不信。我掌握了核心技术，而且这些技术能为客户带来实实在在的好处，它们应该有市场，天经地义！”

我松了口气。徐静仍然有信心，她没有被挫败。

徐静告诉我，她在上海也有一家公司，做同样的产品，现在已经走上了正轨。

临近采访结束，窗下的推土机又震耳欲聋起来。刚才我们谈的太投入，忽视了它的存在。

徐静的创业就如同窗外的工地，还在平整道路阶段。

我想起了汉语和英语对创业初始阶段的表述——汉语说“筚路蓝缕”，英语说“Start from scratch”，都是艰辛、艰难的意思。

我最后的问题是：“你的目标是什么？”

徐静笑答：“Always on the road，在路上。”

我没问题了。这是一种状态，更是一种精神。

这也说明她很年轻。

作者简介

周伟，中国作协会员，现居南京。主要作品：电影剧本《卡车上掉下的小提琴》，长篇小说《世纪末的黑洞》，电视连续剧本《设防2020》，中篇小说《大马一丈高》、《寻找奥西·马斯特》，长篇报告文学《太阳如何升起》。曾翻译长篇小说《谁怕谁》（美国，迪安·孔兹）。

一个工科男的“小宇宙”

文/黄雪蘖

周红卫

一

周红卫在江苏软件业挺有名，把润和软件做得蛮大，获得过“中国软件业成就人物”、“南京软件业领军人物”、“紫金科技创业卓越人物”等荣誉不计其数，还是“321”计划培养对象。

一直琢磨这个高科技商业奇才是个什么样的角色，见面倒觉惊奇又释然。

坐我对面的他，就是个资深帅哥。穿休闲西装，留寸碎发，没一点“土、豪、金”的样。细看，有点像年轻版的唐国强或N年后的黄晓明。而且人家还不是吃青春饭的，是靠高科技创业发家的精英男，更让人钦佩。最难得的是，这周红卫，董事长、总裁，居然还有点文艺男的羞涩，“没什么好说的，就工作呗。”这羞涩，仔细品，又有些书生的傲娇。若泛泛一谈何必多说，要说的都在资料里了。我立即说明，我做的不是一篇资料堆叠的新闻，我更愿意用文字为他绘一幅传神的人生小巷。

是因我先摆出不泛泛而谈的样子么？总之，他好像小别扭了一下，立即将坦诚回了过来。谈童年故乡的时候，他甚至明显兴味盎然起来。江南温润旖旎的山水，总能孕育出美好的小儿小女。1967 年 11 月，周红卫出生于无锡太湖边一个水乡人家。中学时他就读于邻近的梅村中学。梅村中学是国家级江南名校，周红卫作为品学兼优的尖子生被保送进南京理工大学计算机系。开始，他想上的是南京大学生物医药系，是父亲的意见改变了他的人生。父亲领改革风气之先，在村里开了七家小作坊。那时没“企业”一说，父亲只是含混告诉儿子，学工科吧，将来办厂、办大厂，那才叫有劲。因为父亲的这句话，周红卫走出了一个工科男的别样人生。

二

1985 年，正值国家提出改革开放的第六个年头，发展经济、破旧立新等观念思潮，如春雷在时代上空震荡。彼时的计算机作为一种新兴事物，正在这片渴新求变的大地上刚刚兴起。当年理工大的专业学习还处在大型机时代，一部庞大的微机镇宅之宝般屹立在教研室中央，数百学子在线路终端模拟键盘上操作学习。当年的微机学习现在看来原始，却夯实了周红卫的理论基础，培养了他对计算机最初的激情。

然而周红卫最感激的，还是大学生涯打开了他的心胸和视野。在那里，他完成了懵懂少年到有为青年的升级。从前那个只会埋头苦读的少年郎，在这座古城大学焕发出了青春的光与亮。系书记华洪兴总鼓励他们要学习创新,爱学也要爱玩,敢想更要敢做。华洪兴后来调任南京体育学院任书记,手下出过很多体育冠军。他以恩师为荣,恩师亦以他为耀。恩师曾对他说过,周红卫你和那些冠军一样,都是我的骄傲。这话,一直鼓舞着他。

大学毕业后,周红卫被分进南京熊猫电子集团工作,并很快在企业计算机中心成长为骨干人才。他早不是当初那个稚气的毛头小子了。计算机业正在蓬勃发展,人人都预测不久的将来全民将进入一个信息化时代。是在国企稳稳干下去,还是走出去见世面,在国际化水准的团队中锤炼自己?25岁的周红卫选择了后者。在国企非常吃香的1992年,他辞去了旱涝保收的铁饭碗,加入日本恒星电脑系统有限公司南京分公司,从普通职员一路做到部门总经理。就是在这家日企工作的六年,周红卫遇到了他后来事业上的重要伙伴姚宁。

1998年,日企恒星与一家美国企业合并为宏图东方信息系统有限公司,周红卫担任副总,在美国芝加哥工作了一段时间。美国硅谷的高端研发,日本计算机业的崛起,印度软件外包的出口总值,北京中关村的欣欣向荣,都给他留下了难以磨灭的印象。多年外企工作经历,练就了他纯正的英语口语能力,更助他提高眼界,造就了白手创业的雄心。在外企当高管虽年薪不菲,却终究没自己当家做主的底气。而南京作为他的第二故乡,存放着他的青春,有他的妻儿、师长和挚友,是他生命难以割舍的一部分。他想回来,在这片古城热土创造属于自己的传奇。

那年三月,由周红卫、姚宁和另外两个旧同事共同出资的润和信息系统有限公司,在湖南路一座旧楼悄然成立。小公司,真的很小,注册资金50万,还是四个人东挪西借凑出来的。80平方米的办公室,还没一个过日子的家庭大。房间简陋,桌椅破旧,四个年轻人在如此逼仄的空间里做着创业梦,简直有点不着调。他们互相看,谁都不自信,连到人才市场招几个大学生临时工都没底气。人家会来吗?会不会觉得咱们这连发工资的能力都没有?

幸运的是,此时南京电子业正在飞速发展,各大院校每年为社会输出成千上万的高科技专业人才,珠江路电子一条街可与北京中关村媲美,政府已在各城区开始规划软件村、软件园这类高科技企业聚集区。润和公司规模虽小,但在这浩浩荡荡的时代中也乘风借力,迅速壮大起来。

软件开发,小规模研发,接些中小企业的单,润和有信誉、有技术,在业界有了一定的名声。第二年,他们把公司搬到中华路,租了个90平方米的办公室。因周红卫有外企工作背景,积累了一些国外客户资源,公司业绩缓步上升,开始走上前进之路,到2002年销售额已达千万,和先前捉襟见肘的窘境相比,着实打了个胜仗。

回首创业艰难,周红卫不避讳当初的迷茫。他性格倔,做事一旦认准了,破釜沉舟也要往下做。话是这样说,奈何未来云深不知处,天晓得会怎样?公司没起色时,他的心也曾灌铅般沉甸甸的。就在这时,一位美国同行给了他及时的鼓励。这位金姓华裔在美国EDS亚特兰大中心已是前三名的业务高层,此次来宁出差,因与周红卫旧识,专门请他来陪。EDS公司是全球闻名的电子技术服务大公司。这天闲来无事,周红卫把金前辈带到湖南路的润和公司参观,免不了惴惴,这么小的门面,这么几个人,人家大码头混国际场的会不会笑话?岂料,金前辈大加赞赏，一个劲赞叹这家公司将来前途一定不可限量。为什么，就因为他在这几个年轻人身上看到了难得的精气神，肯钻研，敢拼搏，甚至可以就某个技术难题，和他这个功成名就的前辈当场争论起来，这种后生可畏的气场当然不可小觑。

感谢金前辈当初对润和的定义。那是来自一位国际权威的肯定，对心存迷惑的周红卫来说多么难得。后来他才知，这是美国的一种赏识文化。人与人之间，有时一句赞美、一个肯定，往往能春风化雨，为对方找到自己都没意识到的潜力。多年国际合作的跨国交流，打开的不仅是周红卫的眼界，更让他融合了美式的奔放热烈、日式的坚韧细腻，形成了自己独具一格的工作思路和领导气质。

2002 年，润和公司员工增至一百多人，在闹市区新街口鸿信大厦有了 600 平方米的楼层。2006 年，润和年销售额达 3000 万，每年递增速度 30%左右，已成为江苏软件出口代表企业之一。同年，公司完成了股份制改革，江苏润和软件股份有限公司正式成立，注册资金 1000 万，员工 300 人左右，成为国家规划布局内的重点科技企业。

那年，荣任润和总裁的周红卫在办公室迎来了他的 39 岁生日。窗外，灯火辉煌。室内，他闭目养神。越是成功越要冷静沉潜。此刻的他，已不是一味追梦的老男孩。作为正在高速发展的企业舵手，他要为事业博弈，为员工负责！梦与真之间，一念之隔。梦可醒，现实却不能失败，败了就会满盘皆输，影响那么多人的命运。这个 39 岁的工科男，表情凝重，心里在酝酿着一个重大的决定。

三

很难说清地铁与一座城的关系。地铁是一座城都市化的标志,同时还深具某种审美魅惑。作为在日本和美国工作过的外企高管,周红卫太了解地铁的重要性了。他现在的想法是,要把企业迁到郊区地铁线附近去。

他是在一次软博会上萌发这一想法的。当时他正领客户参观,偶遇雨花经济开发区一位负责人,对方热情相邀润和来刚刚建成的软件大道发展。当时软件大道还处郊区,就是一条空空大道,两边基本没配套设施。在这样一个毫无基础的旷地上创业,会是什么前景?政府正在招商引资,开出的价码着实优惠。但舍弃寸土寸金的新街口闹市来这里重新发展,会不会冒进?应该说,就是听说这里将来有通地铁的政府规划,周红卫才下了最后的决心。地铁,风尚,宽阔大道,鳞次栉比的科技园区,一群群器宇非凡的人才精英,这就是他梦想中公司该有的样子。创业哪能面面俱到,认准了就要干,力出一孔,心无旁骛,为润和的将来搏一把吧。

2007年12月,周红卫率公司上下员工,历时两月,将公司家当一举从新街口市中心搬迁到软件大道,同时开始建设软件外包园。两年后的2009年底,坐落于雨花台区软件大道168号,位于南京地铁1号线天隆寺站附近的2万平方米园区一期办公楼建成并正式入住。“一次大规模的搬家,非常累,但看到新家这么大、这么宽敞,大家都兴奋。”至今周红卫回忆起当年公司的乔迁,仍意犹未尽。

事实上，在轰轰烈烈的大乔迁同时，公司的上市准备工作也在有条不紊地悄然进行——2009年年底，公司引入投资近亿元，新增百多名内部职工持股股东，增加注册资本至5050万元，确定国内著名券商中信证券为上市保荐人等上市准备工作尘埃落定，进入上市辅导期。

梦想总是一个从无到有的孕育过程。看公司从一个80平方米小作坊发展到如今气势恢弘的大园区，周红卫当然兴奋。然而梦想从来都不是一蹴而就，软件园的发展也经历过阵痛。地铁没建起，交通没配上，到处都荒凉，员工吃饭没地方去，建食堂都找不到哪有菜场，偶尔回市区的家都有进城的冲动。粗粝的现实总是将人的梦想磨损，有时周红卫都忍不住怀疑自己的选择是不是错了。公司一下子搬进这么大的园区，会不会跑得太快太急乱了阵脚？

敢为天下先的人，或大成，或大败；而大成的人，一定敢为天下先。事实证明，周红卫当初那个连他自己都有点不自信的决定，确实一锤定音决定了公司的走向。在“专业化、高端化、国际化”的发展方向上，搬至软件大道软件园成就了润和公司鱼跃龙门的一跳。办公规模的骤增，地铁通行的优势，政府部门的支持，使润和公司走上了飞速前进的快车道。

近几年，公司软件外包业务成立方式扩展，供应链管理软件、智能终端嵌入式软件、智能电网信息化软件成为公司三个支柱产业。华为、爱立信、中国移动、中国电信等企业运营商均与润和软件开展了合作。在电子信息无所不在的今天，在各类手机、智能电视、智能机顶盒中都能觅到润和软件的存在。2011年，润和与日本汽车业巨头“丰田”展开合作，进行导航、车速分析、汽车黑匣子等尖端软件研发安装，可以说是润和软件公司发展史上一次难能可贵的拓展。

如今,公司有87%营业额来自直接接包,创下了中国软件外包业的一流水准。为便于在国际领域布局,公司已在日本东京、新加坡、美国波士顿、旧金山等地开设分公司,形成了一系列现场、在岸、离岸、双现场、离岸开发等完整有序的软件外包支付形式。因为公司的蓬勃发展和良好信誉,目前客户已有十多家世界五百强企业。而位于南京总部的研发中心已有千名员工,更成了众多海归才俊、高校精英们大展宏图的科技乐园。

2011年,润和年销售额达2.3亿。2012年,3.7亿。同年7月,公司通过证监会IPO发行审核,正式上市,成为江苏首家软件外包服务领域上市企业 。作为时代的弄潮儿,周红卫参与并见证了中国IT业从弱到强到无所不在直至融入全民生活的过程,而他自己,亦穿梭在这漫漫绵长又白驹过隙的时间里,成了江苏软件业界令人瞩目的标杆性人物。

四

"'润和'是英文'hoperun'的中译音,英文的意思是向着希望奔跑。中文'润和',当初是来自我的一个念头,一个梦想。那时,中国的软件业刚处于萌芽状态,整个社会对这个产业还不太了解。我们在艰苦的创业中,特别盼望有润泽的阳光雨露、和煦春风般的生存条件。这个希望国家帮助我们实现了,并且外部条件越来越好。'润和'也在几乎是两代'润和人'的奋力拼搏下成长壮大。后来,我和姚宁以及经营层的一帮弟兄们，觉得‘润和’就像是一个有生命的人，他长大了，有了一定的财富实力，该回馈社会了。因此我们心中有了一种从未有过的使命感，就是要‘润泽天下，和谐社会’——通过我们的努力，为国家软件产业的发展、为人类的幸福、社会的和谐做出我们应有的贡献。”他说这番话时，脸上写满了庄严与认真。

润和回馈社会是多方面的：

建立了1000万的助学资金，每年拿出一定的数量帮助贫困地区的学子。

但凡南京市、雨花台区组织的慈善捐款，润和总是名列前茅。

福利院、敬老院都有润和留下的浓浓爱心。

公益事业、志愿者队伍总有润和人的身影。

对那些数不清的青年创业者，周红卫更是有着一种特别的“责任”情结，从他们有些困惑、无奈的眼神里，他仿佛看到了当年的自己，心总有些揪得慌。他无数次地对自己说，我得帮帮他们，就像当年渴望有人拉自己一把那样。

子时过后的润和，办公大楼一片寂静，周红卫一个人坐在办公室电脑前喃喃自语，眼里布满血丝。夫人已经来催过几次了，要他回家休息，他执意要再待一会，再待一会。原来，明天要去黑马成长营，给年轻的创业者讲课，用他的话说，他必须认真地一字一句反复琢磨，否则会误导青年人。

为了解决青年创业者的资金困难，他跑东跑西，说服了几家成功的企业，润和自己也掏出了2个亿，成立了科技小贷公司，向一批又一批的青年创业者提供支持。

看到青年创业者脸上的笑容，他心里有些花开。他知道，这些人一定会成为软件大国、强国梦的圆梦者！

五

2013年岁末迎新的钟声尚未敲响，却闻春雷阵阵——

周红卫在几次会议上发出号令："2014，润和起飞！"

15年的奔跑，润和经历了太多的坎坷，遭遇了无数的挑战，当然也品尝了许多成功的喜悦。单看已经入住的第一期2万平方米办公大楼和第二期在建园区，就知道润和真的是今非昔比了。

他说，我们凭着一颗坚强的心，拼着青春的资本，一路狂奔。当我们越是接近心中那个理想目标时，越是发现，在我们的前面，先起跑者特别是包括印度在内的世界软件大国、强国不断加速，呼啸着将我们甩得越来越远！在我们的后面，不知什么时候有了那么多来者，呐喊着铆足了劲追赶我们！

润和，再也不能满足于奔跑，2014，我们要起飞！

怎样才能飞起来？润和具备了起飞的条件么？

15年的积累，润和有了一个强大的机身——一支综合素养很高的员工队伍；有了四个性能优良的发动机——地域辽阔的市场空间布局；目前正在抓紧装配的翅膀：高效管理体系的建立和不断全面创新的体制与机制。还有优质的跑道：国家、省市区创造的更加优良的软件产业发展外部环境。再加上"不差钱"的资本运作领域润和真的是可以勇敢起飞了！

“我们有幸生在这个时代,万般荣幸。将来有机会,来写写我们润和人吧,写写我的哥们姚宁,写写我们两级经营管理团队。我们同甘共苦奔跑15年,我们还想齐心协力飞翔15年!”采访结束,周红卫对我爽朗笑道。

他的笑依稀还露着当年那个工科男的模样,简单、直接,带点倔,有点耿。这笑容让人感动。一个做出那么大业绩、有过那么多辉煌的商界奇才,在他被时光刷得微糙的脸上,居然仍留着那么一个年轻工科男的笑容,这不能不说是岁月的奇迹。

最后,周红卫带我参观公司大厅的楼厦沙盘和正在建设中的润和软件园2期工地,告诉我正在建设的润和大厦规模。将来,润和软件园将扩至10万平方米,可容纳10000名员工,成为国家一流软件开发大公司。他说得骄傲,就像多年前他站在80平方米的小公司里,听一个IT大拿赞他必成气候忍不住就要喜形于色一般。时光荏苒,不变的是人心。这工科男的梦一直都是那么美好而强悍。

周红卫的梦,未完待续,我们期待着。

作者简介

黄雪蕻,1994年入伍,南京军区政治部文艺创作室作家。出版有长篇小说《白云绕家》、《红颜》、《儿女的荣誉》三部,长篇纪实文学两部,于《芙蓉》、《北京文学》、《莽原》、《天涯》、《解放军文艺》等杂志发表中短篇小说及散文多篇。作品多次获解放军文艺新作品奖。

带上梦想奔跑

文/胡　弦

吴薇给来参观的学生讲解

在矽望科技的工作台上，有些刚刚安装好的显示屏。吴薇问我能认出来是什么吗？我认出来了，这是公交车上常见的那种车载广告机，或曰车载电视，专门用于广告内容的播放。吴薇说，对的，但这些显示屏的功能，与通常所见的已大相径庭。这是他们的一个新设计，植入了智能芯，配有全球定位系统、纳米技术等，可以实现远程后台控制，对公交车所处状态能做到随时掌握和反应，并且远远超出了原来的广告范畴。

他举例说，譬如你到了一家超市附近，这个显示屏会立即改为播放该超市的商品信息，还会打出二维码，乘客只需要用手机扫一下，就可以在这家超市买到打折的商品。同时，商家通过搜集乘客的扫描信息，会完成市场调查。换言之，这是一块拥有了“智慧”大脑的显示屏。

吴薇说，这种产品已在部分城市的公交车上安装，随着推广，今后的公交车，将被改造成一个全新的智能空间，成为智慧城市的关键部分之一。

在工作台上，我还看到了更多的产品，如出口到韩国的POS机，商业收款机等。他时不时会说，这是最先进的，这是世界上最好的……他使用最多的一个词是“系统”。我明白，他们的产品，都是装载了自行设计的最先进系统的产品。从他声音不大、语气平静的介绍中，我体会到了科技的力量，同时也体会到了他内心的清晰和坚定。

系统，是指具有特定功能的有机整体。而如果翻看吴薇的履历，他本人的人生何尝不是一个组织有序的系统呢。这个当初武汉大学的高材生、副教授，去法国和美国求学、打拼了十多年，载誉多多而又抛弃了舒适生活回国创业的科学家、工程师、企业家，虽面容沉静，文质彬彬，却真正是个带上梦想奔跑的人。他那一段一段的人生，每一段都是精彩的，组合在一起，更是充满了迷人的色彩和魅力。有意无意之间，他把自己的人生做成了一个先进的系统。

一袋苹果的佳话

人类科技的进步，总是包含着梦想，实现了一部分，又总会有更大的部分在前面指引。梦想，像一种永动力，对人类如此，对一个人的人生亦如此。

吴薇，1963年生于南昌，1980年考入武大。在武大，他选择的学科很有意思，叫空间物理系。当初望文生义，他以为这个系，学的可能是导弹、飞船之类的知识。那时候，梦想更像是幻想，无边无际，像是非得飞起来才能追得到。到校后才知道，那个空间，不过离地三十公里，所授知识，则以电离层电波传播为主。到1984年他毕业时，这个系更名为无线电信息工程。

于是，他脚踏实地苦学，本科毕业，继续读硕，1987年留校任教，1992年因研究成果突出破格升职副教授。

人生之路看上去是平坦的，但吴薇并不甘心做个教授，他心中有另外的梦想——做公司。于是，他注册了一个公司：创意电子。他或许是中国电子领域最早使用创意这个词的人。要到许多年后，这个词才开始流行。就这样，在八十年代后期，别的教授教书的时候，他已经既做科研，又同时做项目了，可谓领风气之先。

公司地址设在珞瑜路。那时的珞瑜路是武汉著名的电子一条街，光谷的中心点。这也正是吴薇想要的环境，走出大学，获得在商业领域的在场感，从实战中积累经验。这种在场还有一个好处，就是获得研究材料的渠道也更多。那时，一些非正常渠道流出的电子元件有时会流到他手上。他知道这些东西的宝贵，也更加努力，整日沉浸于微电子世界中。他是那个时代中国研究单片机最早的那批人之一。

做研究，写论文，做项目，看似枯燥的工作，他做得快乐而生动。同时他又不囿于这些。那个阶段，他的公司做的是工业控制，包括数控机床、洗衣机控制系统、工业控制系统等。他深入企业，同武汉机床厂等厂家合作研发产品，并因此掘得了第一桶金。九十年代是意气风发的年代，他的创意电子公司也做得意气风发，在同行业中崭露头角，生意可谓蒸蒸日上。

这时，有个突如其来的事情，对吴薇的一生影响深远。有一天，有个人提着一袋苹果来找他。来人自报家门，竟是北京航空航天大学的何立民教授。何立民何许人也？那可是我国单片机与嵌入式理论的奠基人之一，在数控、检测、数字信号处理等专业领域成果卓著，平时在电子迷们口中当神一样供着的人。蓦然登门拜访，还真把他吓了一跳。何教授登门为何？原来，是吴薇发表的多篇论文引起了他的注意，他断定吴薇是这个领域不可多得的人才，人家是访贤来了。二人秉烛长谈，越谈越投机，何立民说，他正在编一本名叫《单片机应用文集》的书，想请他做撰稿人。他欣然应允。《单片机应用文集》第一集1993年完成，吴薇执笔的内容约占全书的五分之一。令他没想到的是，这本书一出，就引起轰动，连续印刷了多版，成为单片机业界必读丛书之一。

这番经历，吴薇无疑已站在了一个更高的支点上。他想起了何立民的话："将最新的技术反映在教学中是做好教师的基本指导思想。"但在实际操作中，吴薇却想得更多。那时，他感到自己的梦想变得更加清晰，就是既做科研，又做实业，做出世界一流的产业。这个梦想，像一粒种子一样深种心海。

但苦恼也随之诞生，一是他管理意识虽强，但经验匮乏；二是国内科研成果难以产业化，因为配套产业不够用；三是消息闭塞，他怀疑，自己正在做的研究，国外可能早有人做过了。所以，看似创新，实际可能是无意义的重复。他觉得，有机会一定要出国，要看看那些最先进的成果和产业是什么样子。

十三年海外生涯

吴薇是1994年出国的。那一年,国家选派十人出国留学攻博,他是其中之一。他到法国里尔一大攻读嵌入式系统与工业计算机博士。

在法国,吴薇进一步靠近了自己的梦想。一是接触到了计算机领域比较先进的技术,学到了新鲜的理论,也证实了自己原来的科研可能是无意义重复的猜想,二是有机会进入闻名世界的大公司去做研究和实践,亲历科研项目产业化的全过程,从而有了熟悉、掌握欧洲发达国家工业项目开发的一整套规范的可能。

国外读博,还是比较开放的,他的导师也在做项目,像吴薇这样的学生,正是导师所希望执教的。很快,吴薇深入到导师所做的两个项目,一个是给雷诺公司的大卡车做紧急刹车安全系统,一是为SGCC公司做在线检测系统。在这两个系统的设计中,吴薇都起到了关键作用,其聪明才智得到导师盛赞,并顺利赢得了一份法国奖学金。后来,他的毕业证书上有“très honorable avec félicitations du jury”这样的评语,意思是“十分优秀”。据说,能获得这种评语的学生,不到百分之十。但是按照规则,吴薇并不能从这些项目中获得经济报酬。导师说,由于你的卓越表现,你可以推荐一个人来这里学习,学校将提供四年的全额博士奖学金。吴薇开玩笑似的说,可以推荐任何人吗?导师说,我们当然相信你推荐的人。结果,吴薇还真的推荐了一个,这人在法国做了一年访问学者,得悉吴薇推荐自己,大喜,喻之为天上真的掉下了馅饼。

当时有企业想挽留吴薇在法国工作，这也是许多人梦寐以求的，但吴薇拒绝了。因为，吴薇看到了更大的世界。论电子行业，美国的硅谷无疑领全球之先。吴薇要到那最先进的地方去，去和全世界最好的精英们一起切磋。1998年底，他来到了硅谷这块旧金山郊区的梦幻之地，先是在一家公司进行光纤到户项目的研究和实施，然后跳槽到图灵（Turin）网络公司，作为高级工程师从事系统设计，一干就是八年。

这八年，收获是巨大的。从工程师、设计师到项目经理，在创新开发领域不同的角色扮演，让他对高技术产品的开发和项目管理有了更透彻的理解。期间，他的太太和女儿也来到美国，太太在一所大学工作，一家人在一起，其乐融融，由于收入不菲，全家每年还可以到世界各地旅游几次。但在这样温馨而又充满惯性的生活中，他的心却开始时时偏离轨道，他知道，是自己心中那颗想创业的种子埋藏太久，萌发的渴望越来越强烈。

虽然前几年吴薇已加入了美国籍，但对祖国的依恋，对父母、亲人、朋友的思念也与日俱增魂牵梦绕。同时，他看到中国在成为世界工厂的同时，没有掌握更多的核心技术，更大的问题是，这种加工型经济在获取利润的同时，带来巨大的环境污染和能源损耗。他明白祖国对高新技术是多么需要，一种神圣的使命感在召唤他心中那颗梦想的种子，要去祖国的土地上生根发芽，开花结果。

他的梦，终于被太太和女儿知悉。她们最理解他。

从矽鼎到矽望

2008年8月,吴薇回国,选择在祖国东部的无锡落脚,创立了矽鼎科技,公司定位为行业终端定制和一体化解决方案。创业之路是艰辛的,最初,租住的公寓电梯里连灯都没有,更糟的是,装修声让他无法入睡,只得绕着小区一圈圈"散步",几乎踏遍了周围的每一条路。公司最早的团队只有五个人,但他心里有底气,因为他携带的是世界上最好的科技和公司运作经验,他把这五个人比喻为火车头,由于动力强劲,后面的车厢会越来越多。

果然,不到四年,企业就发展到上百人,拥有国家专利19项和7项软件著作权,开发出新一代符合车规标准的车联网前后装终端,具有物品追溯功能的物联网终端以及移动支付终端等十几个系列产品,公司朝亿元企业迈进。他本人也入选无锡市"530"计划领军人才和第二批国家"千人计划"。

但在2012年,吴薇却在深思熟虑的基础上,做出了一个令人惊讶的举动,他保留自己在矽鼎的股份,然后来到南京江宁开发区,再次创业,携手同是海归的潘挺睿博士创立了矽望电子科技有限公司,并任董事长和总经理。

吴薇认为,公司就像一棵树,它的创立和成长,与周围的环境息息相关,这些环境因素包括人才、资金、政务等多个方面。他来南京,看中的是南京的区位优势、创新创业的浓厚氛围以及突出的科教优势。特别是当地政府对高新企业的支持。公司酝酿成立之初,就为地方政府知悉，被列为南京“321”高技术企业计划的一员。成立没多久，正当他为生产场所不够用而烦恼的时候，开发区工作人员的一个电话顿时让他喜上眉梢：“千人计划”专家江宁创业大厦已经为他准备了更大的发展空间。

另起炉灶，就意味着要从头吃苦。作为董事长与首席技术官，吴薇不仅要负责公司的管理运营，还要抓技术研发，白天跑市场，晚上写专利，员工们都称他为“工作狂人”。而这一切，在吴薇看来理所当然，创业，就是要时刻充满激情，保持年轻的状态和永不放弃的精神。他的公司里有不少年轻人，看着他们，他就像看见了当年的自己，他愿意和这些心怀梦想的年轻人在一起奔跑，分享、实现那些美好的梦。为此，他还兼任江南大学的教授、博导，致力于培养更多的年轻人。

矽望科技的目标，是致力于有独立自主知识产权的软硬件设计，打造中国物联网核心技术及标准，为国内外客户提供“智慧”系列移动互联网与物联网的垂直解决方案。智慧，成为公司的关键词。对于此，吴薇的名片上是这样写的：“智慧传感、智慧芯、智慧公交、智慧医疗。智慧引领人类未来！”

矽望科技成立短短几个月就研发出了三款产品，诞生了全球首台家用胎动仪。这是一台类似于步话机的白色小巧仪器，把探测头放在孕妇肚皮上，就能即时将胎心、胎动的波纹图、数量等信息传导到接收器上，接收器再上传到云平台，医院的医生就能远距离判断胎儿是否有异常状况。传统的胎动仪只有医院才有，对于经常要测量胎动的准妈妈们很是不便。而这个小东西，售价不过千元，既打破了医疗检查仪器的高昂价格坚冰，又实现了小型化、家庭化。

在吴薇看来，创业与科研的最大不同就在于市场。创业前期调研，就是要研究研发的东西是否能够产业化，能不能被市场接受。正因为准确把握了市场脉动，矽望的科研成果正源源不断地从实验室走向生活应用。目前公司研发的新产品“智慧芯”，可实现对POS机的升级改造，以后商场交款柜台上再也不用摆上一排刷卡机了，各种银行的卡都能在一台机器上识别，还可以向客户发送广告，客户也可以对商品进行评价。

矽望是年轻的，也是充满希望的。矽，硅字的旧称。在硅谷已成为高技术企业聚集之地的代名词的今天，矽望，也包含了更多的意蕴。在矽望科技，有的房间命名为旧金山，有的命名为戴维斯，会议室则直接命名为硅谷，这里，除了有对公司科学家和高级工程师们技术脉络的追溯，同时还展示了一种世界视野和雄心。

我又想起了吴薇常说的系统。他的人生像个系统，他的产品、公司，都是先进的系统，而一个小的系统，往往又是更大系统的组成部分。如今的海归逐年增多，已比十年前高出四倍。归国创业的人越来越多，他们都是怀揣梦想的人。而他们的梦，也从属于一个更大的梦想，那是我们这个时代的梦，或曰中国梦的一部分。

吴薇和他的矽望，必能梦想成真！

作者简介

胡弦，生于1966年。著有诗集《阵雨》(2010)，散文集《菜蔬小语》(2008)等。曾获《诗刊》“新世纪十佳青年诗人”称号(2009)，闻一多诗歌奖(2011)、徐志摩诗歌奖(2012)、《十月》等杂志年度诗歌奖。

从少年发明家到执行官

文/王成祥

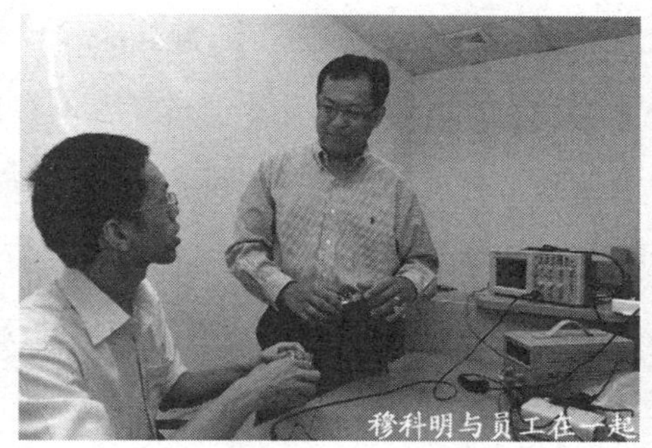
穆科明与员工在一起

此刻,我所面对的采访对象是一位容易被外界产生误解的“工科男”:他中等身材,腰板挺直,衣着朴素,圆圆的脸庞上,不时会透现出几分憨厚与可爱。这样的男子,倘若埋头走在南京的大街上,你可能只会把他当成一个极其普通的上班族,甚至是一个外地来宁求职的打工者。殊不知,这位有着清华大学工学硕士学位和美国伊利诺大学香槟分校理学硕士学位的“工科男”,不仅是中国发明协会终身会员,还是统领一家有着150名员工的高科技企业CEO。他的名字叫穆科明。

穆科明出生于一个普通的知识分子家庭,父母原先都在中国科学院长春光学精密机械研究所工作,后因响应国家号召,双双下放到内蒙古大草原。1971年,当穆科明降临到这个世界时,由于受当地医疗条件等因素的限制,居然是父亲亲手为他接生的。3岁那年,他随父母一道离开内蒙返回长春。父母单位离市中心甚远,加上平时都是忙于各自的科研事业,穆科明从小就养成了“心远地自偏”的习惯。闲暇之余,他喜欢一个人待在家中,静静地琢磨一些事儿。譬如:收音机为什么会发声?电话机为什么能传话?电视机为什么会产生图像?钟表又为什么会自己走动?想得多了,他会亲自鼓捣一番,不是将家中的电话线拔掉又安上,就是将一台收音机拆开重装,装好又拆开。那时,他可能还不知道世上有"科技"二字,更无法领悟"科技"的真正内涵,可他显然对此产生了浓厚兴趣,以至刚上小学不久,他就被学校选送到市少年宫去学无线电方面的知识。

当时的少年宫,与如今遍地开花的兴趣班与提优班有着天壤之别,必须是在某一方面有着特殊禀赋的优秀生才有资格被选送,并且分文不收。一段时间下来,他就学会自己组装收音机、电视机、航模汽车等,并且跃跃欲试搞起了发明。20世纪80年代中期,还是一名初二学生的他,居然运用声光报警原理,发明了一种自动报警钓鱼竿。高中时,他又亲自鼓捣出一个自动电话程控交换机。这两项发明,不仅申报了专利,还获得国家发明奖。因此,小小年纪的穆科明,竟成为中国发明协会的终身会员。

1991年,从长春市第八中学毕业的穆科明,顺利地考入了令人神往的清华大学。在那所中国最著名的高等学府,他不仅攻读完5年本科和3年电子工程专业的研究生,还收获了一份令人羡慕的爱情。不唯如此,在校期间就经常参加一些重要科研项目的他,在发明道路上,又迈出了崭新步伐:在国内,他第一个将等离子溅射技术结合高频PWM电源及其模糊控制引入到真空镀膜的领域……这些骄人业绩的取得,为他后来走出国门,寻求更加理想的发展空间,无疑打开了一条便捷通道。

1999年,学业有成的穆科明毫不犹豫地选择飞往美国,因为在此之前的1997年,同样毕业于清华大学的女友已率先去了那里。穆科明这一去,时间竟长达11年。期间,他在美国硅谷的高科技公司主要从事视频信号处理、视觉传感器芯片的研发与管理工作。体面的职业,丰厚的待遇,优越的生活,使他步入常人眼中"天堂"般的境地。穆科明一开始也有着类似感受,并且有点陶醉不已。可后来,当亲眼目睹中国的许多人才在国外高科技企业所起的作用后,他开始陷入一种沉思:偌大的中国,其实并不缺乏人才,可为什么总是处于低价值的"制造大国、品牌小国"的地位?这是一个问号,随着时间的流逝,它开始变得越来越大,并且占据了他的整个思维。于是,有一次他禁不住扪心自问:科明啊,莫非你想要身体力行,去寻找一种真正的答案?如此问过之后,他不觉陷入新一轮的沉默。

然而,对于创业者来说,越是未知的世界,越是那般令人着迷。他自小就鼓捣过发明,对此感受极为深刻,领悟更是透彻。终于有一天,他忍不住将自己想回国创业的心思向爱人作了一番吐露,没想到竟得到了对方的理解与支持。接着,他又将想法向身边的一些同道作了亮相,结果有的赞赏,有的鼓励,有的进行善意的劝阻,有的则坚决反对。最后,穆科明和身边的五位合伙人达成了共识,他们既是他的大学同学,也是同事,都在美国工作了十多年,个个堪称业内专家,这就从根本上解决了人员和技术问题。同时,每个人掏点钱出来,投资问题也能得到部分解决。虽是这么想,可穆科明仍然心存忧虑,他怕有些人放不下在美国优越的生活条件,中途会反悔。为了解决后顾之忧,他一次又一次把合作伙伴的老婆、孩子召集起来开大家庭会议,进一步统一认识，坚定信念。

让我们将时间定格在公元2010年这一重要时刻。那时正值盛夏，一位有着“海归”身份的追梦人，告别妻子儿女，只身登上了自美国飞往上海的航班。在此之前，因工作关系，穆科明曾不止一次有过类似的远行经历，可那仅仅是出差，哪怕飞得再远，在外逗留的时间再长，最终总会踌躇满志地回到美国那个温暖的家中。可此次，情形大不一样，因为他要前往国内创办属于中国自己的高科技企业。虽然，他从报纸和电视上，曾多次了解到国内的投资政策在不断放开，投资环境在不断改善，“海归”创业的人数也在不断增多。并且他还在网上，通过电子邮件与国内多家科技园区有过联系，可此刻，当他怀揣梦想踏上征程时，种种担忧依然纷至沓来。这么一想，在走出家门的那一刻，他的内心深处，不禁产生出一种“风萧萧兮易水寒，壮士一去兮不复还”的感慨。

经过12小时的漫长飞行，穆科明终于来到了上海。他知道，像上海、北京这类一线城市，研发成本和人力成本比一般城市显然要高出许多。为此，从上海机场出来后，他双手拎着两只大皮箱，肩上还背着个鼓囊囊的包，直接前往南京。为了节省每一分钱，来到南京后，他找了家每晚只需60元的连锁酒店安顿下来。当他将沉重的背包卸下时，才发现双肩竟被勒出了两道深深的印痕。

更令他难堪的是，由于一路奔波，加上天气炎热，他的身上起了许多湿疹，奇痒难忍，稍一抓挠，就会形成一个个水疱。期间有朋友来酒店探望，见他一副狼狈相，不觉戏笑道：“想当初你在硅谷工作，背后的靠山是世界500强企业，出差总是住四星或五星级大酒店，没想到如今居然心血来潮要回国内创业,真是吃饱了撑的!”面对朋友的善意戏言,他只好沉默以对,内心却没有丝毫的悔意。因为他深知,开弓没有回头箭。一切的挫折磨难,一切的艰难险阻,不过是成功来临前的征兆而已。正是本着这样的信念,他在酒店安顿下来,并且一住就是好几个月。

2010 年 9 月,穆科明取“人杰地灵、迈古超今”之寓意,创办了南京杰迈视讯科技有限公司,并正式入驻南京市白下高新区,专门从事高清智能视频监控系统的算法研究、技术开发、产品设计、工程实施等,并拥有 10 多项中国和美国专利。

公司成立伊始,作为首席执行官的穆科明,办公室内只能容纳一张不大的桌子和一张待客用的小圆桌,显得十分寒碜;室内地面上,放有一只随时可以出发的行李箱;而墙壁的隔板上,摆放的则是他的“全家福”以及孩子们的画作。这些细节所透露出的信息是:与妻子、儿女相隔大洋两岸;一荤两素的盒饭;各连锁酒店的会员卡;每周 7 天的工作日;每天工作时间从 8 小时至 14 小时的悄然延伸;每次出差总是选最便宜的经济舱……如果说,对于执着创业的穆科明来说,这些都能克服的话,接下来,他又遇到了一系列意想不到的头疼事。

首先让他为难的是招人。由于刚着手创业,全公司上下只有两三个人,租赁的房子也只有几百平米。一些前来应聘者看后,都以为这是家“皮包公司”,有的调头就走,有的干了不到一天,第二天就根本不见人影。作为执行官的穆科明深知,企业规模太小,加上人员又少,这是招不到人才的重要原因。

那段日子里,穆科明和他的创业伙伴们可谓事必躬亲,既当老板,又当员工，从网线铺设到安装桌椅，几乎所有的事情都是亲自动手。其间，他也碰到过一些业内精英，并希望对方能够融入“杰迈”。但对方觉得“杰迈”公司加班太多，又不大稳定，前途难料，纷纷拒绝了他的邀请。对此，穆科明笑着解释道：“其实，大多数求职者都有这样的心理，待遇要求最好，风险系数又希望降到最低。可对于真正的创业者来说，这种想法无疑是个误区。试想，如果大家只认为去大公司就职才有出息，那么，就没必要再让一些小公司诞生了。一个人，如果没有以小做大的梦想与信念，那么，这个时代就会缺少一些新技术的问世与推广。”一些被他的真诚话语所打动而主动留下的，如今已成为“杰迈”的精英。

穆科明戏称当时的“杰迈”为“三无企业”。此话虽是戏言，却包含着深深的无奈与辛酸。因为在国内、在南京，他没有任何固定资产，没有银行信用，此为第一“无”；没有丰厚的资产做后盾，这是第二“无”；企业除了技术专利外，没有任何值得炫耀的固定资产，此为第三“无”。因而，这个“三无企业”在发展过程中所面临的又一个重大难题，便是贷款与融资。

时光不觉转到了2011年。经过半年的艰辛经营，“杰迈”公司的办公面积还不到400平米，旗下仅拥有二三十名员工，以及50多万元的销售记录。为了维持正常运转，穆科明和其他创始人不仅不拿分文工资，还要不断地往公司贴钱。更令人担忧的是，当时公司的账面上，已出现了200多万元的亏损。对此，穆科明回忆道，由于前期准备比较充分，“杰迈”在申请商标、产品认证、专利申请等过程都很顺利，产品的雏形出来后，很多人看了也都觉得不错，但等到产品真正被生产出来，却没人愿意买。“杰迈？没听过嘛！”这是很多客户的第一反应。也正因为没有被听过，“杰迈”成立的三个月内，连一笔单子都没接到！面对惨不忍睹的现状，穆科明血压飙升，体重却一下子减轻十多斤。有生以来，这位少年发明家，这位清华高材生，这位来自美国硅谷的业界精英，算是真切体会到了归国创业的艰辛。

然而，穆科明没有轻易动摇自己追梦的信念，更没有对自己的产品失去信心。他知道，高科技创新产品的研制与推广，如同一切新生事物一样，需要有个过程，更需要第一个敢于“吃螃蟹”的人。为此，在一次由政府组织的“海归”人才创业交流大会上，他坦言道：“公司曾想把产品卖给南京地铁项目，相关人士让我们拿出在其他城市地铁项目应用的成功案例，我们拿不出，因为这是个创新产品，市场应用几乎为零。如果其他城市地铁项目也要求我们拿成功案例，这个技术性能远远优于现有产品的创新产品，就永远卖不出去。南京现有 48 名科技创业家的创业项目和产品，大多居世界领先水平，政府能否帮他们做些市场对接工作，如举办政府采购专场等，让政府采购项目成为这些创新产品的第一个‘吃螃蟹’者？”他的一番由衷之言，顿时赢得了阵阵掌声，同时也为政府扶持创新产品提供了有效的借鉴与参考。

2011 年 5 月初，国家水利部浙江省太湖流域水环境综合治理工程招标落下帷幕。按理说，穆科明应该为自己的智能高清网络视频监控系统能在全世界 140 多个产品中入围前三名而感到欣慰。然而，庆功晚宴上的他，除了忐忑没有别的心情。“因为另外两家企业都是年销售额达几十亿的上市公司，而我们公司才成立半年多。”穆科明之所以这样说，并不意味着他对自己的产品缺乏信心，因为他的设备可以将

1000 多米范围内的图像清晰采集和传输，能清晰地看到 200 米范围内的深水尺桩的标记，以及水里的蓝藻和鱼，还能在光线较暗的情形下呈现清晰的影像。这既是“杰迈”产品的优势，也是穆科明的苦恼之所在：因为一般的研讨会都在白天，测试也在白天，因此“杰迈”产品的种种优势一时很难被发现。

所幸，庆功宴是在晚上举行。晚宴结束后，穆科明称自己要去测试现场拿东西，并邀请专家们一道去看看晚上的测试效果。当时天已经黑了，光线非常暗，但“杰迈”设备采集的影像却异常清晰。这让专家们对“杰迈”产品开始刮目相看，随即赞不绝口。正因为如此，“杰迈”公司顺利拿下这个项目，并创造了一则“小企业赢了上市公司”的神话。随后，“杰迈”公司产品还成功中标天津奔驰 4S 总店监控一期工程。但穆科明的目标，是要把“杰迈”做成中国自己的世界级高科技公司，“目前市场上我们的产品，能保证在未来 3—5 年内不落伍；正在研发的产品，将会成为 3 年以后技术最先进的。”穆科明信心满满地说。

2011 年 7 月，“杰迈”公司签下一笔近千万元的大订单，可客户要求对方先垫付原器件的费用，需要 400 多万元。这笔费用，对于创办不久、还处于成长期的“杰迈”公司来说，无疑是个大数目。正在焦虑之际，南京市白下高新园区管委会伸出了援助之手。在园区投资担保公司的担保下，500 万元科技贷款仅用 10 天时间就到了“杰迈”的账户上，正好解决了“杰迈”的燃眉之急。这笔大订单的顺利完成，使企业在业内的影响力得到迅速提升，客户量也有了迅猛增加。在短短一年多时间里，“杰迈”就取得了 2 项发明专利、3 项知识产权和 1 项软件产品登记。其主打产品智能高清网络视频监控系统已走进国防、水利、海关、政府、智能城市、平安校园、智能交通、智能楼宇、文博等高端应用领域，年产值超过1000万元。中共江苏省委常委、南京市委书记杨卫泽由衷称赞道："不是每个高科技企业都能像'杰迈'发展得这样快、这样好！"

如今，以"秉持自主创新、打造民族品牌"为宗旨的"杰迈视讯"不仅已步入正轨，而且先后被评为白下区科技产业化示范企业、南京市重点企业创新企业，入选南京市政府采购目录企业、江苏省民营科技企业、江苏省高新技术企业。它在杭州和硅谷均有自己的研发机构，并建立起面向全国的营销和服务网络。而穆科明本人，也相继入选江苏省"高层创新创业人才引进计划"、南京"资金人才计划"、南京"321"科技企业家培养计划。并荣获南京市好市民、南京市科技企业家、南京市人大代表、南京市秦淮区侨联主席等一系列殊荣。对他而言，有朝一日，将"杰迈视讯"打造成一个中国设计的、具有独立自主的知识品牌，乃是他的最大梦想！

作者简介

王成祥，中国作协会员，文学创作一级。迄今已公开发表长篇小说《记忆之村》、《锦瑟华年》、《譬如朝露》三部，中短篇小说百余篇。出版有《春归何处》、《蛙鸣悠扬》、《在故乡的土地上》、《文字的家园》、《成长三部曲》等专著六部。曾获全国梁斌文学奖、路遥青年文学奖、江苏十年报告文学奖、金陵文学奖。

潮流帝国：年轻就是一种态度

安心立命，方得始终

青果，一个理想主义者的创意空间

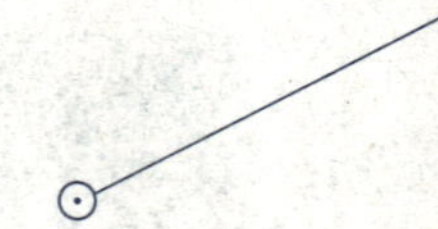

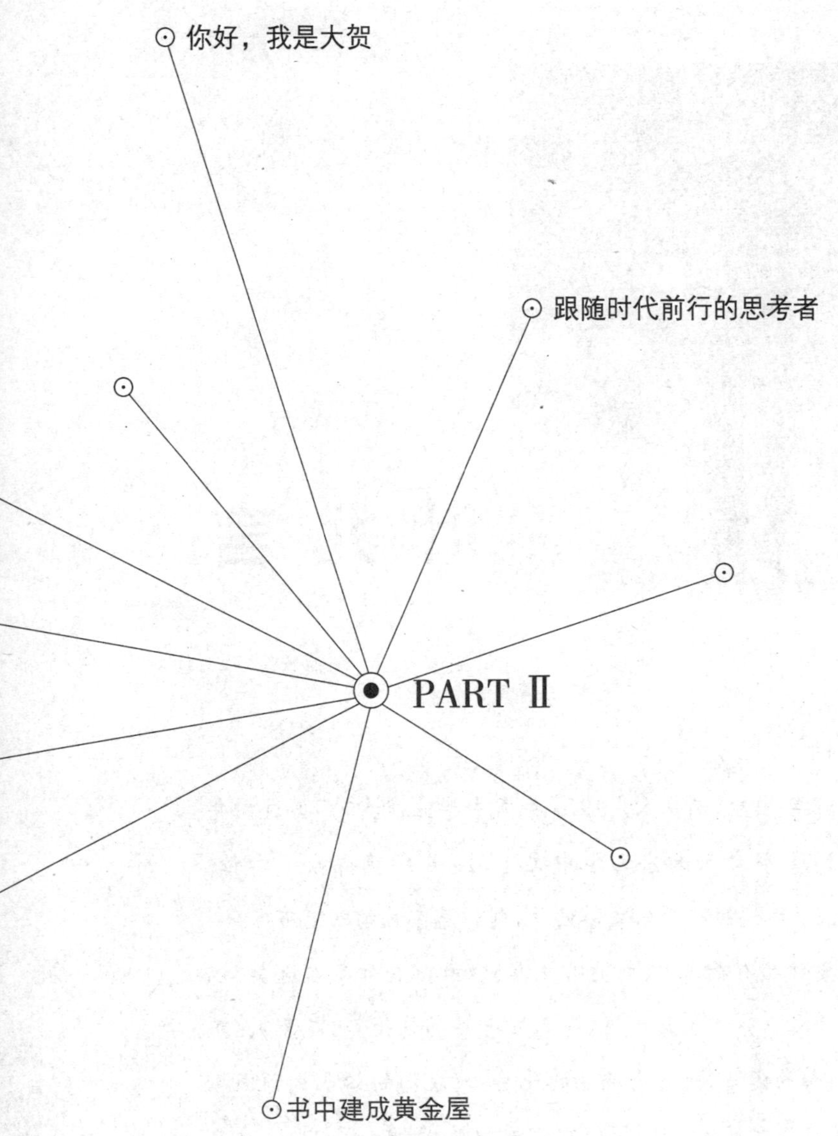
你好，我是大贺
跟随时代前行的思考者
PART Ⅱ
书中建成黄金屋

叶兆言

YE ZHAO YAN

1957年出生，南京人。1974年高中毕业，进工厂当过四年钳工。1978年考入南京大学中文系，1986年获得硕士学位。20世纪80年代初期开始文学创作，创作总字数约四百万字。

主要作品有七卷本《叶兆言文集》、《叶兆言作品自选集》以及各种选本。另有长篇小说《一九三七年的爱情》、《花影》、《花煞》、《别人的爱情》、《没有玻璃的花房》、《我们的心多么顽固》，散文集《流浪之夜》、《旧影秦淮》、《叶兆言绝妙小品文》、《叶兆言散文》、《杂花生树》等。

南京是外地人的天堂。和国内所有的大城市一样，南京骨子里也是一个移民的城市。不是人物不会到南京来混，不是人物在南京也混不下去。

对于异乡的外地人来说，南京是一个不可多得的城市，它既有传统，又不固守陋习；既有文化，又不醉腐；既迎新，又不厌旧。南京给外地人提供了一个大显身手的场所，提供了一个充分表现自己才华的舞台。

南京对外地人向来是特别友好，并提供了无穷无尽的机会。地道的南京人都乐意承认自己不是官场的料子，乐意承认自己的确有某些地方不如外地人。南京是一座在外地人领导下发展起来的城市。历史证明南京离开不了外地人，南京这座城市能有今天，南京的外地人功不可没。

所有经营文化的商人，都特别看重南京这块风水宝地。南方的商人，把南京看成自己北伐的前沿阵地，而北方的势力欲想南下，也很自然地会把南京看成兵家必争之地。一旦在南京获得成功，潜在的市场前途便不可预料。

刘醒龙

LIU XING LONG

生于古城黄州。中国作家协会全国委员会委员，中国作家协会小说委员会委员。作品有中篇小说《凤凰琴》、《秋风醉了》、《大树还小》，出版长篇《威风凛凛》、《天行者》、《圣天门口》等十一部，长篇散文《一滴水有多深》，长诗《用胸膛行走的高原》等。中篇小说《挑担茶叶上北京》获第一届鲁迅文学奖，长篇小说《天行者》获第八届茅盾文学奖、第二届中国小说学会长篇小说大奖和第一届中国当代文学学院奖长篇小说大奖等。

我脖子上有十几个疤痕。那些有着优美弧线的伤痕，是我当年做车工时强力切削不锈钢时铁屑飞溅的烙印。被车刀挤压下来的铁屑带着几百度的高温，偶尔会准确地钻入我的领口，因为强力切削时不能中断操作，必须等这一刀走完，停下车床后才能处理。这当中，滚烫的铁屑会将接触到的肌肤烤出一股烤肉香。这个世界有机会闻到自己肌体发出的烤肉香的人应该不会很多。

离开工厂后的二十几年，不锈钢铁屑留给我的伤痕才完全抚平。在我心里却永远记得当年那些从领口里冒出来的烤肉香。我越来越相信，那是一种青春的滋味，虽然那不是青春的唯一滋味。我热爱工厂生活中诸如此类的不快。正是这种没有什么了不起的不快，和绝对了不起的青春锻造了我的近乎不锈钢一样坚韧的神经。

跟随时代前行的思考者

文/朴尔敏

陈 俊

我们之所以对某些企业家印象清晰，往往因为他们“从一而终”。比如他们只做地产，只做家电，只跟你谈盈利模式，只认报表说话……我的这位受访者却是个例外，他认为这些都是商业的表象，他热衷于和你探讨除此以外的一切。

对很多认识陈俊的人而言，他也是“复杂而模糊”的：这位生于20世纪60年代中期的工科男，20年前尚在叫卖他的科技专利，转瞬就跻身中国城市区域开发领域，完成了原始资本积累，坐上了与王石、潘石屹、任志强等地产精英并列的“董事长圆桌”；在住宅地产最如日中天的时候，又把视线转向黄山、西津渡、1912等文化旅游商业地产的开发和运营；在各路资本纷纷投身商业地产的今天，他对“互联网与体验经济相结合”的探索已落地，其产业链上的试验作品“艾米1895电影街”已经完成了第二轮融资；他甚至还在探索一些大多地产商认为不值一提的课题，比如文化主题客栈的大联盟和“米其林模式”。

事如此，人亦如此。沉稳与求变、赚钱与文艺、思辨与效率、苛刻与宽容、笃定与未知……这些词几乎不可以、也不太可能同时用来形容一个人，然而它们集中体现在陈俊身上，描述他似乎很难。

不停涉足新领域，陈俊始终在“变”。如果把茫茫时间按照“这一刻之前”和“这一刻之后”粗略分段，唯有两点是肯定的：首先，在这一刻之前，陈俊作为一个民营企业的掌舵人，在商业上是成功的；其次，在这一刻之后，他注定要以独有的“陈俊模式”继续参与新时代商业进程的书写。他还会做什么动作，取得怎样的成果，让人无限好奇。如果非要用一个词来形容他，我只能说是“独特”。

要申明的是：我对陈俊先生的认知至今仍有一定局限：有时他像个文弱书生，不经意却露一手好武艺；有时他竭尽保守，转眼却对互联网上兜售避孕套的姑娘由衷赞叹；他和文人在一起拼命强调商人的重要性，和企业家在一起又强调不能追求利益最大化；他能为下属努力过后的最差结局买天大的单，却会因一个看似无碍的愚蠢瞬间狂躁；他动辄天南海北组织会议到凌晨，却有时间打麻将并到处宣传他“如何做到输了钱也不难过”的理论……

这个时代因为多变而充满魅力，在如此背景下，一个独特的人在创业历程中的独特心路，本身就是有意思的话题。因此接下来你将听到几个我与陈俊相处过程中亲身经历的小故事，它们侧重于主人公内心的想法。希望这些故事能让你对“复杂”的陈俊有略微清晰的了解，并得到属于自己的一点点启发。

NO.1 站在“问题”的本质上看问题 商业就是对人性欲望的满足

成功学有很多关键词，诸如勤奋刻苦、坚持不懈、善于把握机会等等。陈俊觉得上述关键词都很重要，却又不是最重要的。他认为一个人能否驾驭某件事，核心在于他能否看清这件事的本质。这是第一个故事——

某次管理层培训上，陈俊突然提出了一个关于“问题”的问题。“问题”到底是什么？有人答，问题就是需要解决的矛盾；也有人说，问题就是超出预期的意外……陈俊对这些都不满意，他给出的答案是：问题就是理想和现实的差距。“理想和现实一致，表示没有问题；有差距就有问题；问题的大小取决于距离的大小；解决问题就是缩小理想和现实的差距。”

陈俊认为，认清“问题”的本质后，解决问题的通路才会清晰。有些人解决不了问题，并不是因为他能力差，而是他采取的措施不能降低理想改善现实，或使二者相互靠拢。“无用功不是最可怕的，最可怕的是力气使反了，导致理想和现实的差距越来越大，小问题变成大问题。”

陈俊喜欢研究各种成功商业模式或产品的“本质”，比如保龄球的风靡是抓住了人性里的“破坏欲”，“当你知道‘破坏欲’比‘建设欲’更强烈时，才会设置出那样的游戏规则：砸得越乱越好，而不是垒得越齐越好。”

商业的本质，正是对人性欲望的满足。“人性的需求在不同时段呈现出不同的层级，这一点马斯洛早就在他的人本哲学中讲得很清楚。所以改革开放前30年我们着重解决‘衣食住行’等生理层面的需求，接下来30年就要解决心理、情感和自我实现层面的需求。我们今天进行文化转型，也是为了顺应这种需求，它既不是附庸风雅，更不是自身层次高导致，而是一个商人认清商业本质之后，根据未来利益最大化的方向做出的慎重决策。”

的确，回望工科男陈俊下海创业之后的历程，每十年一个转型，看似变幻莫测，其实变的只是随着时代刷新的产品表象，他对人性本质需求的把握，却从未变过。这是他白手起家、在创业大军中跻身“佼佼者”之列的核心原因，也是他开启未来新征程的起点。

NO.2 “审美”的标准同样可量化 用结构化思维打破常规

一个人特别喜欢探讨形而上的话题，就难免被冠上“务虚”的帽子。对于企业家，人们更关注他赚了多少钱，以及如何赚的钱；人们探究“本质”的耐心，似乎远低于对“获利”的兴趣。

然而世界上没有无缘无故的获利。这些年陈俊用不俗的业绩证明了务虚与务实同样重要，而我所认识的陈俊，也的确掌握着一些利用事物本质来指导实际行动的独特技巧。这是第二个故事——

公司每年都有大量的设计工作，设计师自认为“很棒”，需方却认为“这不是我想要的人”——此类矛盾时有发生。某天陈俊突然问：

“能不能制定一个关于审美的统一标准，一句话就让设计师明白我们到底想要什么?”

这无疑是个富有想象力的愿望，所有人一致答复：不可能。因为审美是极其主观的事，主观的事就是意识形态的事，无法形成标准。

不久陈俊又找大家开会，他兴高采烈地说：“我终于想了个办法，让大家对美的认识统一，以后再也不用吵架了。”

陈俊的办法是：首先从审美的发展阶段把“美”分为三级。第一级是原始审美，比如喜儿的红头绳、花棉袄和《红高粱》里巩俐的造型，这是人类满足温饱后第一阶段认知到的美，简称“俗”；第二级是大众审美，比如白衬衫、黑西装和邓丽君的歌，这是作为社会细胞的人在主流价值观下普遍能接受的美，侧重“中庸”；第三级是艺术家审美，比如男性留长发，比如某些看不懂的行为艺术，这是少部分人在特殊思维模型下被局部认可的非主流的美，力求“标新立异”。

他紧接着又根据风格类型，把“美”分为三段。“以美女为例，范冰冰的美可以归纳为‘魅’，杨钰莹的美归为‘甜’，王菲的美归为‘酷’。世界上所有的美女，都不外乎这三种类型。”

一个关于“审美”的坐标系于是建立起来，纵向是“三级”，横向是“三段”，所有与视觉有关的东西都可以在这个坐标系中找到自己的落位。他继而转向设计部：“我希望把扬州三间院做成一个2.75级魅的作品。”

所有人恍然大悟，按照以上标准，“2.75级魅”不就是高出大众常规审美、又略低于艺术家审美的东西么？陈俊果然用一句话就使所有人明白了他想要什么，同时又给设计师留出了充分的发挥空间。后来便有了广陵新城那组“疯狂的砖头”建筑群，它既不是传统民宅，也不算现代建筑架构，人们对它似曾相识，却又耳目一新，它成功入围WA世界建筑奖的中国奖。

陈俊用他独特的思维模式将“务虚”导入“务实”时，对于管理的提升是出人意料的。他善于对看似“形而上”的事物进行归纳和分析，追根溯源，形成可观、可感、可量化的评判标准，让看似“天马行空”的想法切实落地。

NO.3 创新就是人与事的“勾兑” 跨界整合可带来边际效应叠加

在很多人看来，“创新”是件说起来容易、做起来很难的事。陈俊认为，在任何时代，要创造一个世界上从未有过的实物，都是极少数人才能承担的使命；而大多数人的使命，就是让现有的人和事“勾兑”，产生以前没有的效果——鸡尾酒就是这样诞生的。

我要讲的第三个故事出自扬州小盘谷。如何开发一套既有文化、又是美味的“高大上”菜品来匹配这个古典园林会所，一度令大家一筹莫展。厨师大多没文化，有文化的人大多不会做菜，既有文化又会做菜的人价格高得离谱，从哪里找这样一个合适的厨师？陈俊听说后立马发表了观点：“你们要善于用跨界的思维解决问题，既然要满足文化和口味的双重需求，而同时符合这两个条件的人又很难找，那就找一个三流的厨子加一个三流的艺术家。”

众人茅塞顿开。就是这样一个简单的“三流组合”，成功开发出了

“荷塘月色”等概念菜，让所有吃过的人流连忘返，很久以后甚至连口味都淡忘了，菜肴之外的意境仍徘徊于心、绵绵不绝。而陈俊所为，只是做了一个看似简单的勾兑。

“同类型的人在一起是做不成大事的。”陈俊深刻认识到在当今时代，原生态自主创新的可突破空间已越来越小，只有对各个创新要素进行选择、集成和优化，形成互补的有机整体，进行跨界的、动态的创新，才有可能实现超越。因此，陈俊旗下云集了大量“怪人”，并且是不同类型、看上去几乎不可能在同一屋檐下生存的“怪人”，比如对产品吹毛求疵的“偏执狂”、创造力极强却唯我独尊的“自恋狂”……陈俊就像一个总工程师，他十分清楚自己想要何种模样的“变形金刚”，他深深了解手上所有零部件的特性及其接口标准，他知道如何将它们进行创造性组合。

正是这样一个“变形金刚”式的复合团队，开发出了一系列“不可思议”的产品，比如云技术与电影文化结合的“艾米 1895”，比如古建构件保护与“建新如旧”结合的黄山秀里村。

他还有很多整合计划，其中一个与南京有关，那就是倡议有关部门牵头，将长江路以总统府为核心，包括梅园新村、1912、中央饭店、南京图书馆、江苏省美术馆、江宁织造府等在内的历史、文化、艺术、商业综合体群落进行跨界整合，糅化、再造出一个世界级的“中央文化区”。

陈俊深谙“跨界”的魅力，而他之所以敢于实践这些驾驭难度极高的“勾兑”行为，也许正源自他对未来远景超强的规划能力、对内容要素的认识能力以及按照规划整合推进的实操能力。

NO.4 人性的本源就是贪嗔痴 回归人性本源才是万法之宗

第四个故事和宗教有关。2013年,陈俊专程赴印度菩提迦耶进行了一场“朝圣之旅”,佛教对于人类本性“贪嗔痴”的解读令他若有所思:我们果真是“贪嗔痴”的么?酒店的一瓶矿泉水让他恍然大悟。

酒店同时为客户提供了两瓶矿泉水,一瓶是免费的普通矿泉水,另一瓶是收费25元的矿泉水。陈俊和服务员聊天时发现,住店的客人无论身份、国籍、富翁还是平民,都会选择饮用免费的那瓶。有一天工作人员失误,忘记贴上收费标签,结果整个楼层客人都选择了贵的那瓶矿泉水,无一例外。

“以前我也不承认自己贪,但这个故事让我看到,在任何情况下,人都会做出让自己得利最多的选择,这种潜意识深藏在每个人的骨子里,与他的品位、财富、消费能力、所受的教育毫无关系,它就是本性里的‘贪’。”

基于“贪嗔痴”三个字,陈俊瞬间把大千世界的种种现象都贯穿到了一起。“为什么大家都强调企业文化?因为‘嗔’也是人的本性,简言之就是‘心’的非理性,心的问题就要从精神层面去引导,这就是企业文化的本质。古今中外的专家写了那么多专著都没能讲清的事,佛教用一个字就说明白了。”

然而陈俊并不是一个佛教徒,把各种理念和流派融会贯通本身就是他的强项。在认知了佛教的本义之后,他又反观到了现实:“佛教提倡通过‘戒’来消灭‘贪嗔痴’，最终达到无欲无求的状态。而我们身处世间，都是在不伤害他人的基础上，利用人性本源的‘贪嗔痴’来产生动力，让‘贪嗔痴’发挥积极作用。一切人类文明的进步都是因为此，一切商业模式的建立和发展也是因为此。”

“贪嗔痴”三字，让陈俊明白了无论做人还是做事，通晓“人理”即人性本源，才是万本之宗。认清消费者的“贪嗔痴”，做一个商人该做的事；认清别人的“贪嗔痴”，给予理解和启发；认清自己的“贪嗔痴”，不被它们误导；同时“积小善而利天下”，为自己的“贪嗔痴”买单。

滚滚红尘中，无论我们置身的时代多么变幻莫测，“事理”和“人性”几千年来从未变过。因势利导，顺势而为，真诚前行，必有所获。这也是陈俊最想与大家分享的。

作者简介

朴尔敏，自由作家。曾供职《东方文化周刊》，多篇人物报道获国家级新闻“政府奖”。著有《正在消逝的生活》系列丛书。现为一九一二集团企划总监。

你好，我是大贺

文/李风宇

南京城有条蓝旗街，位于白下区东部。东邻月牙湖，西至御道街，清时为金陵守军蓝旗营驻防地。那时，营区内蓝旗飘展，景象森严，蓝旗营的南边是牧马场，再往南出了光华门便是散布着农舍的田野。斗转星移，百年春秋，蓝旗街只剩下一个颇具文化意味的符号，旧时景况早已在历史的烟尘之中消磨殆尽。

不知什么时候，蓝旗街上悄悄崛起一座“世界之窗创意产业园”，好大的口气，这里拉开的是面向世界的窗口呐！谁在这片园地里面激情澎湃地眺望世界？

有一位身穿唐装的中年人正在一幢形如巨舰的大楼里面对着世界地图沉思。办公室里安静得连一根针落地都能听得见，地图星星点点地散布着许多小红旗，隔壁行政助理接电话的声音清晰地传来：“您好，我是大贺！”

中年人从容地拿起转接过来的电话：“我是贺超兵。”

哦,他就是贺超兵——国内四大广告集团之一的大贺集团董事长。

这位本土广告国际化自主运动的倡导者,正担任着中国广告协会副会长与中国广告户外委员会主任,他先后荣获“中国广告30年突出贡献人物”、与张艺谋、余秋雨等共同荣膺中国创意产业界的最高荣誉“2008中国创意产业杰出贡献奖”,中国首届十大广告经理人之一,中国广告业25年10大突出贡献人物之一,2010全球华商百业十大领军人物,2010年作为文化企业界的唯一人选者与余光中等人共同被评为第二届南京“文化名人”。

贺超兵,这可是个响当当的名字!

不同凡响的大贺红

尽管与蓝旗街为邻,但贺超兵打的不是蓝旗而是红旗。

这位国内户外传媒的领跑者自称“红色”是他的幸运色,也是大贺的幸运色。在大贺集团的办公楼里无处不蕴含着贺超兵的智慧,到处洋溢着用95%的红加5%的黑调成的红色,这是大贺的专用色。代表吉祥和激情,甚至集团的标志也是由这深沉的红色图案构成。一面红彤彤的五星红旗铺满会议室的巨大天棚,触目所见,意味深长,仿佛在诉说着什么。

“我们的创业是从‘复制智慧’开始的。”贺超兵谦虚地说。

1994年,经朋友介绍,正在做毛线销售的贺超兵为中国石油江苏分公司设计加油站标识,一个通宵他设计了30个黑色基调的图案,最后灵光一闪,又画了个鲜艳夺目的红色标识。正是凭借着这个红色标识,贺超兵从众多竞争者中脱颖而出,最终还获得了江苏省加油站所有灯箱制作业务,由此开创出大贺的红色年代。

贺超兵后来回忆道:“我花了一夜时间一口气设计出 30 个标识,只有一个是红色,其他全是黑色。这一个红色标识次日被中选,从那一天起,我认定了,红色就是我的吉祥色。”

自从省石油公司用了贺超兵的作品之后,找他的人慢慢多了起来。他也不计较报酬,纯粹是兴趣。当石油公司让他做了一个户外灯箱广告之后,他发现了这里面的惊人利润。当时柔性灯箱的利润高达 70%。贺超兵想:“我的天,我得卖多少斤毛线才能赚一个灯箱的钱?”

到了 1994 年,贺超兵卖毛线已经赚了十几万元,还开了一家分店。就在这年,在接下省石油公司的灯箱业务后,他果断关掉了两家毛线店,成立了大贺艺术设计制作研究所,专门做户外灯箱广告。那时的喷绘广告卖到了 300 元/平方米,其实成本是很低的。

中国石油江苏分公司要制作的是一批加油站的柔性灯箱,接下业务之后,贺超兵在下关的三汊河小学租了两间半废弃教室,挂出“大贺艺术设计制作研究所”的牌子。从来没有从事过专业广告制作的贺超兵为什么有这么大的胆色,抬手就敢承接如此规模的广告业务?这是因为贺超兵有着极其深厚的美术功底,天分来自少年时代信手而出的灵气,而专业技法则来自南京艺术学院的科班训练。所谓触类旁通是也,机会往往是关照有准备的人,这句箴言在贺超兵身上又一次得到了验证。

“当时柔性灯箱的利润很高，我就是靠着它挖到了户外广告的第一桶金。”贺超兵说。

三十万元，在那个年月是一个不小的数目，贺超兵挣到了人生中的第一桶金，柔性灯箱的制作工艺，对当时国内的户外广告制作业来说是一个全新的概念。

贺超兵也为自己做广告，打出了“大贺灯箱，为您增光”的招牌，并首次提出了“做户外广告制作专家”的奋斗目标。不久，随着禄口机场通航和京沪高速通车，贺超兵敏感地意识到喷绘广告的机会来了，立即向银行申请贷款180万元购买激光喷绘机付首期款。当时没有银行肯贷款给贺超兵，他就找了一位开饭店的商人互相担保。这是一个非常冒险的举动，那位商人的生意竟然赔了，如果不是这个商人法人执照的名字和担保合同上不一致，贺超兵就要赔上一百多万。

这是当时国内第一台进口喷绘机，大贺一下子在广告界鹤立鸡群，业务因此迅速拓展到全国。大贺凭借着“大市场，小巨人，高投入，精管理”的市场定位，很快从户外广告界脱颖而出，成为广告界的一颗明星。

“那时候，喷绘机简直就是印钞机。”贺超兵感叹道，“机会到处都是，谁抓住了，谁就是黑马。”

由于有进口喷绘机这样高科技的设备做后盾，大贺公司在短短一个月内，高速度、高质量地完成禄口机场几千平方米的广告画面，受到省市领导和机场广告公司的一致好评。

通过不断的业务实践，贺超兵认识到：广告是最大、最快、最广泛的信息传递媒介。通过广告，企业或公司能把产品与品牌的特性、功能、用途及供应厂家等信息传递给消费者，沟通产需双方的联系，引起消费者的注意与兴趣，促进购买。同时，广告还代表着公司的形象以及企业文化。

贺超兵在做企业管理规划培训时说过，我们做传媒的，就要把这块做“专”，打造成文化传媒的“全”产业链。

比如大贺的“一站式服务”，王老吉、阿迪达斯等，在上海谈妥之后，就在全国铺开，不仅少了繁琐的区域间的“拉锯”式竞争，而且也保持了大贺的一致性。

比如对名爵、荣威汽车的宣传广告，前期做足了文章，包括对品牌的定位、策划、宣传、包装。以产品为推手，作为平台，对其4S店的设计、DM宣传等一整套设计，一总“打包”。根据荣威的特点做的漂亮广告，突出了荣威的大气、商务、稳重、耐看的特色，大贺广告使荣威轿车的销量直线上升。

在广告品质管理方面，大贺推崇为客户提供产品必须是严谨规范的，在广告服务上的创意则是随性的。在创新方面，在技术改造方面大贺投入很多。公司最新引进的彩色印刷设备在全世界仅有几台，大贺不惜成本投资这一创新产业，从而打下坚实的成长基础，从此踏上高速成长之路。

贺超兵有个“先生存后发展”的理论：“快一步——起步早，死得早，就成了烈士，快半步就是先锋。”

用贺超兵本人的话来说，“大贺进入广告业并不是最早，但进入的时机最好。”

梅花香自苦寒来

大贺的广告事业始自二十世纪九十年代，那时的贺超兵还是一位被称为“毛线大王”的销售商，多才多艺，怀揣梦想的贺超兵踏上“广告大王”之路看似偶然，却有着其必然性，

贺超兵是一个外表内敛骨子里充满激情的人，不同时期受不同的人物影响，不断地调整自己的定位，是一个懂得艺术设计，一个想做事的人。上小学的贺超兵学写毛笔字，用粗劣的毛笔写出来的作业在班上数一数二，后来他发现有一位同学的毛笔字比自己写得好，而那位同学的爸爸是老师，所以这位同学用的毛笔比其他同学的毛笔好，贺超兵就借来老师的毛笔，果然这支毛笔能把字写得更好。后来，老师也奖励给贺超兵一支好毛笔，他格外珍惜也格外用功，结果，他的毛笔字在全班写得最好。

这个小故事说明贺超兵从小就好琢磨、不服输，做事十分用心。他读小学时就是少先队大队长，还是向阳院（相当于现在的一个小区）管理委员会的委员，小小年纪就显现出组织才能，当时，他的名字还叫“贺小意”。

贺超兵觉得父母给自己取的名字不够阳刚，跟父亲说想要改个名字。父亲说：“要改，你自己去，这事我不管。”

虽然当时仅有13岁，但因为他有一个向阳院委员的身份，跟派出所的公安员也就比较熟，所以，他才敢几次三番软磨硬泡把自己名字改成颇具“文革”色彩和战士风格的“超兵”。后来贺超兵笑着回忆道：

“我觉得贺小意没有男子汉气概。小学三年级的时候，红卫兵不是很威风吗？连毛主席都亲自接见了。我就想当上红卫兵的头，于是给自己起了‘超兵’，整天跑去街道派出所闹着要改名字。那时家人也不管，派出所被我闹多了，觉得挺烦，就给我改了。这是我自己做成的第一件大事。”

贺超兵的父亲是浦口区商业局的干部，在“文革”期间被打成走资派，饱尝批斗之苦。在回家路上，快到家还有二三十米时，爸爸会唱起样板戏，让家人感到他没有枉受多少皮肉之苦和屈辱；母亲和蔼慈祥，对父亲百依百顺。父亲的坚强、母亲的慈爱，给了贺超兵很大的影响。

“我做事一直很用心，有韧性，百折不挠。这可能是受到父亲的影响，他是一个非常坚强的男人。”贺超兵这样评价父亲。随着年龄增长，不服输、敢于挑战命运的性格在贺超兵身上体现得越发明显。十几岁时，贺超兵创作的不少漫画就刊登在《南京日报》上，在农村插队的时候，他还搞过装修，这些真的与他后来投身广告业多少有些渊源。

贺超兵认为自己是个秉性善良，做事“狠”不起来的人。他曾经有机会涉足房地产，交通银行现成的一块地很便宜卖给他，包括营业执照都搞好了，但贺超兵不想去做。有人评价说：“大贺这个人做事要么不干，要干就会干得很好。”他始终记得老师说过的一句话，世界上的人1%是天才，1%人是蠢才，98%都是普通人，普通人只有靠100%的努力才能够获得成功。

一个人在有限的生命中集中精力干好一件事就很不容易了。贺超兵认为：作为企业家只有不断学习，才能为社会多做贡献。广告业就是自己最大的事业侧重点，大贺要始终走在这个行业的前列。对于陌生的房地产业，贺超兵说："我还不会用非正常手段去做事，比如面对那些可怜无助的拆迁户。"

从上小学起，贺超兵就一直担任班干部，学习一直都很努力，中学时还做了团支部书记。"文化大革命"却让很多与贺超兵一样的学生学不到文化知识，贺超兵就开始走自学求知路线，自学了中学历史地理。因为从小喜欢涂涂画画，到了中学自认为画得很好，到1977年年底考美术学校却落了选。那时才知道"井底之蛙"的含义，连最基本的石膏像都没画过，当然被拒之门外了。于是，贺超兵打起背包走向广阔天地，在一个小乡村插队落户，直到1980年通过回城考试，进入了南京市第四毛纺厂设计室做产品的美术设计。

当时的南京市第四毛纺厂是一个拥有千余名职工的国有企业，因为有"国企"大锅饭的优越性，拿着铁饭碗的贺超兵既没有"不做等死，做了找死"的抱怨，也没有什么怀才不遇的失落感。因为厂里给了他学习的机会和表演的舞台，使他坚信一份耕耘一份收获。从1985年开始，贺超兵在厂里担任了生产科的负责人兼厂团委书记，从事大企业的生产组织和大型活动，使他慢慢积累了一些管理经验和组织才能。1989年贺超兵在南京艺术学院在职学习了4年美术专业，他在文化素质和专业修为上得到了很大的提高。

回到毛纺厂后，踌躇满志的贺超兵想干一番事业。当时毛纺厂生产的毛毯质量不错，但因为体制的原因销量却一直上不去。贺超兵在对市场做了摸底之后，有了"如果由我来卖，肯定比他们卖得好"的感觉，就承包了毛纺厂的城北经营部，每年交给厂里5000元承包金，开始当上了小老板。

虽然这个店面不大，只有两个半柜台，但贺超兵却好像看到了无限的希望。

第一年贺超兵跃跃欲试，摸着石头过河。为了让店面的产品更加丰富，贺超兵先向一个百货商店的经理要了一些百货代销，后来发现货品杂乱，利润又小，反而影响了毛线的销售，于是全部清理后专卖毛线，结果既没有赚钱也没有赔钱。第二年，贺超兵开始“小试牛刀”，大胆进了一大批二、三等级的毛线，并且开始在南京的报纸上打广告：毛线大王，厂家直销各类优质毛线。这是贺超兵对“广告”最早的意识。

在“毛线大王”广告中，贺超兵的商业和艺术灵感被激发，在报纸广告中附有剪花，凭这个剪花可以得到更多优惠。一时间，顾客蜂拥而至，毛线卖得几乎脱销。因为那时候几乎没有为“卖毛线”打广告的，顾客都觉得这个“毛线大王”一定很有实力，很讲信誉，到这里买放心。贺超兵再次抓住顾客心理开始促销活动，买够 50 斤送 1 斤，多买多送。第二年经营部就开始盈利，员工们干得更卖劲了，不单在店里卖，还走出去到大街小巷流动销售，遇到庙会还去摆地摊卖，贺超兵不辞劳苦和工人一起干，还开着摩托车往四处送货。

在毛纺厂的 14 年经历，贺超兵见证了中国国企的兴衰，对他后来的创业和经营大贺产生了直接的影响，尤其是在承包经营中表现出的过人胆识，在广告宣传和“促销活动”中激发出超前意识和营销魄力，使他在经营大贺和企业文化上展现出“超人”魅力。

面对来客，已经成为全国广告业领军人物的贺超兵本色未改：“应该说，一个人的精力是有限的，要想把这个事做好，只有全身心地去做才有可能把它做好。实际上我已经把自己的精力全身心地用在广告事业上,所以才能把大贺做到今天。"

贺超兵畅想道:"我的梦想是:退休以后,作画练字写文章。现在,我是好几所大学的客座教授,我写的博客'粉丝'过万呢!看看,一个人的空间会有多么大。"

港交所的锣声

2003年,大贺迎来了创业历程中的"第三跳"——在香港创业板上市,成为中国内地第一家上市的广告公司。贺超兵曾经研究过世界500强和成功的跨国广告公司,发现大部分做强做大的企业主要还是缘于资本运作。他认为:"要想在很短时间内做成很大的一件事,那我们就要有推动器。上市就是企业发展的推动器。企业运作是加法,资本运作是乘法。"

为了成功上市,贺超兵回忆:"到上市前夕,我一共瘦了十几斤。香港回来以后,衣服都变宽了。"

在为上市做准备的2001年至2002年,处在调整阶段的大贺广告,增长幅度创了新低,贺超兵用"惊心动魄"来形容上市的感受。过去,大贺每年的增长都是50%以上,而那两年的增长只有20%左右。但这也是为了适应资本市场的规范化而必须要做的。贺超兵认为,"用这两年的时间把企业逐步调整成适应国际化市场机制的公司,可以让未来增长的步伐加快,是值得的。"

贺超兵穿着一身唐装敲响了港交所的上市钟声,他旗下的大贺户外传媒股份有限公司11月在香港创业板正式挂牌交易,以配售及公开发售形式发售2.5亿股H股,创下了当时本土广告企业最早赴境外上市、香港创业板市盈率最高、融资额最大的三个纪录。2006年大贺以3.88亿港元的营业收入在国内广告企业排名第三位,利润率为36%。当时,大贺传媒已经成立了数十家分公司,在全国10个重要城市设立了办事机构。

港交所的锣声奏响了大贺迈向新旅程的崭新乐章,资本运作成了企业发展的强大助推器。上市成功后的大贺开始了新的腾飞之路,国际经济背景的企业形象,面向世界的经营视野,为公司与国内、国际上的大客户进行交往,建立了一个良好的平台。

贺超兵率先在中国广告传播业提出“广告传播3.0时代”,以社会责任、科技领先、自主互动为特点的前瞻性论断,赢得“第三种人”喝彩。2005年与国际著名广告人陈一枬团队合作,创立威汉营销传播集团;2007年推出“安康快告3.0媒体”,迅速占领市场;2008年,承接北京奥运会奥运场馆内外标识、景观设计施工项目,大贺被国际奥组委誉为“最出色供应商”,国际奥委会主席罗格亲笔签发致谢函;2009年重拳出击,推出“会购网络”,大贺集团逐步向“平台”化运作转型,提供360°终端展示管家、智慧户外大牌、广告系统工程、电子商务、会购、听视界、彩色数码印刷、影视动画制作等全方位服务;2010年亚运场馆景观工程项目受到第16届亚洲运动会组委会相关单位的肯定和赞许;2011年成立“新浪江苏”,打造互联网营销平台……

在中国广告30年发展历程中做出杰出贡献的“广告精英”可谓“凤毛麟角”,因而备受中国广告业关注。2008年经过由资深广告人组成的专家评委团严格评审,从108名推荐人中正式产生62名候选人,再通过网上投票，面向全社会征询意见，最终评选出30位中国广告30年突出贡献人物。江苏大贺集团董事长贺超兵以“把资本运作理念引入广告公司的先行者”的突出贡献，荣登获奖者行列，成为鹤立其中的佼佼者。

广告界、传媒界对贺超兵及其创办的大贺集团给予了高度评价：大贺在香港上市，是中国广告行业内成功资本运作的典范。大贺积极开展行业整合和并购，内涵式增长与外延式扩张有机结合，形成强大的行业、资本和社会影响力。创新户外媒体新形式“安康快告”，是中国最具投资价值的新媒体……

历经十多年的发展，大贺传媒集团已经稳坐中国广告产业第四把交椅，成为南京文化产业的第一品牌。

飞速发展的大贺集团，目前已是中国四大广告集团之一，拥有国内首家上市的本土广告公司。大贺集团在中国大陆、香港地区设有46家分支机构，1500多名员工。集团秉承“造就优秀团队、创造传媒精品、提供优质服务”的宗旨，为客户提供安康快告3.0媒体、智慧户外、广告系统工程、360°终端展示管家、威汉品牌整合营销、会购省钱信心运营商、新浪江苏等全方位营销传播广告服务。培养小巨人，建设大集团，促转型升级，打造传媒行业联合舰队，做“中国最强，世界尊重的营销传播集团”已经成为大贺人的共同追求。

贺超兵的办公室里悬挂着一副对联：

海为龙世界

云是鹤故乡

也许是“贺”与“鹤”同音的缘故。贺超兵对仙风飘飘的鹤情有独钟。他非常喜欢这样的一种意境：一只白鹤在蓝天白云中展翅飞翔，不怕风吹雨打。他希望自己，更希望每一位大贺人，都能成长为这样一只勇敢的大鹤，越飞越高。

作者简介

李风宇，又作李凤宇，1958年6月出生于南京。长期从事文学组织工作，系中国作家协会会员、江苏省作家协会理事、南京市作家协会理事。现为江苏省作家协会人事部主任、《雨花》杂志主编。

1984年开始在报刊发表文学作品，作品主要以小说、报告文学、传记为主。著有小说《浮生一日》，小说集《神石》，长篇传记《孙中山》、《俞平伯评传》、《鹰在飞翔》、《失落的荆棘冠》、《红楼梦魇》、《花落春仍在》、《靠右行驶》等作品，约计二百余万字。有作品被译成英、德文字，印行多个国家，名字收入多种名录并获多种文学奖励。

安心立命，方得始终

文/王晓映

当年，毛泽东会见尼克松时说，让我们谈谈哲学吧。现在，我和毛文凤在他宽阔办公室的宽大办公桌前对坐，这位企业家皱起眉头说：让我们谈谈信仰吧！

46岁的可一集团董事长毛文凤长得有些小帅，穿着一身低调的名牌。他自嘲地一笑：成功学有什么好谈的呢？难道要写“土豪发家史”？然后拿起一支烟，在桌上边弹边思忖：可一集团如何发展，这些年我做了什么事，其实网上搜搜七七八八都有，没什么好说的。所以，我拒绝了很多关于创业成功的采访，但我不是没有话要说。既然今天我们坐在这里了，不如我们来好好谈谈成功和失败，谈谈信仰和人生。

2007年，我们曾经对谈过一次。那一年，毛文凤做了一件对外人而言颇感诧异、对他自己却十分重要的事：出版佛教最高典籍《大藏经》。这已经标志着他心路的变轨。6年过去，这趟世人眼中的成功列车,开在哪一条轨道上?经过了什么样的车站?

一

至少,这趟列车如今停在一片开阔之地。

无论是学术背景使然,还是从商多年之后的必然,这位拥有编审、中国哲学博士、教育学博士后头衔的商人,在试图构建自己的精神体系。未必求大,但求自我通达,兼济事业与他人。

大约思之较深,颇有心得,他从一开始就陷入了自己的语境:“什么是成功?要看你怎么看。成功和失败,只要能让自己的内心得到提高锻炼就好。我要的,是内心一直往前走,境界一直往上走的生活。如果你在挫折和失败中也能成长,这也是不错的人生。”

“你这么说当然轻松。你有钱,你是成功人士。”我说。

“也是。”他承认,“一个有钱人讲钱不重要,和一个没钱人讲钱不重要,确实不一样。但是假如一个社会,从孩子开始就有信仰教育,那么他们未来面对成功与失败的态度会变得更有境界。”

说起来,毛文凤最早的信仰教育,来自父亲的病。

常年卧床的父亲,是全家的压力,也是全家的中心。毛文凤清楚地记得,初中,父亲晚上常被送去医院急救。当全家人簇拥着父亲仓皇离去时,独自在家的少年,跪在床上祈祷父亲能平安回来。懵懵懂懂中,他觉得,冥冥之中是有上苍或神灵的吧。高中,长大些了,祈求更为具体,“哪位神灵能让我父亲身体变好,我长大了就去为他传道。”

这么大的孩子会有“传道”的概念,大体来自乡村宗教神灵文化的无形熏陶。

1983年,16岁的靖江农村少年考入了上海华东师范大学,一头扎进了喧嚣的西方思潮中。传统乡村给予他的最早信仰启蒙暂时被封存了。

西方思潮背景下,对于个体生命的体验和求索,构成了校园内普遍的生存状态和独具特色的时代景观。毛文凤正是这样的八十年代时风中的一分子。专业方面,从本科到硕士,毛文凤读的都是哲学。这期间,他系统阅读了从古希腊到现当代哲学大师的著作,构成了他学养的基础。

此外,他是个校园诗人,诗风华丽晦涩,调子很“灰”。他在一首题为《零》的诗里这样写道:“我快要虚脱了/把赖以成名的诗稿当作擦拭童贞汗水的废纸/从实在的梦境里留出带血的欲望……”

21岁,毛文凤写完了自己的第一部哲学专著《死亡形而上学本体论》,23岁出版,迄今仍是有些高校哲学课的推荐书目。

1989年,毛文凤来到南京工作。初来乍到,他一点不喜欢这座城市。上海海派洋气开放,而南京是“一座散发着古墓气息的城市”。

工作还不错。在一个省级机关里谋一份安稳的差事,工资高,福利好,同事关系也融洽。如果没有下海,现在也起码是个处级干部吧。他和过去的同事还有来往,看见他们,就像看见自己有可能变成的那个样子。

那不是他追求的样子,他庆幸自己的离开。机关的日子四平八稳,个性相等,只有一个通道。舒适之中,他忽然警觉:这不是温水煮青蛙吗？这样的环境，一定会把自己的所有个性和才华全部抹杀。他要什么样的生活呢？他希望个性多元，张扬自我。

1992年，毛文凤25岁，他和在大学里做老师的妻子一起下海。“其实我们也不知道外面是温水还是烫水，对目标也没有什么设定和把握，但就是不安于现状。”

他从来没想过自己会变成生意人。听说他下海，所有老师都说，“这个只会读书的孩子，怎么能做生意？”

25岁，做任何决断都不奇怪。这一举动，也许就已经暴露他秉性中一直被遮蔽的部分。这一部分，他自己和师长们都不曾看见。

二

天资聪颖，从前助毛文凤成为哲学系高材生、诗歌抒写者，物质时代里，则助他成为新流行价值的捷足先登者。

“赚钱赚到浮躁和失落。”毛文凤说。

妻子钱晓征回想他们富裕之初的状态说，那一阶段的丈夫，变得毛糙、粗鲁，其实还透着不自信，原来的文化底子全不见了。

钱竟然未给毛文凤带来自信。“我是农村出来的孩子，终于让自己和家人过上了富足而骄人的物质生活。但我内心是失落的，也不知道失落在哪里。因为钱不是我安身立命的东西，但是我安身立命的东西又在哪里？”

内心的力量驱动他再次改变自己的生命。

他想圆自己一个梦。毛文凤的父亲因为身体不好，年轻时不断被大学录取，又被退学。读书，几乎是全家人的情结。毛文凤从小学习优异，一路顺畅读到硕士。但作为家里唯一的儿子，面对病重多年的父亲，要担负起养家尽孝责任的毛文凤，不得不放弃继续读博士的机会。现在，这个人生节点上，他想回校园了。

事实上，这个时候，企业发展正处于关键时期。他在出版之外又投资了化妆品和医药保健品。“回头看，这两项投资都是我不熟悉的领域，这是浮躁的表现。”

犹豫之中，妻子竭力支持丈夫重回校园。妻子深知，自己的丈夫需要进一回“人生加油站”，前期的发展、暴富，已经耗尽他的功力。

2000 年，毕业 11 年后，毛文凤考回母校华东师大，师从高瑞泉教授深造中国近现代哲学博士。

本科和硕士都偏爱的西方哲学，博士为何转到中国哲学？

理性的思考是——“其实我在西方思想里没有找到精神出路。所以我想回到中国文化，将东西方打通，来构建自己的学术规范。”

感性的理由是——“年轻时我是个膜拜西方的人。但是在社会摸爬滚打多少年后，在真实的生活中感受到中国文化之好，开始对本国文化产生信心和兴趣。”

“我觉得我走过的这些路很重要。假如没有这些中西方文化求索的过程，坐在这里跟人谈佛论道，那是迷信。信仰和迷信的区别，就是看有没有经过理性的思考。”

毛文凤读博，是脱产读。他每周只有双休回南京料理公务。不久，两个新投资的企业都倒闭了，公司销售额也下挫。

商人似乎不急，依旧穿梭于宁沪铁路上。他确确实实喜欢校园的感觉，只要一进入学校和简陋的宿舍，内心便涌起安定的喜悦。

在对近现代中国哲学大师的梳理研究中，毛文凤发现自己越来越被这些思想家的心理架构所同化。

“这么多年来，我做企业，打拼、赚钱，不过是为了安身立命。这是中国根深蒂固的传统儒家思想，有事业才能立足社会。但比安身立命更重要的是安心立命。老板的心没有安顿，企业的内涵和品质也不会好到哪里去。意识到此，你不可能不超越具体事功，寻求更高层面的‘信’。”

“博士导师高瑞泉，让我从浮躁和喧嚣的商业状态回到重新关怀生命本身意义和人文理想的位置。”

博士读完，又是博士后，毛文凤师从我国美学界泰斗滕守尧先生，从事艺术生态式教育研究。

“滕老师是身体力行的学者型信徒，夫妇俩如今在西双版纳过着静谧的修行生活。静思宇宙与自然，实修打坐和瑜伽，细细体会着原始森林的风吹过脸颊的感受……”他描述滕守尧先生的状态，无比神往。

“他使我从现实中的人文理想上升到信仰层面的人文理想，这让我在关注现实的同时，开始从佛教中汲取精神营养和生命大智慧。”

“以前，信仰对我是学问，是书本。那之后我知道，信仰与生命相关。以前，信仰是对象，后来，信仰是生命本体。”

有一年公司年终大会，董事长毛文凤要做全年总结。但是开讲的那一刻，他忽然抛开原先的工作总结，不想说了。当他开口时，他说的是：今天我来讲一讲人为什么活着，生命的意义和价值究竟是什么？

他脱口讲了一个多小时，自己也忘了讲的什么，由于事先没有准备，没有留下一点记录。只记得全场极其安静，一个多小时鸦雀无声。员工未必听懂老总在讲什么，但至少是新鲜的。他们有一个特别的老总，年终大会不讲盈利目标而讲活着的意义。

三

这个冬天，南京东郊宝华山麓的江苏可一文化艺术产业园华丽面世。

2014年1月18日，可一美术馆盛大开幕，开幕仪式别出一格，举办了一次名为“江南叙事”的综合艺术节，囊括艺术展、诗歌比赛、学术论坛等等。

熟悉毛文凤夫妇的人说，这个艺术节符合二人气质。这对企业家血脉中是深埋人文关怀、江南情结的。

但是，从做宾馆、做教辅材料出发，他们原本也可能走上一条与人文气质背道而驰的路。

毛文凤颇幸运当初选择了南京，是偶然？相信命运安排的他说，还是必然。在这里工作生活多年之后，他越发品出南京的好，喜欢这里的包容多元，喜欢它的散淡，你可以厮杀在最前沿，也可以撤后一段距离，这段距离，正是思考的距离。还有南京深厚的历史底蕴，让人更为静观自身。常有人称毛文凤为“儒商”，除了他的高学历，他说自己是“接了南京的地气”。

这些年来，毛文凤与宗教无比亲近，但他并没有变成佛教徒，而是从佛教中吸取着生命的智慧。

领导者的精神层面直接影响着企业的发展。2000年，教辅书占到可一公司业务的100％；2007年以后，每年下降10％，目前只占30％—40％。更多的业务转向文化、艺术、生态教育领域。

2007年，是个业务分界线。在此之前，企业领导人自身在事业与心灵的两个战场摸爬滚打与寻路。

可一集团所处的民营出版业，长期以来90％都在做教辅图书，门槛低，从业人员素质不高，低层次克隆跟风普遍。毛文凤很早就意识到，要改变现状，必须有一部分完成了原始积累和企业基本架构的民营出版公司，在出版领域、出版层次以及现代化企业管理方面，有新的形象出来，带动整个民营出版业的发展。“图书不是一般的产品，书籍承载着社会责任、道德引领功能，民营出版不提升自身素质，是会把出版业甚至一代人的精神与灵魂带坏的。”

读完博士和博士后，毛文凤开始策划青少年文学人文经典；关注0—3岁，3—6岁，6—12岁孩子的读物，出版了“美润童心”“儒心童”等一大批图书，近两千个品种，“把我关于生态和宇宙的敬畏感恩，注入到对孩子的信仰教育中去。”和教辅相比，这些品种效益都没那么好，但是毛文凤看重其长线价值。

2007年，毛文凤策划、投资、准备了6年之久的《频伽精舍校刊大藏经》出版。《大藏经》又称“一切经”，是将一切佛教典籍汇集起来编成的全集。《频伽精舍校刊大藏经》收有1916部8416卷大小乘经、律、论三藏，以及佛门贤圣集传，为历代最多。复旦大学教授钱文忠评价，这是中国大陆的第一次民间修藏，开创《大藏经》民间修订记录。

6年过去了，这笔大投入尚未收回成本。但毛文凤笑眯眯地不着急：快收回成本了，这个项目具有独家竞争力，可以一直做下去。而它的社会价值、精神价值，则从一面世起就已产生，无法估量。

急功近利的短线思维一旦调整，可一集团的视野变大，主旨集中——具有生态功能的精神文化艺术产品。

毛文凤当下花重金投入了一个革命性教育领域——电子书包。

“传统的教材教辅都是一次性的纸质读物，从树到纸浆到纸到印成书，再从书变成纸浆，整个生产都是污染的过程，电子书包能从形式上实现生态教育。”

更重要的颠覆在教与学的关系。这位教育博士后说，教育的发展有三个阶段：灌输式，园丁式，生态式。西方已进入后两期，中国还在第一阶段，这一阶段，老师相当重要，学生主体地位被忽视。而在生态教育中，老师和学生一样重要。数字化教育囊括所有优质教育资源，学生可以实现自学，课堂里的学习，则成为提高式的解疑释惑，这对老师提出更高要求。

当电子书包的数字化教育平台实现优质教育资源共享，当下教育中的一些难点症结，诸如择校等，都能得到解决。

但要达到这个终极目标，需要大量的基础设施构建。可一集团目前已经参与到江苏“E学习平台”的搭建和标准建设、数字化课堂的推广和标准建设。徐州、镇江、常州，都已开始数字化课堂试点。为此，可一集团已经开发出10多个发明专利,20多个软件著作权。2013年可一集团被省委宣传部评为江苏省重点文化科技企业,毛文凤也被省委组织部、宣传部评为江苏科技企业家。

在传统出版领域,毛文凤的项目也令人瞩目。《频伽精舍校刊大藏经》之后,他开始编修《金陵藏》,6年来,先后整理出了30万页佛教经文,预计2014年将推出200部。正式编辑的《中华线装文库》,用中国最传统的线装书方式,把传统文化典籍重新排版,校勘出版。他的理想是10年做500个品种,不低于2000卷,"这是可以传家的家庭图书馆,真正散发着书香。"

艺术品经营方面,江苏可一文化艺术产业园使得南京东郊崛起了一个新的艺术高地。美术馆、工作室、艺术家生活区,这里正在成为艺术家生活与工作的"诗意栖居地"。产业园项目总投资约15亿元,建筑面积约18万平方米。1月18日,可一美术馆开馆;国画村、油画村、艺术家工作室160余栋建筑已基本建设完工。目前已进入二期建设的前期准备工作。毛文凤有条不紊地打造着他心目中的艺术小王国。

自从毛文凤将自己的私人住宅安在了仙林,夫妇俩似乎格外钟情于南京的这块新区。在他们看来,聚集了近20所高校、众多科技产业区的仙林,是"人文、生态、青春"的。可一集团将投入3亿元人民币,建设近3万平米的仙林可一书店。

仙林可一,将是一个以书店为核心的综合性文化MALL,包括书店、美术馆、画廊、文化创意产品销售展示中心、动漫展示体验中心、文化交流中心以及餐饮、影院、青少年培训中心等文化休闲配套。"做强仙林的文化影响力，提升仙林的文化消费品位”，是未来仙林可一书店的目标。

2013年11月30日，中国证监会宣布IPO重启。等待开闸的企业中，也有江苏可一集团。

“股价和身家，不是我最关心的，最关心的还是通过IPO倒逼企业规范化、现代化。这当中其实也隐含做人的道理。”毛文凤说，中国很多民企都是家族企业，他并不想让独女将来做企业。但是，这个企业做了这么多年，希望能有个好的发展，理想的话希望能做成“百年老店”，那么最合适的路径就是社会化。IPO会逼着你规范，一人独断专行的模式变为董事会决策，约束自我。两年的辅导期中，可一集团上交税收近6000万。这是什么概念？国内某出版业大型集团去年上交利税6000万，国家再全返还，而民营企业可一集团2012年上交了利税3200万，无返还。“所以，一个民营企业家也是有社会担当的。”

对于上市能否成功，企业管理层颇多疑虑。毛文凤如此开导：我们做完一个良心企业规范化该做的事情之后，就不要再把视线仅仅放在上市上。企业只要发展，无论是上市，还是中国将来放开民营出版权，就都会有自己的天地。

说到底，IPO无论成败，对毛文凤来说，也不过一场生命体验。

“生命是什么？生命是灵魂的一段经历。人，会面临种种诱惑、磨难和困扰。当每一次诱惑困扰，每一次成功失败，每一次痛苦喜悦和悲伤，都能让灵魂在一个层面可以得到提升，生命就有了意义。”

如果你进入他的微信朋友圈，会看到他依然写诗：

徘徊在布宫的后门，
用仓央加措的诗，
送上荆棘编织的皇冠，
祭奠，
遗落在天葬台上的带血的激荡。
……

作者简介

王晓映，供职于新华日报，高级记者，全国百佳新闻工作者。兼事散文、随笔、评论等各类文学性文字创作。

青果：一个理想主义者的创意空间

文/罗拉拉

唐宁军与家人

2011年12月24日，在南京秦淮河畔桃叶古渡旁的大石坝街，忽然出现了一个叫“青果”的艺文空间。这给游人如织，大多卖些价格低廉的旅游产品的夫子庙地区带来一股清新之风。

一万多块老墙砖，六万多斤回收的旧木材，全部来自被拆迁的仓巷。五个月，其主人老唐硬是带领自己的手下，跟随木匠师傅与装修工人们一起，靠全部的手工活，完成了青果的整个装修。

脚下，有着包浆的老墙砖是松动的。老唐说，即使哪一天，青果离开了这里，还希望这些老砖能被顺利起出来再利用。

进门的侧墙上，装满有着旧主人生活痕迹的各色抽屉板，有人说那是时光机，可以带人们重回旧光阴。而正对门口的墙上，立着同样收自仓巷的旧桌子旧椅子，青果二字，由生锈弯曲的铁钉敲直后装置而成，这些钉子是老唐和他的员工们从旧家具上拔下的。

然而，这里大多是匆匆过往的游客与老城南居民，这么文艺小清新的地方能生存下去么？有人疑虑，并预言，至少三年才能盈利。可是，青果三个月就做到了。

可见，人们喜欢有故事的人，也喜欢有故事的地方。

老唐何许人也？青果到底是怎么来的？一个小小的茶餐厅到底有多大能量，能带领一帮人乃至全城文艺青年走向梦想中的未来吗？

青果的今生

一次停歇，一个误会带来的美丽。

老唐其实并不老，大名唐宁军，四十岁还不到，陕西岐山人。岐山何许地方？诞生了《黄帝内经》和《周易》的地方。不过，唐宁军6岁就定居南京了，后来毕业于东南大学土木工程系。

貌似白面书生的老唐毕业后一直投身房地产。关于这一行，他有自己的看法："我做了十几年房地产，从个人角度，我非常喜欢其中的创造性。我希望做一种房地产，在其中能塑建一种'场所精神'。房地产过去被认为是暴利行业，形象一直不太好，但其实还有很大的空间去耕耘，我希望房地产有一天能做到改变人们的生活方式。"

2011年，已经在房地产有了一定成绩，有着自己的广告公司的老唐，一直鼓动合作方做一个青年文创社区。他说："我希望这个社区面向有梦想的年轻人，加重文化分量，在居住、生活配套、文化交流、创业空间四块同时发力，让居住空间成为梦想孵化器。"

老唐的这些想法，被很多人认为过于理想化。在他宣扬自己的这些想法的时候，经常就会有人问：你所说的青年文化交流空间到底在哪里？能不能带我们去看看？

因为一些技术细节，合作项目停滞了。处女座理工男、行动力超强的老唐忽然决定带领公司转向，利用这段时间，干脆去做个梦想之中的实体。他要开个自己的店！

说到“青果”这个名字，还有个小故事。“83元走川藏”的奇女子张小砚告诉老唐，杭州有个叫“青果”的餐厅很好，建议去看看。那时候老唐已经决定开店，在全国各地看样板，就这样去了杭州找“青果”。杭州人很疑惑，说我们这里有个叫“青桃”的，还有一个叫“蜜桃”的创意餐厅，但哪里来的什么“青果”？这才恍然，是张小砚记错。带着青涩、希望和找也找不到的神秘，青果，就这么成了老唐那个梦想中的店的名字。

本来也有几位朋友说好了和老唐一起做，后来都出了状况。

老唐只好独自带着手下，做了五个月的手工，顺带还戒了烟。

青果诞生后，朋友当中有人问老唐，用四个字说说你这半年多来的感受吧！老唐说，不用四个字，就俩字：孤独！

关于青果，老唐的预想也很简单，就是文化与商业融合，有温暖与触动，能够打动人心。

青果需要一个月做到12万营业额才能盈利。之前有人预言，做到这一点至少需要三年。老唐当时的奢望也不过是，到第二年的国庆节能够持平。但是，奇迹发生了。

“最初的几个数字我至今记得很清楚。第一个月：6万；第二个月：9万6；第三个月：13万9。”

观察青果迅速“走红”的原因，老唐发现，客人基本上是朋友带朋友，拍照，上传微博，“自媒体的传播发挥了很大的作用。”

经常有人追问老唐，“青果”到底是什么？茶吧？咖啡厅？文艺沙龙？老唐不肯作答，他说，青果是一块“梦想的实验田”，他们还要探讨其中的“可能性与宽度”。

话虽如此，秦淮河边，桃叶渡旁，这个叫作青果的地方，已经开始让城中文艺青年好好地过起日子来了。每周一二四放电影，三五六唱民谣，元宵节看灯，情人节示爱，“立春”咬青，“雨水”喝甜粥……间或还举办各种自创作品展，对有戏剧理想的年轻人更有“抓嘛”剧场。青果招募歌者，宣传语也特别诱惑：“来懂你的地方给听你的人唱歌……”

经常有人问老唐，在青果搞个活动要什么条件和多少钱。他的回答是：“我们不收钱，可能还有补贴。条件是品质以及关于梦想的共鸣。”他还喜欢说：“好玩咱就好好玩！”

青果的“前世”

数次转向，唐宁军是怎么炼成的？

说起自己的过往履历，唐宁军的回溯复杂也简单。

1997 年 8 月，刚刚毕业的唐宁军加入了栖霞建设股份有限公司；

2000 年底，他下海创立了自己的方格智业机构；

2004 年，唐宁军加盟银坤实业有限公司；

2008 年，从银坤出来调整半年之后，从 2009 年—2011 年，唐宁军又担任了 1912 集团的副总裁，一直到忽然放下一切，专心做青果。

唐宁军刚刚大学毕业就进了栖霞建设，在这里打下了他日后从事房地产行业的基础。虽然这是一家国有企业，其老总不是一般的开发商，至今说起她，唐宁军很有感恩之心："陈兴汉是很有高度，很理想主义的一个人，她对我影响蛮大。"陈兴汉目前是江苏省房地产协会主席，据悉，至今经常有呐喊与呼吁，关于住宅工程、手工制造、品质化保障……

后来，唐宁军辞职下海创建方格，首先尝试在虚拟社区寻找有创业冲动的年轻人，在西祠胡同网络社区与年轻人交流，在学校开讲座，当创业导师……

到银坤工作，是唐宁军的第三阶段。老唐说："他们在楼产经济方面的观念影响了我。房子不仅仅是需要盖出来卖掉，还要发挥作用与价值。过去房地产商们在运行上陷入一个迷途，那就是先盖房子卖掉，赚钱买地，而赚来的钱往往等来的是地价上涨，好比你每平米一万五卖掉房子，转眼地价已是两万！所谓面粉贵过面包……我开始意识到所谓房地产，原本是房子＋地，关键要看什么人去用。你们看新街口现在的德基所在地，原本是死铺，是最势弱的，但由德基完成了由百货公司到购物中心的转换。从那时候我意识到，要抓住运营这一块。"

而在技术性运营这方面，在1912的工作经历给了老唐很大的帮助。"我那时就希望只做运营，拓展深造，借助文化，放大运营。"

2011年，电视剧《奋斗》流行，里面有个"心碎乌托邦"，这一创意又给了老唐启发。"那时候正好有关青年公寓的项目停滞，我就带领广告公司辞别了之前的业务，宣告整体转型。"他们在西祠上做了一个青年社区"牛犊城邦"，为未来的实体做铺垫。当时的会员数和拜访量还不错，但是渐渐也遇到问题，有些宣讲没人听。此时的老唐看到一本书，叫《走吧，张小砚》，就从南京开了近400公里路，到彭泽去找“83元走川藏”的张小砚喝酒。这是2011年的5月5日。两天后，张小砚在日记中记录说，老唐掏出《走吧，张小砚》一书，“上面圈圈点点，乍一看像某编辑的样书。阅读之细，令人感动”。于是小砚带老唐去看一棵树，一棵关于梦想的树。老唐在那棵树下许了个愿。

关于张小砚，老唐说：“我本来是想请她为牛犊城邦站台，当时她有关‘人生需要一场说走就走的旅行’的言论也很受欢迎。她也有一个关于‘马托邦’的概念。她对我说，不要光在想，停留在想上面不行，那是个无底洞……我们决定一起做个实体。我就去杭州看蜜桃、青桃，但被张小砚误传成了‘青果’……”

“青果”就这么神奇地来了。

青果的未来

工社及其他，梦想的孵化器。

从栖霞建设出来自己创业后，老唐办第一个房展会，临时发现少块白板，自己跑去买了扛起来就跑。路上遇到老熟人，看他一副狼狈相，好歹他以前干的还是份体面的工作。

打造青果的时候，要用旧木材打新家具，开始连参与装修的工人都不理解。一块好好的木板都没有，上面到处是钉子。“这活没法干！”面对闹情绪的工人，老唐问清楚缘由，说好，我们来拔钉子。就这样，白面书生老唐带着员工，从老木材上活活拔下了两麻袋钉子。

这就是老唐，文艺青年的梦想＋处女座理工男的行动力。

2012年3月14日，距离青果开业刚刚三个多月，老唐顺口问了下店长当月的营业额，忽然意识到，这个月就能盈利了！

3月16日，老唐带了此时他所在的公司——景枫置业投资有限公司张景春张总一行来参观青果，他们被感动了。没想到还有这么实诚的人，就因为一些技术细节项目停滞了，居然就利用这段时间真的将预想的项目做了出来，还成功了。

此时唐宁军问张总，如果现在在我们楼上做几百间公寓怎么样？一家店，带动一个文化创意空间，一定能够开拓出一个好项目！

以前别人认为老唐过于理想化，张总却很认可他的想法。此时又有事实摆在面前，回答当然是肯定的。

对唐宁军来说，青果的确是一个梦想的转折点。

“后来就不断有人找过来，愿意合作新项目。”

“相遇是机缘，有温暖有触动，才能有心的交融……我希望能做到的是：感性开局，理性建构。”

“青果的成功透露出很多信息，人们渴求个性，希望被打动。此后的青果里、青果周庄店、铁山寺一直到青年工社，就不断出现合作者了。”

继大石坝街的青果艺文空间之后，老唐又在合作者的支持下，在城墙根儿的陈家牌坊打造出了别有韵味的居游地——青果客舍之“冒昧打搅”与“生活现场”。

一进青果客舍之“冒昧打搅”，就会看到老唐在灰墙上用板书记录下的故事：“……为找房子，在老城南兜兜转转快两个月，终于在这里，第一次发现了与城墙有着如此近尺度的生活关系。可现实活像一出滑稽戏,那本应惊艳的第一眼,其实充斥着一群人自以为是的粗鲁:砸掉旧木窗换上塑钢窗,拆掉老木门改成密度板打的新门,在院子的城墙脚下加盖房子,给老旧的外墙贴上瓷砖……

"我们几乎是'喝止'了他们……接下来的3个月其实一直伴随着迷茫和纠结。越潜入老城南,越触摸老房子,你就会越生出一种难以言述的情绪。这里的质朴与真实,这里的卑微与丰富,这里的内敛与炽热,都让我们如此怦然心动,却又如此不知所措……

"我们也终于决定,放下所谓的创意,忘掉所谓的设计,拿出对老城南忠实而复杂的敬畏之心,重新接近这间老房子……"

最终呈现的"冒昧打搅"是给人惊喜的。城墙根儿下,可以看见市井邻里的鸟笼,半拉围墙,能与隔壁老奶奶相视一笑;还有能仰望天空、有着柴火的院落……隐匿在安静的老城南,搁置了这样几张有梦想的床……

用同样的态度,老唐又推出了街对面的六角井青果里客舍与青果咖啡。

"我们也在不断地储蓄经验。比如做咖啡店与做客栈,其实客户群是不一样的,他们之间交集很少。之前我们将它们放在一起做,成本很难区分。我意识到这个思路有问题。咖啡店有时候需要传播一种生活方式,有时候人们会因为仅仅是某个人在而来这家咖啡店。所以什么人来做很重要。现在负责的这个女孩子,去韩国留过学,自己还做过平面模特儿,换她去做,很快就有了眉目。"

老唐认为,做系列青果咖啡店,核心发起人很重要,要寻找到符合调性的人，才能做好咖啡店。此外，“我请人做咖啡馆、排戏，利润的70%给对方，这样才能很快收回成本，达到盈利，利他利己。”

铁山寺，老唐的又一个度假村项目。“那里有山有水，是老营房，火山石盖的房子。住在那里你会觉得特别踏实，撸起袖子就能干活。”

观察银河系，与昆虫为伴，乃至赶集也都被纳入乡村旅行之中。

而青果工社，当初因为它的停滞而催生了青果诞生的项目，如今真的启动了！这就是老唐梦想里的那个“青年文创社区”。

青果工社的宣传语也不同凡响：“人生是一场际遇，随时可能遇见不同的人。人一生会遇到2920万个不同的人——高人、友人、贵人、爱人、路人……”

在期待相遇的前提下，青果工社在给年轻人安排了简易而舒适的卧室之外，打造了更多的公共空间：小剧场、美术馆手工作坊、射箭馆、居酒屋、面包房，创意集市，桃李木器厂，青年戏剧创作交流中心，青果氧吧，创意书吧……这里承担着共享商务、柔性空间、创业孵化、推演区等多重功能。

“之所以叫‘工社’而不是‘公社’。一来公社这个概念的印象也没那么好。二来‘工’还有自己动手的意味：希望有更多的创造性设置，涵养、激发创造力。”

“我还是希望项目能有情怀地注入，能够抓人。希望住在这里的人有生活信仰，有一种旅行的态度。打破传统的商业模式，成为青年人喜欢聚集的地方。”

唐宁军有时被认为是孤僻，别扭的，做房地产这一行却从不请人吃饭喝酒。不过，他很执拗，他说：“总有那么一群人因为这样一群人的存在而不同。我们的空间有我对人与人关系的理解。”

唐宁军的种种做法也并非全无争议。有些人甚至一些“专家”就觉得:“做生意就说做什么,卖什么就告诉人家卖什么;要更加务实;不要煽情过度,不要太文艺……”

唐宁军有他的想法,与那些大路货的“成功学”属于两种逻辑。他说:“这就像踢足球,很多人是直奔球门而去,但也有球员靠传球、控制,绕过阻碍,最终取胜。我要做的是文化地产,所以,我最希望的是能攻破人心!”

做一个有梦想有情怀的创业者,不可以吗?

作者简介

罗拉拉,亦用笔名肖林,原名吴晓宁,南京知名媒体人、南京市文联签约作家。已出版随笔集《像蝶一样的碟》(江苏文艺出版社)、《旋转木马》(古吴轩出版社)与艺术文论《怕——柯军多元艺术探索》(中国戏剧出版社)等。曾担任央视与江苏卫视合拍的大型纪录片《昆曲六百年》的分集撰稿。

书中建成黄金屋

文/鲁　敏

一、前　　传

性格决定命运。留着一把大胡子的缪炳文，从骨子里，就不是一个满足于现状的人。

在南京大学，他学的是化学专业，这在当年，也算是炙手可热的实用专业。如果他愿意跟当年大部分的同学一样按部就班地进入人生轨道，今天，他应当在一家化学研究所里终日与试验数据为伍，或是成为某个化工厂分管业务的头目。

但历史已被覆盖、被改写，这是缪炳文性格中不安分的因素使然，是风起云涌的时势使然，是天欲降大任的机遇使然——也可能没那么玄乎，一切只是源自某一瞬间他头脑中不经意闪过的念头，却如闪电划破天空，生成了一个最惊人的化学裂变——而今的缪炳文，已是鸿国文化产业有限公司的总经理，大众书局的董事长，首届“南京市十大文化名人”。与化学离题万里，他以一名民营文化产业先行军的身份知名于世，并成功打造出了“中国民族书业二代品牌”——大众书局。

一个人，其体质源自他的食物，其气质源自他的阅读，其运势，则源自他所有留下的足迹。我们来看看，在 2002 年 12 月之前，在创立国内最大民营书城之前的缪炳文，曾经走过怎样的一条羊肠小道或阳关大道？

1988 年，刚刚进入社会的缪炳文成了一名国家机关工作人员，在国家海洋局东海分局，工作待遇很不错，出差一天可休息一天，一同毕业的同学每个月只有 80 多块，他的收入已经有三四百了，相当于现今的外资小白领。

但这种温饱安逸、风平浪静、一眼可以望到头的生活显然不是缪炳文的理想。不久后，在众人不可理解的目光中，他离职去了海南。海南其时刚刚建省，尚处在满目荒痍、万物待兴的起步阶段，缪炳文与伙伴们在那里自得其乐，做做业务、办办报纸、交交朋友，既带着纯真的文人气，又初步体验到弄潮商海的迷人滋味。但等到 1991 年底，当海南省已成为全国人民盲目向往的淘金热土时，缪炳文却又反其道而行之，重新回到南京大学，到科技开发研究院重新干起了科研。

“这样的选择自己也很难解释得清，也许是偶然，也许是必然。”缪炳文如是说。

但机会不会错过有准备的人，正如命运总垂青于智慧的头脑。在南京大学的四年间，他给同事的印象似乎总是不安分的，业余时间，总见他四处游走、忙碌不停，像在对自己的综合能量进行一次自我测试，像拉伸一根弹力绳，看看其长度与强度、深度与广度。

四年之后，一切有意无意的经历开始显现出初步的结果：他与另外两个伙伴创立了美丽华实业公司，主营“千百度”女鞋。

1995年，这是生命中值得划上刻度的重要年份，缪炳文，从书生一变而为商人。

从物理角度来看，他还是他，可能只是体形稍胖，胡子稍乱；但从化学角度来看，显然，这可以算得上是一次质的飞跃。人生从此别样天，在没有人注意到的内心角落，他是踌躇满志的、更是如履薄冰的。

此后六年多的时间，三个伙伴同心同力，建生产基地、上生产线、成立精英设计中心、建成工业园区。2003年6月，鸿国国际在新加坡证券交易所主板成功上市，成为南京第一家海外上市企业——像拔河一样，他们一步步把成功的长绳从彼岸拉到了此岸。

这一期间，缪炳文的运转曲线是一个商人的典型写照，决策与跟进、竞争与合作、叛逆与妥协、风险与收益、资本积累与扩大再生产……所有的摸滚打拼、跌宕起伏，他均身临其境，对于百货零售、对于企业管理、对于多元化发展、对于市场战略定位，缪炳文开始慢慢摸索出一套成熟的思路。

时间到了2002年年底，来自物质的、心理的、理念的，所有的铺垫与积蓄已如水到渠成，“大众书局”，在这个时候，像一粒种子一样，开始进入了前途未卜、诡谲多变的孕育期。作为这粒种子的播撒者与培育者，缪炳文开始迈出了他涉足文化产业领域的第一小步。

二、正　史

南京新街口，全国知名商业中心，吃喝玩乐、物质华美；熙熙攘攘、利来利往。这样一个红尘万丈的喧嚣之所，到底还缺点什么？或许是读书人的天性在潜意识里作怪，或许是商人智慧的灵感突至，或许是对精神家园的暗中渴求。2002年底，经过第N次的市场调研，缪炳文确立下“错位经营”的总体思路：做文化，做图书。

从鞋业的“行万里路”，到图书的“读万卷书”，这仅仅是一种纯商业性的巧合？还是命运之手在暗中推波助澜？没有人能说得清楚。

但此方案一出来，就遭遇到了众多业界同仁的善意劝阻：做图书，吃力不讨好，周期漫长，十有九赔，别的不说，就连国营老字号新华书店，虽有强大后台支撑及免房租、好市口、主渠道等一些利好背景，其结果仍然是青灯微照，收益薄微乃至“正当亏损”；再说现在是网上阅读时代，又是物质崇拜时代，精神消费已成奢侈品。大趋势在此，你缪炳文明知其深浅，偏偏还要趟进这条河流，弄不好会把数年英名毁于小小图书呢！

但缪炳文自有其思路：天生万物，有其短，必有其长。从寻常意义上讲，图书似是穷途末路，但一个市场在长期垄断之后，其竞争力必将有所削弱，其思维与模式难免有所僵化。而弱点就是增长点，就是无量的商业上升空间。

此种背景之下，以民营身份进入图书业，乍看可以说是无知者无畏、是知其不可为而为之，实质上，是知其短、攻其弱，是知其可为而为之。再说，缪炳文心中有一组数据，当年，中国一年的图书零售总额为800亿—900亿人民币，但在德国、美国这些出版业发达的国家，仅一个大型出版机构销售的图书总额就是中国全部市场的2—3倍。可见，中国图书零售市场未来的发展空间相当可观。

2003年1月1日，南京书城（大众书局前身）正式开业，其超过7000平米的单体独立书城和3000平米的综合区域创下了国内民营书店的面积之最。当时南京虽有1000多家书店，但大都是“小舢板”，航空母舰式的南京书城一下子脱颖而出，立刻引起了全国业界的关注。

引起关注的，还不仅仅是体量上的大与巨，还有董事长缪炳文的全新思路，这也许得归功于他多年的零售业经验积累以及开放式的市场理念。缪炳文给自己的图书经营定下一个调子：把图书做成商品、把商品升华成文化。

别看这简简单单一句话，却创新出了不同的风暴。

创新一：在书店中开设“店中店”。

长期以来，书店的排列布局都是按照“中图法”的传统分类法进行店堂布置，虽然科学严谨，但缺乏应有的个性与风格。这一方面，拥有高级发行员资历的缪炳文，从读者的消费角度打破了这一视角，他大胆创新，突出风尚与流行，突出个性化，突出消费主体，在书店中打造“店中店”，派生出诸如“女性书店”、“旅游书店”、“生活书店”、“工具书书店”、“经济书店”等类别型专柜，引导和方便消费者在相对集中的区域内选购自己所需的产品。

这一源自零售百货业的做法在店堂甫一亮相，即赢得了碰头彩，长期以来被忽略掉的主体意识突然被如此体贴地照顾起来，读者无不感到耳目一新，购买欲也就顺势水涨船高起来。

创新二：借鉴百货业营销理念。

长期以来，书店便是卖书，这似乎是千古一条道走到黑了，但所谓突破与创新，也仅在一念之间、在一墙之隔，缪炳文伸出他的手，轻轻推倒了这堵约定俗成的墙。

从南京书城（大众书局）开门第一天起，他就开创了一个“文化百货”的理念，全方位引进各类与文化相关的零售百货，做成一个“culture mall”。此举的确如春风扑面，教育资讯、人才培训、软件产品、电脑卖场、动漫体验、旅游产品、电子数码、数字阅读、品牌咖啡、茶文化、眼镜等无一不可，只要与文化消费有关，统统召入麾下，引入了少儿手工馆、游乐场、玩具馆、KFC等，并配有英语角、韩语角、抄书台、休息区、阅读岛及经典电影回放等综合休闲区域——就像一个高明而狡黠的大厨，将教育、阅读、娱乐、休闲等统统揉成一个大面团儿，再做成一只只精致美味的点心，捧到面前，一家几口，可各取所需，。不同人群的文化休闲都可在这里得到“一站式”的满足，感受传统文化与都市趣味的流通与互补。

创新三：周边衍生平台。

图书是商品，更是有温度有气质有生命力的文化。作为文创产业的先行军，缪炳文梦想着要为水泥森林中的都市人构建一块萋萋家园！以书为圆心，大众书局画了两个大圆，先后开设了“大众梦幻剧场”和“大众讲堂”。

“大众梦幻剧场”名字叫得梦幻，先后推出的活动也充满了魔力。2004年、2005年，剧场分别邀请了中央芭蕾舞团、西班牙皇家乐团来南京献演，为南京人送上了高品质的文化演出。2006年7月，还通过全国选拔大学生演员、群众演员，将都市漫画《涩女郎》改编成现代话剧，轰动了南京话剧界。

相对而言，“大众讲堂”则更为贴近百姓大众，力争让每一位读者都可以通过这个课堂走进更为立体的阅读世界。这些年，“大众讲堂”先后开展过“女性读书沙龙”、“关注孩子成长”、“学术大师讲座”、“金秋谢师恩”、“诗歌大赛”、“企业家读书会”、“出租车英语培训”等活动，而设在厅堂内的“艺文空间”多功能室，更成为一个面向会员和社会的公益性文化沙龙，讲座、展览常年不断，打造了大众书局“视、听、味、触、嗅”五觉享受的艺术空间。

创新四：“逆市”更名。

缪炳文一向坚信：“只有不好的企业，没有不好的行业。”虽然图书经营的确存在投资回报周期较长的问题，但通过多种文化业态的引进，可全面分担经营成本，取得多赢效果。但一个现实的问题接踵而至。原“南京书城”的品牌虽已广为人知，但有地域限制，不适于连锁开拓，且放弃已经成熟的“书城”品牌虽然意味着无形资产的损耗，似是“逆市”之举，但长痛不如短痛，有舍才有得，这也是区域品牌走向全国化的必要成本。

为此，缪炳文先后找过北京、上海等多家书店，多番寻觅，都没有合作成功。就在焦虑之时，他们突然注意到一个沉寂多年的老字号：大众书局。这曾是民国时期中华书业的老字号之一，但后来流失了。他们当机立断，立即在国家工商总局进行了商标注册，抢下这个古风犹存的金字招牌——可谓鸿国最得意的“快手笔”——并迅速以细胞

“繁殖”般的活力与速度在全国范围内进行大规模的扩张。

在每一个城市的连锁店，大众书局都会邀请一流设计师设计，本着“连锁而不复制”的原则，整体格局上追求欧洲图书馆风格，并兼顾地区文化差异，每个店在主题、材质、色彩运用上略有不同。这些用心良苦的细微之处都得到了当地读者的热烈响应，书城每开到一处，即迅速成为当地的文化活动中心和都市文化新坐标。

以南京为例，国贸大众书局便是新街口的绝对地标，一些“80 后”、“90 后”更是笑言：“多少年了，每次约路痴、脸盲，接头暗号都是：我在大众书局门口等你！”正因为此，2013 年 10 月 31 日，大众书局国贸店搬至附近的国药大厦，虽然新旧店之隔步行仅需十分钟，但还是在全城引发了一场汹涌的怀旧潮——大众书局在南京人心中的影响力可见一斑。

真正令人心悦诚服的是这些创新模式在盈利上的实战力。开业后，南京书城年销售额节节攀升，第一年站稳脚跟，第二年即在全国优秀大型书店中占有一席之地并开始进入良性循环。2004 年，南京书城被江苏省委宣传部主编的《江苏文化产业蓝皮书》作为个案研究，也是唯一一个民营企业入选其中；同年，才两岁的南京书城还当选为中华全国工商联书业商会副会长单位。2004 年，大众书局获国家新闻出版总署批准的“书报刊及电子出版物国内总发行权”。2005 年，大众书局又获“全国性出版物连锁经营许可权”。

这样，大众书局成为江苏省内首家同时获得“双权”的图书连锁零售企业。2005 年 6 月，大众书局斥巨资建立了图书自动化物流流水线，这是省内也是全国民营书店中首次引入这种流水线，其吞吐量能满足100家经营面积在1000平米以上、年销售最高额达10亿码洋的连锁店配货需求。

三、野　史

说完了创业史，让我们重新回到缪炳文其人，除了那把较为引人注目的小胡子，抽烟喜欢用铜烟斗，一派绅士风，他的身上还有什么与众不同之处？

这是一个鼓励好奇心的时代，也是一个注重隐私的时代，关于他私人气质的各种演绎，我们只能以一种野史的角度进行边缘化的触摸。

关于读书。

既然是做书的，不可避免的，缪炳文常常会被问起关于书的问题。

在缪炳文看来，书分长期有用和短期有用两种，“有些书，可能在短时间里，你看不出它对你会有什么作用，但说不定哪天它又能促成你某方面的灵感，比如《禅的202个人生智慧》、比如《二十四史》，这都是长期可以陪伴在侧的良师益友，每看必有收获；而一些实用类的图书则属于短期有用。”不仅读书，他本人还开始“玩”起了藏书，每月藏书百余本：“为读、为藏、亦为了解商品，增加专业领域的竞争力。”

作为企业高层，缪炳文的阅读中，有相当一部分偏重于管理、财务、法律、人力资源等方面，他给自己定下的“硬杠杠”是每年必读48本图书，平均一个月要读4本。为了最大限度地利用时间，他喜欢在各个角落都放上书，床头放两本，工作室放两本，汽车上放两本……

“只要有机会坐定的地方都有书的影踪。”读书已成为他融入血液的本能。

“我知道，有些企业高层会因为过分繁忙而放弃阅读，事实上，读书也可以理解为另一种投资。当你通过广泛阅读掌握一些技能的时候，在关键时候这些知识就能有用武之地，在生意谈判上我就明显感觉读书作为一种投资的重要性。比如在谈判初期，往往会有出奇制胜的效果：当对方谈到体育的时候，你能快速地讲出当前最红的球星；当对方谈到文学著作的时候，你可以把当前最畅销的书中内容与对方展开讨论。这样不论别人谈论什么话题，你都能巧妙作答，对手必然感到敬佩，那在谈判桌上就掌握了主动权。”

关于困难。

任何一条成功之道，在看得见的风光与鲜花之后，必定都有看不见的沟沟坎坎，在彼时彼地，如何应对困境？

“总的说来，自然是‘逢山开道，遇水架桥’，最大限度地把困难给踩到脚下。幸运的是，我不是一个人在奋斗，公司的经营和管理团队也是我最大的资本和自豪所在。一个篱笆三个桩，一个好汉三个帮。实践证明，三人团队是最为科学合理的组合模式，比一人两人强大，又比四人五人团结和谐。也许，就像物理学中的三角，这是最稳定、最能够承受外力的结构。”

“我们的事业一步步走到今天，有一些困难是大家都能看到的。比如，当年国贸中心裙楼部分的亏损，比如，刚刚做图书时所碰到的歧视与阻力，比如，与同行及上级管理部门之间的沟通障碍等等。但还有更多的困难，是不足与外人道的，但有了这个‘铁三角’，有了强大的团队在后面支撑，总会迎刃而解了。打个比方，就好像是，一个人走夜路，或许会害怕，但如果三个人在一起，有说有笑的，恐惧感就会灰飞烟灭。”

关于自由。

提到生活中几次重大的转折与改变，比如当初离开政府机关到海南，比如离开海南重回校园，再比如离开南京大学自立门户，这一系列重大的抉择，到底动力何在？内因何在？

缪炳文的回答颇具“四两拨千斤”的意味：“不为什么，只为追求更高的生活质量。”

那他所指的“高质量生活”又是指什么？锦衣美食？豪宅香车？非也，缪炳文进一步的解释可能超出大家的想象：很简单，好的生活，就是不想上班时，就可以不上班。当然，更重要的是，想什么时候上班就能上班。

这看似玩笑的回答，往深里剖解下去，其实就是一个词：自由。

回看缪炳文前面四十年的人生，对自由元素的向往与渴望，可能已成为他血液的一种颜色。如果现有的生活，过分安逸或过分循规蹈矩或者缺乏挑战，对他而言，都是另一种意义上的樊笼，他就得打破它、冲出它，去投入另一个未知的空间。

有人注意到缪炳文的一个细节，在他的手掌心上，常常会写满当天所要办的各种事务，相当于备忘录，或美其名曰“掌上电脑”。

“是啊，想起什么事情了就记下来，记在报纸上，记在纸片上，记在手上，都一样嘛，反正把事情办好就行。形式或载体有那么重要吗？只要方便就行。”这样的细节，足可以一孔窥豹，看出缪炳文对形式主义、对条条框框下意识的回避。

他是一个追求简洁的实用主义者。对他而言，生活的品质，自由的含义，外延极广，有对机制束缚的不满，有对程式化工作的厌倦，有对高枕无忧现状的否定与轻蔑。

正如雄鹰。鹰击长空，不是为了觅食，而是为了飞翔的乐趣，为了接近高远的蓝天。

作者简介

鲁敏，18岁开始工作，历经营业员、小干事、企宣、记者、秘书、公务员等职。25岁开始写作，已出版《六人晚餐》、《取景器》、《伴宴》、《惹尘埃》、《九种忧伤》、《此情无法投递》等十余部作品。曾获鲁迅文学奖、庄重文文学奖、人民文学奖、中国作家奖、小说月报百花奖、中国小说双年奖等。入选《人民文学》未来大家TOP20、台湾联合文学华文小说界“0 under 40”等。有作品译为英、德、法、俄、日、西班牙文等。

现为江苏省作家协会副主席。

潮流帝国：年轻就是一种态度

文/育　邦

梁 超

从一本七拼八凑的复印杂志开始，成为中国潮流领域的意见领袖，只用了8年时间。在这不断变化的8年中，一个只有3个“小伙伴”的年轻公司，发展成为一家包括网络商城、平面杂志、电子杂志以及新媒体等形态的复合型创意文化企业，旗下的《YOHO！潮流志》、《YOHO！女生志》已成为国内最有影响力的潮流杂志，YOHO.CN社区成功吸引千万注册用户，YOHO！有货已成为国内最大的潮流品牌购物商城。如今，这个公司在北京、上海、广州、香港和东京相继成立办事机构，成为南京本土文化创意企业“走出去”、走上国际化道路的典范。2013年，这家年轻的公司已成长为拥有400多名员工、年销售达3亿元的商业团队。我们不说这是一个奇迹，但至少这是一个传奇——一个信息时代里用创意引领潮流的传奇。

这一传奇的缔造者叫梁超，是一个标准的“80后”。他身材高大，穿着简约，即使初次见面，也会给人留下青春朝气、真挚踏实的印象。

初创 YOHO！传奇

2002 年，梁超 22 岁，走出了南京航空航天大学的校门，同时开始了他人生的第一份职业——进入南京电视台做房产节目的编导。梁超说，他从这份工作中受益匪浅，充分挖掘了自己对市场嗅觉的潜能，培养了他对于市场敏感而准确的判断能力。当时，南京的房地产市场不温不火，江宁地区的房产更因离主城较远而少有人问津。梁超却费尽口舌劝说家人以 2000 多元每平米的价格在江宁买下一套房。当时几乎所有亲戚朋友都认为是件不靠谱的事，但接下来两年的时间内，江宁房价疯狂上涨。首次投资就为他带来了丰厚的收益，也正是这第一桶金成为他日后创业的启动资金。

作为一名成熟的电视编导，梁超在这个行业里也做得风生水起，但他觉得自己遇到了一个事业瓶颈——他喜欢自由自在、充满创意与活力的工作方式，但这些元素在体制内是很难实现的。

他喜欢创意，“我是一个喜欢新鲜事物的人，每当遇到新鲜的东西时，我就会想：这个可以做出什么有趣的东西，未来要做的事情可以有什么结合的地方。”北京光线传媒的迅猛发展让梁超意识到南京媒体虽在民生新闻上颇有特色，但在娱乐媒体上并没有什么可圈可点之处。这个眼光敏锐的年轻人想做一本时尚娱乐杂志，他分析了一二线城市大受欢迎的杂志后，发现绝大多数都是针对年轻女性的，如《时尚》、《瑞丽》等。而香港地区以及日本欧美等地有许多针对年轻男性的时尚潮流杂志，非常风行，受众面极广。梁超说起他当时的想法："时尚会持续一段时间，而潮流是一阵风，说来就来说走就走。我们的受众群定位在18岁到28岁的年轻人群，核心层是大学生和刚毕业的学生，这个阶层求新求变，充满想法和行动力，是一个有待开发的巨大市场，我觉得需要有一个媒体来满足这个年龄段。"

做出创办一份杂志的决定后，梁超卖掉了在江宁投资的那套房子，用50多万元卖房款作为启动资金，拉上两位志同道合的"小伙伴"，正式创办了新力传媒。

在短短几个月时间内，借鉴香港及东京等地潮牌杂志，梁超和他的"小伙伴"做了第一本杂志——《YOHO！潮流志》。梁超笑着说，第一本杂志就像一本剪剪贴贴的复印小画册，现在回头看当时的内容真是很稚嫩。梁超并不想把自己的杂志仅仅定位于DM(Direct Mail的缩写，意为"快讯商品广告")，他的梦想是在全国范围内传播最新的潮流理念。他们三人又化身为销售员，在南京、上海、北京和成都进行铺货，并找到一家在业内颇有影响力的期刊发行商做代理发行。杂志铺货后，梁超心里并没有底。一个月后，销售信息反馈回来，杂志实销率达80％。在没有任何推广的情况下，取得如此好的销售业绩，代理《瑞丽》等大牌杂志发行的承销商也大跌眼镜，连说以前从未出现这种现象。

市场是无情的，也是有情的。它对足够钟情它的人、对有充分准备的人抛来绣球，梁超和他的"小伙伴"那时真可谓意气奋发、豪情万丈，誓将潮流进行到底。

《YOHO！潮流志》从创刊起，第一年就实现了盈亏平衡。

风投蜂拥而至

做杂志,特别做时尚潮流类的杂志是一件烧钱的事,没有千万级的投资是很难做成的。杂志创办后不久,梁超的后续资金日益短缺,杂志面临着难以为继的困境。

新世纪以来,对新兴创业的企业进行风险投资已成为业内常态。梁超决定引进风险投资。

但是,他这样的一个小微企业——一本杂志能获得风投的青睐吗?梁超像应聘的大学毕业生一样,拿着项目计划书到一家家风投机构去"投简历"。一开始,基本上是无人问津,到后来,一轮轮的"面试"无情地拦住了他的去路。终于有一家风投机构准备投资了,在签订协议前,投资方问了梁超最后一个问题:"如果我们不投资,你的企业还能撑多久?"率真诚实的梁超想都没想,就说:"最多一个月!"投资人听完梁超的回答后,微微一笑,转身离开了。第二天,梁超的电子信箱里出现了一封简短的邮件:"我们不能投资给一个只能支撑一个月的项目!"

在如此窘迫的情况下,留给梁超的时间并不多,只有一个月。如果再找不到资金为杂志"输血",《YOHO!潮流志》随时面临"夭折"的危险。此时,一位业内的朋友提醒梁超,说北京有一个公开的新项目展示会,就是给风投人秀项目,可以去试试。

梁超没有片刻犹豫,就去了"TMT&创新模式项目秀"。在众多知名的风投人面前,梁超大胆而自信地展示了他对于潮流的理解,对于引领潮流的渴望、决心、恒心与用心,创业计划呈现出朝气蓬勃、积极向上的生活态度和创业锐气，深深地折服了在场的大多数评委，最终梁超轻松摘取了此次选秀的状元头衔。

2006年10月，梁超获得名噪一时的投资人王功权所在机构——鼎辉投资的第一笔风投。这笔资金投入并不大，但投资方的进入有效地拓展了《YOHO！潮流志》的发展视野。鼎辉投资不仅仅带来资金，还建议YOHO！制定更符合市场发展规律的战略规划。2007年5月，鼎辉投资给YOHO！介绍了一个重庆的技术团队，这个团队帮YOHO！建立了潮流社区YOHO.CN，这是一个网站，更是一个交互平台。YOHO！的发展进入了第二个时期：在做杂志时，信息是单向的传播，《YOHO！潮流志》充当的只是把外界潮流信息传达给读者的角色；而网站信息是双向的，公司可以把权威的潮流信息传达给读者，网友们也可以在社区分享自己对于潮流的认识与感受。通过分享，YOHO.CN就变成了一个潮流社区。

传统杂志与互联网结合的新型商业模式，虽然还没有带来可观的收益，却引起了德国著名的贝塔斯曼投资机构对他们的兴趣。贝塔斯曼决定把他们在中国大陆地区的第一个风投抛给梁超和他的团队。

随着两笔风投的进入，新力传媒得到前所未有的迅疾发展。《YOHO！潮流志》和YOHO.CN均日益成熟，YOHO！有货的品牌美誉度和品牌价值也日益凸显。

2010年，国际顶级风投机构——新加坡祥峰投资也看好《YOHO！潮流志》和YOHO.CN这种纸质媒体与互联网、电子商务无缝对接的模式，投入了千万美元的风险基金。这是梁超创办《潮流志》以来的第三笔风投了。巨额资金给了梁超和他团队“勇闯天涯”的勇气和斗志。

2012 年，YOHO！全盘聘请了香港某潮流杂志的人马，迅速提升了采编能力，成功把触角伸到香港，又在东京、纽约、巴黎这些潮流之都设立编辑部，让《YOHO！潮流志》一步步走向国际化，成为引领潮流的传播者。

多元化发展的 YOHO！越来越有魅力，吸引了更多风投的目光。2013 年，专注于亚太地区信息技术、媒体和电信产业的国际顶级投资机构——美国赛富投资基金认为在专业媒体、垂直电商结合方面有着巨大的商业机会，而 YOHO！正是这样一家他们心目中的“梦中情人”。这家曾投资了盛大网络、完美时空、58 同城网、橡果国际、神州数码等项目的投资机构毫不犹豫地把千万美元的风投资金投给了 YOHO!。

在谈及多次获得千万美元级的风投时，梁超还是那么优雅从容，脸上丝毫看不出怎样的兴奋和激动。因为在他看来，获得风投机构的青睐也意味着别人对自己的信任，资本对企业的信任，意味着企业家必须担当相应的商业道德和社会责任。

引领潮流风尚

淘宝“双十一”、乐蜂桃花节、京东“618”、聚美“301”、当当“遇见双十一”……最近几年，电商创造了眼花缭乱的购物节日，促销手段五花八门，但却只有一个主题——低价。在各大电商争抢“全网最低价”的“桂冠”时，梁超却依旧淡定，他认为低价促销只能给电商带来短期效益，由于电商价格透明，只要产品线重叠，就必须面临同质化竞争对手的“死磕”。只有走差异化，锁定潮流人群，为他们寻找符合内心诉求的“品牌理念和款式风格”，YOHO！有货才能勇立“潮”头。

梁超的“YOHO！有货”作为分众电商依然“专注潮流新品”，坚决拒绝价格战，而是把新品的更新率提高到极致，为黏合度极高的用户群体与潮流品牌提供独特的平台价值。

2013年7月27日，在上海举行的一场新品预售会上，YOHO！首次尝试全流程B2C预售模式，消费者无需现金交易和购物袋，只需通过智能手机APP客户端，即可在活动现场轻松扫描购物PASS卡，完成新品预购。届时，其公司的潮流买手将根据现场实时公布的销售数据，同步完成下一季全国市场货品采购的预测及订单下数，不仅抢占供应链主动权，更将“新品”的概念做到极致。

梁超是一位稳健而睿智的决策者，他心思缜密而又大胆果敢。采用B2C营销模式，梁超在电商发展中又大胆地朝前走了一步。目前，电商扎堆，常常运用“唯品会模式”进行销售，虽可缓解一时的库存压力，但无法避免品牌价值折损的长期伤害。“YOHO！有货”的B2C模式与其恰恰相反，只售当季新品，并在90天全部售罄。

梁超这种成功的B2C营销模式还得归功于潮流社区的成功运营。2007年开始上线运营的潮流社区YOHO.CN为“YOHO！有货”成为出类拔萃的潮流分众电商奠定了坚实的基础。

“创建属于自己的STYLEBOOK！SHOW出你的潮态度！”

打开潮流社区YOHO.CN，这是一句响亮的宣传口号。梁超和他的团队努力把YOHO.CN变成一个国内潮流人群的网络栖息地：如果你是网购达人，买了件时尚的衣服，可以做模特拍照上传；如果你是户外运动爱好者，“小伙伴们”可以在这里切磋技艺、交流心得……只要你认为潮流的事情，都可以在这里分享自己对潮流的认识；只要你够潮，就大胆地秀出你自己。

网友们只需要分享潮流，每条分享的讯息，不仅网友们在看，网站编辑也有一双雪亮的眼睛：每一个在社区分享潮流的网友都会被网站编辑“记录在案”。网友们评选的最潮流的，编辑们公认的最潮流范儿的网友，都会被评为“潮流意见领袖”，每个意见领袖都会成为社区明星，影响小气候；而网站会不定期发布“YOHO！话题”，和众潮流范儿一起探讨何为潮流……

经过六年发展，潮流社区已经从杂志的衍生品——网络延伸空间变成独当一面的大型信息交互平台。如今，有上千个最潮流的“社员”被评为了潮流意见领袖，累计分享了数十万张潮流图片。看起来，每一张图片，每一个“社员”，并不起眼，每个潮流意见领袖都只是小气候。但是数以万计的潮流客，数以千计的潮流意见领袖，数以百万的潮流图片汇聚在一起，就成为了一股洪流——一股真正引领时代发展的时尚潮流。

这个结构最直接的商业效果终于渐渐凸显出来。当潮流社区YOHO.CN迅速成为国内影响最大的潮流社区后，巨大的网站流量就到创造价值的时候了。

当YOHO.CN上的潮流资讯和潮人自拍影响力越来越大后，就有时尚品牌找上门来，希望能合作，希望把社区那些潮流自拍照的下面链接到具体的商品上，对商品起到导购促销作用。

梁超看准时机，因势利导正式推出电子商务网站“YOHO！有货”。梁超和他的公司也从单一的纸质媒体变成“媒体＋电商”的综合运行模式。这样，那些在潮流社区分享潮流的潮人们摇身一变，变成了“YOHO！有货”的消费者。而每一个“YOHO！有货”的消费者，通过社区发布自拍，和网友们做进一步分享后，又成了导购师。他们不仅能在电商平台获得优惠，而且他的自拍照还能链接到具体的商品，引导其他人购买商品后，导购师也能得到分成。

2012年5月，耐克体育（中国）有限公司将其运动生活系列和极限运动系列两条产品线授权给“YOHO！有货”的B2C电商网站。这是耐克在官方网店之外唯一授权的电子商务渠道，而那些大牌电商，如京东、苏宁、亚马逊，都只能“羡慕嫉妒恨”了。其实，不仅仅是耐克，LACOSTE、55DSL……已经有超过300家品牌入驻“YOHO！有货”，2014年，将有450家品牌入驻。

正是凭借“内容＋电子商务平台”的独特模式，通过媒体属性和电商属性的共生，在分享潮流和贩销潮流中自由转换，2012年，“YOHO！有货”销售额已接近2亿，2013年预计会超过3亿，预计到2015年到达10亿。短短8年时间，梁超实现了引领中国潮流的梦想。

现在拿出iPhone或者装有安卓系统的手机，点击登录www.yohobuy.com网站，仅需十几秒钟就能订购网站上的一件潮流服饰。在一个4000平方米开放式的办公总部内，梁超为笔者展示了YOHO！针对iPad、iPhone、Android等移动终端平台开发的第二代电子杂志和互动系统，除了让来自全世界的受众可以随时下载阅读YOHO！的刊物外，还将各种信息与电子商务系统进行了关联，可以方便地看，方便地购买，并方便地分享给所有人。

梁超的潮流帝国没有停歇的时候，他对笔者说，在未来，YOHO！也将继续创新，尝试电子商务与线下实体店的结合，并学习国外的经验，举办全国顶级的潮流时尚发布会，真正引领中国潮流产业的发展。

梁超每朝前走一步，都面临着市场的挑战，他喜欢这种挑战。正如他所言——年轻是一种态度。这种态度意味着迎接挑战，意味着对未知世界充满好奇和兴趣。

在结束采访的时候，笔者问了梁超一个问题："作为日益国际化的公司，是否准备把 YOHO！总部搬到上海、北京、香港这样的国际大都市？"

梁超笑了笑，说，以前真想过，但现在公司扎根南京已无异议。一方面南京丰富的城市文化底蕴赋予他们团队创新的原动力，更为重要的是，近年来，南京市政府大力支持内地原创文化和创意产业，支持有知识产权的文化产品，出台了很多举措，这让梁超感到了可能在北上广都无法获得的关心与政策扶持。将新力传媒打造成为南京、江苏乃至全国的创新文化企业代表，将 YOHO！打造成为年轻人最喜爱和最值得信赖的传媒服务品牌，这是梁超矢志不渝的梦想！

作者简介

育邦，1976年生。中国作协会员，南京市作协理事，从事诗歌、小说、文论的写作。著有小说《身份证》、《再见，甲壳虫》，纪实文学《渡江》，诗集《体内的战争》、《忆故人》，有诗入选多种诗歌选本。曾获后天文学艺术奖、金陵文学奖、江苏青年诗人奖。

现任《青春》杂志社执行总编辑。

关于梦想的几个关键词

牧羊少年的世界之旅

诚朴勤勉，自然繁花盛开

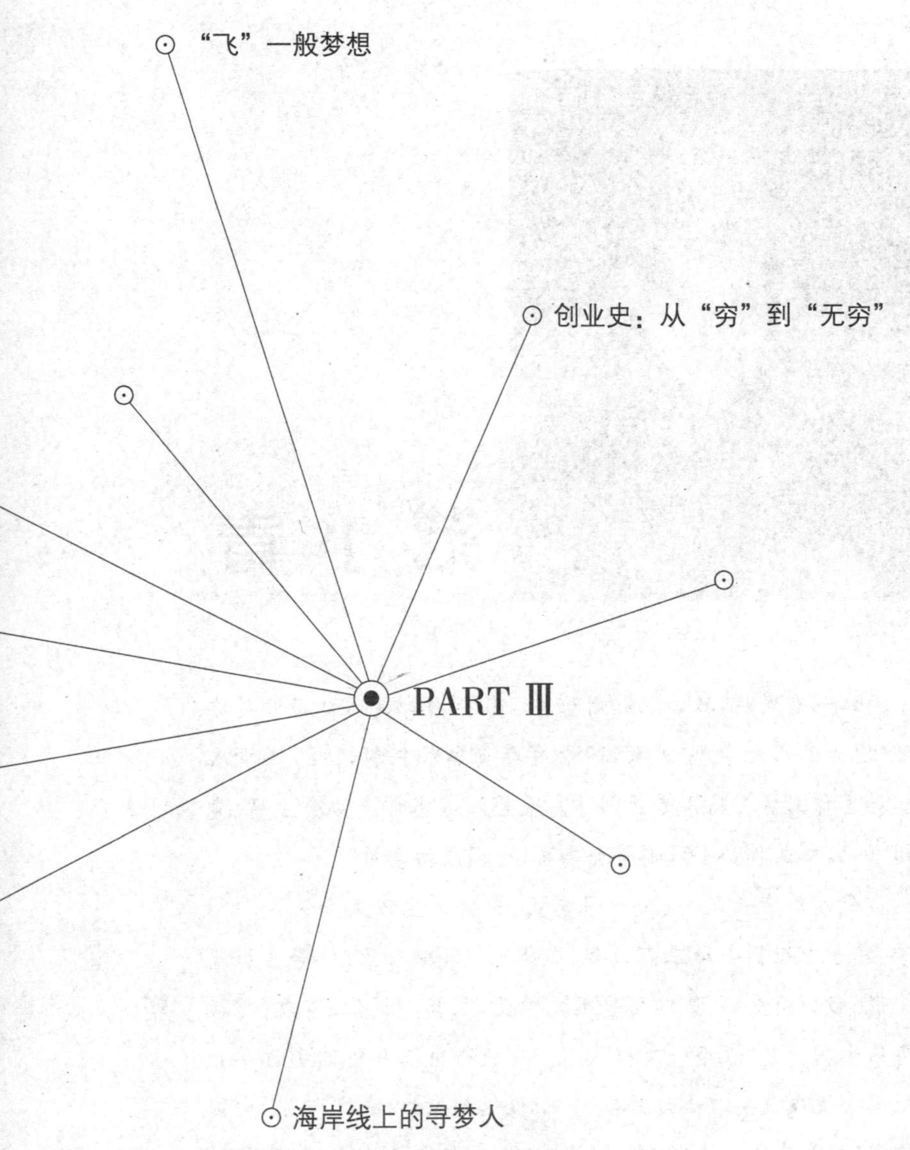
“飞”一般梦想
创业史：从“穷”到“无穷”
PART Ⅲ
海岸线上的寻梦人

范小青

FAN XIAO QING

江苏南通籍，从小在苏州长大。1978 年初考入江苏师范学院（现为苏州大学）中文系，1982 年毕业留校任教，1985 年调入江苏省作家协会从事专业创作。现为江苏省作家协会主席、党组书记，中国作协全国委员会委员，全国政协委员。

代表作有长篇小说《女同志》、《赤脚医生万泉和》、《香火》等，发表中短篇小说三百余篇，代表作有《嫁入豪门》等。短篇小说《城乡简史》获第四届鲁迅文学奖，长篇小说《城市表情》获得第十届全国“五个一工程”奖，另有获得第三届中国小说学会短篇小说成就奖、《小说月报》、《小说选刊》、《人民文学》、《中国作家》、《北京文学》、《中篇小说选刊》、《中华文学选刊》等多种奖项。有多种作品翻译到国外。

南京以人才高地著称，优秀创业人才汇聚南京，将创业文化带进了南京，共同努力塑造南京的城市精神和独特风貌，打造南京“中国创业硅谷”的名片；同样，文学上的“南京现象”也十分引人注目，这是南京的另一张名片，一张集聚文学人才的名片。

南京真是一个好地方，既适合轰轰烈烈干事业，又适合安安静静搞创作；从另一个角度说，干事业虽然轰轰烈烈，却更需要一颗不浮躁的心。而写作，不仅仅要安静，还需要激情。我们工作和生活在南京，南京为我们备下了良好的基础，让我们能够时时处处调整好自己。

黄蓓佳

HUANG BEI JIA

出生于江苏如皋。1973 年开始发表文学作品。1982 年毕业于北京大学中文系文学专业。1984 年成为江苏省作家协会专业作家。现任中国作家协会全国委员会委员，江苏省作家协会副主席，省作协书记处书记。

代表作有《目光一样透明》、《派克式左轮》、《没有名字的身体》、《所有的》、《家人们》，儿童文学作品《我要做好孩子》、《今天我是升旗手》、《你是我的宝贝》、《五个八岁》等。作品曾多次获全国优秀儿童文学奖，中宣部全国"五个一工程"奖，国家优秀儿童文学图书奖，冰心儿童文学奖，宋庆龄儿童文学奖，及部省级文学奖数十种。

三十年，漫长的岁月，我在这个城市里恋爱、结婚、生育，读书、写作、交友，慢慢地成熟，又慢慢地老去。我爱它盛夏的炎热，也爱它严冬的寒冷，爱它高贵的王气，更爱它厚墩墩的世俗。

没有办法，生命是和这个城市镶嵌在一起的。朋友、家人、同事，连同我可爱的小书迷们，也是和这个城市镶嵌在一起的，怎么抠都抠不出来。

盼望着南京变得更好。盼望梧桐更茂，雪松更挺，樱花更红，老别墅更迷人，烤红薯更香甜。盼望所有我爱的人，在我深爱的城市里，自由地栖居，优雅地老去。

海岸线上的寻梦人

文/邹　雷

与大多数人的创业不同,朱祥云选择在中国漫长的海岸线上创业。他的产品也独特,与生命救援相关。在茫茫大海上,当船员、渔民不幸遇到海难落水时,只要用他的产品,便可以准确定位,为营救创造良好的条件。那么,他是怎么走上这条独辟蹊径创赢人生道路的呢?

朱祥云是南京人,1990年底入伍,后来在部队考上解放军西安通信学院通信载波专业,2003年转业分在一家单位的人力资源部门。在别人的眼中,人事工作是份“美差”,可是干了13年技术活的朱祥云对这份“美差”不感兴趣。办公室那把椅子还没焐热,他便提出自主择业的申请,下海“弄潮”去了。

朱祥云下海选择的第一个项目是卖手机。2000年以后手机消费从高端客户向普通大众过渡,到了2003年,手机市场日益红火,深圳出现了大量的手机生产和装配工厂,手机型号多、款式新颖、价格便宜。朱祥云把深圳手机倒腾到山东青岛,拉开架势卖起了手机。第一个月结账,吓自己一跳,一个月赚的比他当兵一年收入还多,朱祥云兴奋得合不拢嘴,睡不着觉。

可是“好花不常开,好景不常在”,这样的日子没有持续太久,经营手机的商户如雨后春笋一个个冒了出来。尽管手机销量增加,可是利润却越来越薄,以至于2007年到了无利可赚的地步。朱祥云不得不挥泪告别手机市场,拎着挖来的第一桶金,去寻找另一条创业的道路。

时至2007年,婚庆市场已经发展成熟,大多数青年人愿意花钱办一场体面的婚礼,朱祥云于是办了家婚庆公司。他选择走高端路线,力求避开与一般婚庆公司的竞争。

朱祥云主动出击,到处探听高富帅、白富美的婚期。青岛有一家海内外知名大型集团公司,董事长家的公子正值婚龄,一打听得知他们正在筹办婚礼。朱祥云按照场面宏大、环节精彩、富丽堂皇的标准,连夜拿出一个婚礼方案,第二天就去找集团办公室主任游说。主任是董事长的大管家,看了这个方案,连说好好好,我们就要办这样一个规格的婚礼,配得上主人的身价,这张6万多的单子就这样签下来了。

这单生意对于朱祥云来说有着里程碑意义,他不敢有一点粗疏,细抠每个环节。安装工人不小心,在做四层楼高的巨幅喷绘时致使画面上有一处损坏,尽管是可以理解的瑕疵,但朱祥云觉得,婚礼是人生大事,不能有半点马虎,公司的形象就是靠这些细节积累树立起来的。他立即让安装工人把这幅喷绘拆下来,到市区重新制作。凌晨两点,终于把喷绘做好。连续几天没有休息好的朱祥云已经疲惫不堪,在开车回来的路上竟打起盹,车子方向一歪栽向路边的沟里,新买的丰田凯美瑞破了相,幸好人平安无事。这场婚礼大气豪华,赢得了众人的好评。从此,朱祥云的生意日渐兴隆,把每场婚礼都做得让客户满意,一干就到了2008年。

“5·12”汶川大地震彻底改变了朱祥云的人生道路和创业选择。那阶段,他回到家里第一件事就看汶川地震新闻,常常是热泪盈眶。几天后全国拉响警报向地震中失去生命的亡灵致哀,那低沉悲愤的警报声,撞击着朱祥云最柔软的地方。他难以入眠,决定伸出援手到汶川去做一名志愿者,为灾区人民尽自己绵薄之力。青岛的《半岛都市报》这时要招募一支医疗志愿者队伍,需要一名会开车并懂医疗常识的人做救护车驾驶员。朱祥云曾在部队干过卫生员,打针挂水都会两下子。于是,他把手中的生意交给朋友打理,跟着医疗队去了青川县青溪镇。

朱祥云在灾区接触最多的是伤员和尸体,感触最深的是生命的脆弱,感叹在大自然面前人类的渺小与无助。失去亲人的悲痛,恢复家园的艰辛,都让朱祥云寝食难安,他不知疲倦,一心想为灾区人民多做些事。

有一次接到急救中心的电话,要求他们去蒿溪村接一位临产的孕妇。朱祥云驾车在坑洼不平的崎岖山路上行驶,以最快的速度赶到了孕妇所在地。这时孕妇的羊水已破,得赶紧拉她到镇卫生院接生。一路上,朱祥云几乎是屏住呼吸在开车,生怕自己的喘气会惊动孕妇。可是在颠簸的山路上,孕妇终于没有坚持到最后,孩子生在半途中。车上的三个大男人都没有处理过接生的事,遇到这种情况,他们也没有那么多顾虑了,七手八脚地忙着剪脐带,清理婴儿口中的污物。最后,朱祥云倒提婴儿,轻轻一拍,新生儿一声响亮的啼哭,化开了刚才的紧张局面，朱祥云的脸上露出了到灾区后的第一个笑容。

在灾区的援救工作及所见所闻，让朱祥云感受到了助人的快乐，体会到了拯救生命的光荣，发自内心地想多为灾区做点事。志愿者二十几天换一批，他却坚持不肯离开，到第三批时，他已经成为领队，回青岛带队伍再进青川，他在灾区一干就是半年时间。

这半年给他的人生以极大的冲击，以至于回到青岛的三四个月还徘徊在灾区的阴影中。经过数月的修复，朱祥云终于回到了现实生活中来，他决定开辟新的创业道路。他说："起初，我并没有想到要去做救生定位的项目，也许是命运的暗合，让我在这个项目上获得了成功。"

2009年，他在与一名从事船务工作的朋友聚会中了解到一个信息，全国有大小船只39万艘，那些船主以及货主，非常想及时了解船舶的航行动态。朱祥云想，建一个网站，让客户可以随时查询到船舶运行的动态，这里可是商机无限啊！

项目虽好，困难不少。比如，有没有同业者竞争？同业者的营利状况？政府是否允许建基站？建多少基站才能覆盖中国的海疆？总投资需要多少？能不能承担得起？

经过一番调研，得知全国仅有三家这样的公司，也都处于开发阶段，也就是说，这时加入进来也为时不晚。在沿海需要筹建200个基站，总投资在200万元。了解到这些情况，朱祥云创办船舶资讯网站的信心更足了。

可是接下来的打击与挫折真可谓是接踵而至。他本来认为建基站是件比较简单的事，找一个地方安装一个接收天线，接上设备，连到宽带上就可以了，可是实际情况却让朱祥云有点懵。由于绝大多数人担心天线有辐射，经常会遭到拒绝。

2009年夏天，朱祥云来到福建漳州沿海，打算在福山村设立一个基站。这是个华侨村，家家住别墅，开的是高档轿车。朱祥云敲开一家大门，人家一听说要在自家楼上装天线，立即掩门拒绝。朱祥云说："我在别的地方装一个天线给人家3000元，在你这里翻一倍。"人家说，"我们不差钱，你要钱我给你，你赶快走。"碰了钉子的朱祥云了解到村长家有4条渔船，于是选择他家作为突破口。朱祥云对村长说："你想不想随时知道你家几条船在海上的位置?"村长说："当然想知道，知道在哪里比较放心。"朱祥云说："我做的这个项目，免费给你一个上网账号，你在家里点一下鼠标就能知道你家船的位置。"朱祥云的努力终于打动了村长，这个基站才算有了着落。

在舟山群岛建基站就更富戏剧性了。朱祥云与公司的小杨一起来到了花鸟山，山顶上有一家旅馆，这里面对大海，位置突出，是建基站的绝佳选择。老板知道他们来意后说，在这里装天线不是件小事，我得跟镇领导汇报。朱祥云住在旅馆里静等老板的佳音。不曾想，老板还没有回来，架在山上的大喇叭开腔了："全镇的老少爷们注意啦!我是×镇长，今天，有两个来历不明的人要装天线，这里是军事前哨，不允许装什么天线，各位村民要提高警惕，发现此人及时报告。"

听到"敌情"通报，朱祥云和小杨面面相觑，心想这下完了，在花鸟山建不成基站不说，弄不好还要被抓，两人拎着行李和设备赶紧跑。那天正好遇上刮台风，风大雨急，两个"落汤鸡"狼狈不堪，路过一家邮局立即进去躲风避雨。邮局可以办理宽带业务的标识促使朱祥云脑筋一转,一个新的点子在心里酝酿着。朱祥云试着问,“我装这个宽带是连着天线的,能不能在你们邮局楼上装一个接收天线?”也许这位工作人员没有听到大喇叭里的通知,也许是邮局楼上到处是天线的缘故,抑或是为了锁定这个长期客户,业务员竟然同意了。朱祥云转忧为喜,感叹道:“真是天无绝人之路啊!”

朱祥云的基站有的建在像外伶仃岛这样的小岛上,有的建在繁忙的海港,有的建在跨越江海的大桥上,有的建在海湾酒店的楼顶……每建起一个基站,朱祥云随身携带的那张地图上便多一个红色的圈。然而随着基站数量增加,他口袋里的钱也越来越少,于是不得不向家里求援。

远在南京的父母都是警察,听说儿子发展事业需要钱,老两口也没什么可说的,尽可能的满足。可很快,老两口发现这辈子攒下来的积蓄被“掏干”了。从不向别人开口求助的父亲不得不拉下面子向别人借钱。两口子都是警察,工资不少还伸手借钱,想干什么啊?人们不禁发出这样的疑问。私下里人们就议论开了:老朱为儿子借钱干什么你们知道吗?看到他儿子了吧?又黑又瘦,一看就知道是“吸粉”的,老朱家的钱让他吸光了。

这话传到老朱的耳朵里,犹如惊雷盖顶,他突然惊醒,是不是这小子骗我们,在外面吸毒啊?!老伴说,看他那副样子,还真像。朱祥云回到南京家中,父亲突然上前一步,一把捋起他的胳膊查看有没有针眼,没发现目标,接着在腿上、肚子上找。不明真相的朱祥云开玩笑说:“你们干吗?体检啊?”老父亲一拍桌子,拿出对待犯罪嫌疑人的态度说:“你老实给我们交待,是不是吸毒了?”朱祥云感到十分诧异,我怎么会吸那玩意儿。任凭怎么解释,两口子就是不信。

受到委屈的朱祥云说:“我怎么说你们也不信,既然这样,你们干脆连续几天盯住我,看我是不是会吸毒。”经过观察,老两口终于放心了,依然到处找亲友借钱支持儿子的事业。至今还记得2010年在浙江嘉兴,朱祥云的身上只剩下二百元,哪儿也去不了。打电话找家里要,父亲说再等两天就发工资了。最后,朱祥云万般无奈把随身带的一部手提电脑卖了一千块钱,坐车返回青岛。

朱祥云克服千难万险,于2010年中秋节完成了两百多个基站建设,并创建了一家船讯网站。国内那几家船讯网站都是收费的,朱祥云盘算,自己的网站先免费试用,等时机成熟了再收费,一定能挤进船舶资讯市场。然而,让他万万没有想到,一个巨大的风险正向他袭来。

市场如战场,形势瞬息万变。其他几家船讯网站也在观察着朱祥云的一举一动,他们发现新冒出来的竞争对手用不收费的手段挤占市场,立即作出了免费的决定。而在这之前,他们已经采取了“三年租金,只收两年”的策略,新老客户竞相“献礼”,吸了一大笔金。已经发展起来的他们与刚露出尖尖角的朱祥云来对阵,如同大人与小孩比摔跤,结果不言而喻。

朱祥云的出现,导致了中国船舶资讯网站的免费时代来临。朱祥云回忆说:“那段时间,我真的陷入了人生的绝境。建基站缺钱,我父母可以救我,现在面临的是两百多万投入、2年的时间成本以及梦想,这一切的一切都将化为乌有。”面对巨大的压力,朱祥云吃不下,睡不好。他发现,其他几家船讯网站都有自己的老客户,他们主要通过“船货带”获利,自己该从哪里去找盈利点呢?朱祥云反复思考着这个问题。

又是一个不眠之夜后，他到卫生间里冲澡，在哗哗的流水声中，一个念头突然跳出来：既然船能定位，船上的人为什么不能定位呢？船上的人能定位，落水后就有救了。国家对船的安全有要求，强行规定各类船只必须根据吨位配备“单边带”电台、雷达、AIS（防撞自动识别系统）等设备，但对人没有要求，这是个空白点。他异常兴奋，国内大小船只有39万，每条船按10人算，就会有390万客户，还不包括码头工作人员。朱祥云的思路豁然开朗，再次见到希望之光。

思路有了，技术不成问题。朱祥云是学通讯的，他亲自画图设计产品。不久，海上救生定位自亮浮灯便出炉了，他拿着申请专利的产品找到福建泉州市祥芝镇的船舶客户，请他们试用。该镇相关部门于2012年的夏天，在海上举行了一场海难搜救演练，检验这个产品的性能。在风浪中渔船倾覆，数名船员落水，船员轻按救生衣上的“手电筒”报警开关，岸上电脑立即显示出落水者的经纬坐标和方位。这套产品的性能让祥芝镇的客户们非常满意，仅一笔单子就订了8000套。这也让朱祥云看到了自己产品的曙光和“钱途”。

朱祥云的事业有了眉目，志存高远准备腾飞的时候，他把助飞的跑道选择在南京高新技术开发区。开发区给他的“三免两减半”的优惠政策，办公场地免租三年，让朱祥云非常感慨，他说：“我也在外面干过，比较起来才知道，这里是真正适合我的投资沃土。我以前总是单兵作战，没有后援，现在不同了，做什么事都会得到多方面的帮助，我感觉太幸运了！”

高新技术开发区把朱祥云推荐给了南京电视台《创赢未来》节目，

凭借这个与人、与生命有关的产品，以及他的特殊经历，他成为评委和观众关注的焦点。后来，他又参加了北京《创业家》杂志举办的创业项目黑马大赛，并赢得了深圳一家投资机构500万的融资。

朱祥云的事业发展正在加速，离地腾飞即在眼前。在许多人眼中，他的公司“钱景”无限，再也不会为钱犯愁。而此时的他对自己的追求也有了更高层次的认识。他说：“创业初期缺钱，我十分看重钱的价值。我现在目的已经不仅仅是钱，我更注重用我的技术和产品来挽救海上遇险人的生命，造福人类，这才是我追求的最终目标，才是我寻找多年的创业梦。”

作者简介

邹雷，一级作家。著有《城市中校》、《英雄末路》、《文华金陵》等多部长篇作品，担任过80集纪录片《重读南京》、电影《丁香》、电视剧《上将许世友》、广播剧《真心英雄》、《一把铜哨》等多部影视剧编剧和撰稿。曾获国家广电总局颁发的“优秀编剧奖”、江苏省“五个一工程”奖等多个奖项。

关于梦想的几个关键词

文/李凤群

认识何博士之前做过些必要的功课，炫目的光亮使我警惕，所以在跟他会面之前，我有意回避从其他人那里对他进行性格和经历方面的了解。我愈来愈相信自己的眼睛。岁月增加我们脸上的纹理，也增加了我们的阅历，它使我的眼睛能够越过层层屏障，看到更深更远，看到往日不见，看到往日不懂。

约定会面的时间是下午一点半，我提前一刻钟到达约定的酒店大堂。先去了洗手间，经过落地玻璃旁的咖啡座，见到三个男人在那里谈话。当我从洗手间出来的时候，我与其中一位男士的目光碰了一下。我在心里笑了一下：就是他！

很快我的直觉得到证实。我欣喜于自己并没有看过他的照片，却在人群中一眼就认出他来。他皮肤略黑，高而壮实，略有些腼腆。在落满太阳的沙发上，那天下午的太阳尤其的好，这是最近好一阵子南京难得遇见的好天气。那个风和日丽的下午，我看到了与往日不一样的风景。眼前的这个人，给了我许多特别的印象，使我对许多人与事固化的看法和理解得以改变。

好 学

何博士的家庭成分不好。准确地说，他的父亲是个地主。时代风云剧变，现在的人已经很难理解“地主”意味着什么。可当年“地主”这个身份像一块磐石，压在谁的肩上，就会使谁恐惧。按理说何宏昌会陷入深深的自卑，像许多地主家庭中的子女一样，在压抑中成长，在饥饿和鄙视中成长。压抑是肯定的，歧视也在所难免。然而何宏昌跟其他人的区别就是，他天性乐观，与众不同，酷爱书本，只要有书看，看起书来什么都能被忽略。

何宏昌的家位于东北一个鲜为人知的偏僻乡村，他的青少年时期正处于“文化大革命”时代，那个时代学校不正常上课，除了“红宝书”和革命书籍，没有其他书可读。村民们更关心能吃饱和有衣服穿。虽然识字不多，何宏昌从“红宝书”、领袖著作、革命故事一直读到那些被批判的中外“反动”书籍。

只要是书，何宏昌逮着就看。在他们那个乡村，许多“反动”书籍成为了村民们的卷烟纸或者过年时糊墙的墙纸。为了读到这些书，他绞尽脑汁与人交换，有时只好沿着乡亲家的墙壁读糊在墙上的书页。这只能读到一本书的一半内容，或是奇数页部分，或是偶数页部分，书的名字都不知道。书籍使他忘记了饥饿、寒冷和歧视。没鞋穿，不计较；肚子饿，不计较；天气冷，不计较；蚊子多更不计较。爱书少年的世界有别于残酷的现实世界。这个世界色彩斑斓,充满了奇情趣事,从书中他看到古战场的万马奔腾、雅典大街哲人们的高谈阔论、塞纳河畔年轻人的欢歌笑语、浩瀚宇宙众多星宿的宁静和谐……

光看不过瘾,他会现学现卖,在上学的路上跟其他伙伴分享。因为读书多,描述又生动,他的身边从小就有一帮忠实的粉丝,为了能够听他讲故事,会想着法子接近他,为了能听他讲故事,大家会自觉自愿地动手,帮他一起干农活。书,打开了现实之外的又一重门,他成了这个世界的王。为了改变乡村生活的单调,他开始“实战演练”,把自己和小伙伴们分成两个帮派,一个是刘备帮,一个是曹操帮,在田间地头有模有样地再现着“三国演义”。

这个充满幻想的孩子因此也得到老师的赏识,他还在上中学的时候,就受命为同班同学编写教材,这些赏识反过来又增加了他的自信和勇气,使他懂得思考,渴望走出那个乡村,走向更广阔、更自由的世界。他开始憧憬、遐思,等待社会的转变。

乐　观

何宏昌小学时就读的教室,准确地说,只是一间屋子,里面有四个班级,老师每天会轮流给孩子们上课,一年级上十分钟,二年级上十分钟,以此类推。其他同学记着自己的本分,上着规定的课,他却能够跟随老师的思维。末了,他发现,他学着一年级的内容,二年级的答案也会,他上二年级的时候,三年级,甚至四年级的知识也同时学到了。因为勤奋,他学起东西来奇快,而且找到了非同一般的乐趣。

因为拼命长高，少年看起来瘦弱，在许多事情上不讨巧，甚至显得笨拙，因此，干农活、负重的能力，他显然都不如别人。为了逃避繁重的农活，他照着残破不全的电工书学会了修理电器，显而易见的好处是，他可以暂时离开繁重的体力活。那个从修理电器当中尝到乐趣的孩子，推开了一扇属于有心人的门。他学会了勤奋，并从勤奋当中感受到学习的乐趣，这种兴趣成全了他，使他获得了一般情况下只有受过正规教育才能激发的学习能力和气质。

有时候温暖是在寒冬呈现的。那个勤奋少年比旁人更早地感受到了春天。

乐观是何博士身上最迷人的品质。他对人生是积极乐观的，即使生活中遇到困难和挑战，他也很少考虑消极因素，而是更愿意从困难和挑战的背后捕捉机会和获得磨练。比如，在谈到自己的童年时，他并没有像所有经历过鄙视的地主家庭孩子那样抱怨，相反，他认为自己很幸运，虽然生活在一个比较落后封闭的东北农村，但与周边其他家庭相比，爸爸妈妈都算是有修养、有学识、有正义感的人。在那个能吃饱穿暖都是奢求的偏僻乡村，爸爸妈妈是唯一全力支持六个子女全部进学校读书的父母，为此招致许多乡亲邻里的非议和不解。这是非一般的见识和牺牲。

一个人学会了变换角度看问题，所有的问题基本上都不是问题了。"文革"开始后，作为地主的父母受尽了人世间的侮辱，兄弟姐妹们已经不能公开读书和畅谈理想，但依然坚持"地下"读书和憧憬未来，对物质贫穷已很少感觉。怀揣对父母的感恩和对未来的憧憬，良好的心态使他抓住了许多人争抢的机会：1977 年中国恢复高考，1978

年他与同学、老师甚至比他大一倍的人同时参加高考。出乎所有人的意料,他身边的人全部落榜,只有他脱颖而出。他是全村,乃至全公社第一位大学生。

蜕　变

事隔三十多年,那个爱看书的孩子已长大成人。从家乡到大连求学,又从大连到瑞士,再从瑞士前往美国,几年后,从美国进入到加拿大。2007年,漂泊十几年的游子回到祖国,来到中国南方。他的人生发生了巨大而微妙的蜕变。

如果说小时候如饥似渴地读书,是为了有朝一日改变命运;那么,现在,看世界已经成了新的目标。时值1993年,国门打开,有识之士意识到祖国与世界的距离,那深切的好奇和冒险精神促成了他的世界之旅。先是瑞士,那时他还不是博士,只是个迷恋哲学的青年。他想找到一把开启世界密码的钥匙,为此他从大学本科的电子科技专业,转到了科技哲学专业研习自然辩证法。到了1999年,他又踏上了前往美国的旅途,后来又来到了世界遥感领域的殿堂——加拿大国家遥感中心(CCRS)进行学习和研究工作。加拿大国家遥感中心是国际著名的遥感科研机构,这里集中了全球100多名遥感专家。在这期间,这个曾经的饥饿少年先后领导和主持了多项加拿大和美国国家科研项目,在空间信息技术领域积累了深厚的技术背景。那时候,他还不是总裁,他只是博士,他在科技非常成熟的领域游刃有余,却又很快失去了兴奋。

2004年,他有了自己的公司,那时,他是总裁,还不是海归。三年以后，他回到中国，来到中国南方——江苏常州。表面上，是因为加拿大的商业和生活都已经规范，稳步发展易，超越突破难！抱着这个初衷，他嗅到国内的商机，事实上，在我看来，那是他灵魂里的冒险精神在作祟。那个已经看到世界更丰富更广袤的心灵，有了新的生命能量，这能量在鼓动他再度摈弃——摈弃安逸，摈弃固守。所有对世界的探索之中，都包含着对自我的寻找和发现。旅程，既是开放，又是封闭，既是湍急不止的河流，又是绝对的禁区和盲区。

初到瑞士时的语言不通，文化差异曾令他很不适，好在瑞士导师以及同学的朴实、真诚、友好和博爱化解了对一个民族和文化的陌生感。在瑞士弗里堡大学的6年时光，他不仅学到了现代卫星遥感专业知识，对西方历史、哲学、宗教、社会等也有了进一步的理解，人生价值取向发生彻底的变化。后来，他又担任美国海洋遥感公司研究员、加拿大国家遥感中心博士后研究员等职。这些成就都得益于他的自信、乐观、勤奋和毅力。

闲聊中，何宏昌说了一件事。有一次，他跟随自己的老板在实验室，由于紧张，拿磁盘的时候，不小心将磁盘碰落在地上，磁盘掉进桌子与桌子的缝隙之间。这一下他犯了难，他想象自己趴在桌下的狼狈样子，很不愿意当着老板的面让自己难堪，他甚至认为这是对自己尊严的伤害。犹豫不决时，60多岁的导师匍匐在地，手脚并用将磁盘从桌底下捡了出来。

这件事使他深受震动，内心开始激烈地思考。

一瞬间，他悟出了一个道理，一个时时戒备的人一定是弱小的、不自信的；时时担心受到冒犯，披着厚厚铠甲的心灵，不仅难以承载重任，而且更容易受到伤害。他在加拿大国家遥感中心做博士后时，周边有好几位卫星遥感领域的国际著名学者，与他们探讨学术问题时，他时时感受到他们的朴实、真诚和友好，令他非常感慨，使他懂得真正的自信是朴实、低调，更是对他人的包容和尊重。

“我们必须打开天窗，让其他国土的新知识吹入进来。”这想法来自于一念之间，最后成为恒久的梦想——

机　遇

在国外学习、工作、生活、定居 14 年后，正当中国开始大批吸引海外人才归国时，也正是何宏昌对优越生活不满足之时，他又捕捉到机会回国创业。

2007 年，国内遥感产业尚处于产业化初期，加之中国政府对卫星遥感行业的过度重视和垄断，没有任何背景、在行业内又默默无闻的小公司，市场机会很少，生存很困难。但基于对西方工业化国家遥感产业的分析，以及中国诸如环境、农业、自然灾害、海洋和国防等领域的巨大潜在需求的判断，他还是决定创办一家遥感公司，即最初的常州宇之爱遥感技术有限公司。2008 年的“汶川大地震”以及 2007 年的无锡“蓝藻水华事件”导致中国无数家庭的生命和财产损失惨重，中国政府更加重视自然灾害的快速应急能力和环境保护，常州宇之爱公司为此而申报的涉及地质灾害应急反应的科技部“863”计划项目以及蓝藻水华监测预警的科技部中加国际合作项目在激烈竞争中相继成功立项。这对一个刚刚起步的小公司意义非凡，它不仅解决了公司创办初期产品研发经费不足的问题，也大大提高了公司的知名度和影响力，使公司进入稳步发展阶段。

最初他的创业团队仅仅两个人，日本东京大学星球物理专业毕业的赵燕来博士和他。做回国创业决定时，他和赵燕来博士对国内的社会现实及遥感产业现状颇多忧虑，唯恐创业失败，影响两个家庭的平静生活。但中国的高速发展所带来的机会以及常州当地政府官员引进人才的热情坚定了他们回国的信心。公司成立不久，政府启动资金和天使投资相继到位，创办两年后就已开始盈利。

由于公司的快速发展，对高端人才的需求越来越迫切，他们将公司运营主体迁至南京市高新技术产业开发区，成立了南京宇之爱科技有限公司。南京市高新区各级官员勤勉的务实作风和服务意识，园区良好的人才环境和产业氛围以及南京市“321”计划的帮助使南京宇之爱公司的发展更加迅速。公司运营仅一年即推出“雷达卫星影像处理系统”产品，在国内政府采购竞标中多次赢得采购合同，目前该产品也已进入国外市场，成为多家国内外用户雷达卫星数据处理的主要工具软件。

另外，公司也与多家国内外遥感领域的著名机构合作，参与了科技部国家重大科技专项和科技支撑计划项目，以及欧盟和加拿大政府项目。现在，他领衔创办的遥感公司已颇有规模，不仅在国内招聘了一批有识之士，也从加拿大国家遥感中心吸引了多位遥感应用领域的著名专家学者加盟。何宏昌也于2010年入选中组部“千人计划”。

理　想

如今，这个坐在下午阳光下的男人，十几年来走南闯北，经历过那么多年的风雨浸润,此刻坐在那里,淡然、素朴,他的脸上没有剑拔弩张的神情,他的声音安宁沉稳,既不焦躁也不空泛。他坐在洒满阳光的布沙发上,如同自然生成,愈自然愈拔萃。在跟他的对话中,我感受到一种真诚而不伪饰的心灵。

何宏昌说他喜欢做梦。他指的是文学梦,小时候爱看书,不仅仅是武侠、哲学,就连琼瑶,他都深深为之着迷过,有时感动得稀里哗啦。他说这话的时候,略有些腼腆,仿佛很不应该,但是在我看来,文学馈赠给他活力和为人处世中的特殊品质。这种特殊品质又反过来丰富着他的生活。

记得在加拿大期间,好读书的习惯一直跟随着他。有一回,一位邻居要搬家,所有的家具和书籍摆在院子里出售,他每一周都去挑几本,第三周的时候,这位邻居叫住了他。对他说:你看,我卖了几个星期,只有你一个人来买书,你是真正懂得我的书的价值的人。这样吧,我把余下的书送给你,等我哪天回来想看的时候,你借我看看就行。

书籍给人带来的抚慰远不止如此,正是邻居送给他的几百本书,使他把小时候不曾看到过头尾的情节全部补充完善。这些书有法文、有英文,它们却奇妙地串起了一个人半生的记忆和情趣。这是文学的奇迹。奇迹带来活力,滋生新的力量。

那么,你怎么理解中国当下这许多问题呢?

“发展中的问题。他说,许多发达国家也曾经遭遇过诸如食品安全和环境破坏这样的困境,相信能够得到妥善解决的。”

他的语气舒缓,语调却坚定。在那样难得好天气的午后,听走过许多地方的人谈经历，没有比这更令人乐观和踏实了。

我常常在想，人生是什么？跟何博士聊天，我听到了他灵魂的颤音。从来没有谁的人生，能让人感受到这样一种宁静和安然，丝毫没有造作的成分，有的是人生的自觉担当，自觉引领，从他的自觉当中，我还看到了妥协和解，以及以妥协的形式达到的对自然与对生命的珍爱和享受。

我个人认为，正是他性格当中的浪漫主义，使他将中国式的成长以及西方的影响如此完美有序地结合起来，使他的博爱和素朴达到高潮，使他在任何地方，如同自然生长，既自然又突出，既素朴又优雅，是的，且让这个画面印在我们脑海里吧。我从这里看到了一个漂泊者经过岁月和风雨浸润之后仍旧柔软的心。他仿佛很松弛，事实上却很有力量。我不认为他缺少面对真相的勇气，而是懂得了同情、博爱和抚慰。

通过何博士，我感到了一种崭新的体验。我相信他在南京这块他钟爱的土地上一定会有更大的作为，更大的贡献。让我们拭目以待。

作者简介

李凤群，女，1974年生，安徽无为人。中国作家协会会员。鲁迅文学院第十四届高研班学员。已出版中篇小说集《边缘女人》、长篇小说《没有春天的网恋》、《非城市爱情》、《活着的理由》、《背道而驰》、《大江边》及《颤抖》等多部。作品曾获江苏省第三、第四届紫金山文学奖，安徽省首届鲁彦周文学奖，江苏省“五个一工程”奖，南京市金陵文学奖等。现居南京。

牧羊少年的世界之旅

文/王一心

陈明久

从牧羊少年到洋博士

打开一张比例尺为620万的内蒙古自治区地图，呼和浩特是用小五号黑体字标注的，呼伦贝尔用的是小六号黑体字，而一个距蒙古边境只有一百多公里的叫“乌拉盖”的地方，则用的是八号宋体字，这是任何一个使用电脑的人在打字时都不会采用的字号；在地图上，若非借用现代文明工具，再好的眼睛也难发现它。

可是现实中的乌拉盖，你若与它邂逅，必定一见钟情。它一望无际的牧场，天上怒放的云朵，大群缓移的羊只，三五闲立的马匹，还有碧水里从容徜徉的鹅……美得让你想痛哭，想嘶喊，想狂奔，想歇斯底里，想要热爱生活。

就在这片草地上，四十年前，十岁少年陈明久，手执皮鞭，赶着上千只羊儿，漫行终日。仿佛世界的中心始终在他脚底，随着他脚步的移动而移动，因为在任何时候放眼四望，望到天边，草原上除了自家的蒙古包，没有任何固定的物体。在那天边与地平线的相接处，太阳从一边冒出来，到时间，又总是从另一边掉下去，就像是在这世界之外，还有一份兼差似的。

少年五岁那年，乌拉盖一带建起了北京军区内蒙古生产建设兵团第六师，开始接受来自北京、天津、唐山、山海关、秦皇岛等城市的知识青年。他们的到来，不仅使当地出现了解放后的第一次经济发展高峰，也带来了知识和文化，不少知青到中小学任教。从老师对自己城市的描述中，少年产生了要到外面的世界去的愿望。

愿望是那样的强烈，强烈到使少年拥有超过同龄人的毅力和勤奋，克服后来知青大批回城造成的学校教育水平回落的困难，一而再，再而三，终于考上大学，走出草地，到呼和浩特去了。

陈明久在呼和浩特就读于内蒙古农业大学，1987年毕业。他的祖籍在四川，父母是在他出生前几年移民到内蒙古的。或许是故乡对游子天然的吸引力，使陈明久下意识地要朝故乡方向去，他考上了四川的邻省、湖北的华中农业大学的硕士研究生。这是他又一次到更远的世界去，他的人生地图由内蒙古地图变成全国地图了。

陈明久在内蒙农大读的是畜牧专业，在华中农大获动物遗传学硕士学位，1990年被分配到卫生部武汉生物研究所（现为中国生物制品总公司下属的武汉生物制品研究所）工作。五年后又有了一次地域的大跨越——他走出了国门，到日本熊本大学做访问学者，研修转基因动物技术，他的人生地图也从此由中国地图变为了世界地图。

陈明久把在日本的目标定在了获取博士学位上。方两年，美国得克萨斯大学一位教授在其进行的研究中，需要一名通晓转基因动物技术的团队成员，得知陈明久有这方面的技术专长，力邀他到美国加盟他的研发团队。就这样，陈明久又走出亚洲，来到大洋彼岸的美国。

如同许许多多在美国攻读博士的人一样，陈明久勤奋钻研，历经波折，终于如愿以偿，于2006年获得美国得克萨斯大学医学中心分子医学博士学位。在读博期间，他首次研发出细胞周期检验点蛋白Rad9的丝氨酸272磷酸化特异性抗体，由此发现了DNA损伤感知蛋白ATM与检验点蛋白Rad9之间的信号传导关系。其后他又研发出抗DNA外切酶TREX2抗体，并在世界上首次证明TREX2为抑癌基因，他的博士研究成果也因此为导师的实验室申请到一百多万美元的研究经费。

陈明久博士毕业后，面临很多选择和发展方向，经过反复思考，他选择了自己喜欢的制药行业。因为他觉得制药业可以造福人类，延长生命。在过去十几年的时间里，他先后在几家不同的美国制药公司、诊断治疗技术公司以不同的角色训练自己，磨练自己。他专注于诊断治疗用抗体研发技术，历经北美多个抗体研发技术平台。他在国际十大制药公司之一的雅培公司(Abbott Labs)工作过三年半，任资深研究员，参与并完成了6项治疗用抗体的研发项目，且获一项专利；他在美国战略诊断公司(Strategic Diagnostics Inc.)曾任资深运营总监，带领15人的研发团队，为多家跨国制药公司完成了一百多项诊断和治疗用抗体研发外包服务项目；他还在莱克星康制药公司(Lexicon Pharmaceuticals)担任过主管研究助理的职位。

2012年，陈明久申报了南京市政府的“创业人才321计划”，随即于2013年年初，在南京创办了生物技术公司。

可能是生在天低星近的高原的缘故，陈明久的名字与星辰关系密切。“明”由日月二星组成，“久”的古意则是指日月五星的巡天之旅。虽然日月一是恒星，一是卫星，可他本人，更像是一颗长周期绕日飞行的行星，在无垠的太空尽情遨游，远兜远转，当它的事迹渐渐成为久远的传说的时候，却忽然有一天，重又回归故国的天际，出现在同胞的视线中……

有准备的头脑恰遇良机

人们说人，上句若说“翅膀硬了”，下句多半会是“远走高飞”一类的话，仿佛后者是前者的必然结果。可是陈明久却好似正相反，在“翅膀硬了”之后，飞了回来。

2012年7月，南京市出台了“创业人才321计划”，即用5年时间，引进3000名领军型科技创业人才，重点培养200名科技创业人才，加快集聚100名国家“千人计划”创业人才。政府组织的招募海外人才的各种推介会随即次第展开。推介会现场的火热场面令陈明久很兴奋，与陈明久同样研究生物医学的19世纪法国科学家巴斯德有句名言：“机遇只偏爱那些有准备的头脑。”这一天在盼望与可遇不可求之中倏然而至，陈明久当然兴奋。

在美国的学习和工作，使陈明久的人生阅历渐渐丰富。无论在知识还是技术方面，他已能独当一面。海外游子回国潮起，他不禁怦然心动：中国在过去三十年的高速发展和长足进步，近十年的产业转型衍生的对海外高端技术的迫切需求，为海外留学人才创造了广阔的施展才华的天地。以他在海外所待的17年，历经东洋和西洋的文化熏陶，系统地掌握了目前世界上最前沿的高端生物医药技术，特别是在产品研发、运营管理、资源运筹等方面积累了丰富的经验，如今不正是千载难逢的好机会吗？

陈明久以“协同抗体技术平台的构建及其产业化”作为创业项目，向南京市人才办公室提出申请。南京“321”项目竞争十分激烈，申请团队多达三千四百个，经过严格的专业技术评审和创业潜力的综合评审，最后只有不到百分之十四的团队获准立项，而陈明久团队的项目更荣获南京“321”项目的重点扶持，而重点扶持的项目仅占获准立项数的十分之一。

创业初始，面临的困难很多，要处理的问题也很多，未来还有许多不确定因素，陈明久因此非常忙碌，基本上前半夜都不能睡觉。他已年届五十，在许多人的观念中，人生半百当是“收”的年纪，他却反其道而行之地“放”。虽然辛苦，却是他想要的生活，他说：“我喜欢这种生活，这是我的巅峰时期，该把我曾经学习的、经历的、积累的东西全部用上了。原来我在美国工作时，觉得我在中国的好多资源都用不上，虽然工作与生活都比较舒适，但总觉得像一个跛脚鸭，总像差了一点劲似的，而现在的感觉是在全速奔跑。”

这是一个充满激情的理想主义者的人生宣言。

旭日从中午升起

陈明久不愿在人前唱“报效祖国”的高调，但在他心里，报效祖国的意识是清晰存在着的，这与他深怀感恩之心有很大关联。

陈明久出生在一个贫穷的家庭,父母都不识字,他觉得他全部的知识都是老师给予的,所以他对老师充满了深深的感情。而当他长大成人之后,却发现相较于孝敬父母,老师的恩情更难以回报。一是沧海桑田,物是人非,报答并不总有机会,往往也不知道该怎么报答;二是参与他成长的老师难以计数,他无法一一报答。于是他把对老师的感情汇聚,移升为对祖国的感情,何况他觉得他们那一代人上大学全是靠国家资助完成的,之后工作没几年就出国了,所以在心里一直觉得对祖国有份亏欠,因此祈盼有机会回报祖国的培养与恩情。

陈明久也不愿意把回国创业美化为单相的无私奉献,而把报效祖国与个人施展抱负视为一体。一方面他认为人在追求理想的过程中,比如像他们回国创业,相信随着事业的开展、目标的逐步实现,个人与家庭的物质生活会越来越好;一方面他投向幸福的目光,早已超越了物质的享受。亦即在他看来,物质的丰富与财富的积累,不过是人生奋斗的副产品,而非人生奋斗的终极目标。换句话说,幸福是能够学有所用,尤其是在具备了条件、拥有了能力之后。他打了个非常贴切又动人的比喻——“就如同远道回家的孩子,总想把最好的东西带回去,带给父母”,“能够找到有用武之地的战场,这是我们想回去的最重要的驱动力”。

二十世纪六十年代初,陈明久的父母为了逃避饥荒,从故乡四川跋涉千山万水,来到两千公里外的内蒙古,虽然客观上是生活所迫,但主观上若无求生的坚韧意志,若无闯荡人迹罕至的荒野的胆量勇气,若无在陌生环境下的适应能力,要想生存下来乃至根深叶茂绝非易事。事实上,与他父母当初同行的几家乡亲,有的不久就回老家了。

在陈明久身上，隐约能见到来自父母的遗传。回顾他自上大学开始，他的求学路径如同一条“游学”之路，他越走越远，每一个地方对他来说都是一片新天地。南京对于他来说也是人地两生，可他这个生长内蒙、定居西方的人，到江南城市的南京生活，居然悠然自得。

陈明久喜欢南京，夸它既有北方城市的大气，又有江南水乡的韵味。他在南京喜欢乘地铁，周末则骑着政府提供的公共自行车到处看看，觉得很惬意。陈明久对南京的好感，始自政府的海外人才招募，其过程的高效与体贴，令陈明久称赞不已。他感慨整个过程就像是给你介绍恋爱对象：先介绍对方情况，安排双方见面，带你到未来安家的地方实地看看，与对方试着相处看合适不合适……我们就这样一步一步回国的，他说，如果不是这样，如何回国创业难以想象。

从偏僻草原上的牛仔，到留学北美的洋博士和上市公司的资深总监，再到高科技生物技术公司的创始人，陈明久谈得最多的就是感恩与回报。他希望自己的创业之路是不辜负父母老师教诲，不辜负祖国培养的感恩回报之路。

用奔驰的马儿来形容草原的儿子永不为过，而对于陈明久来说，他更像是一匹插翅而翔的骏马。

作者简介

王一心，男，南京师范大学教育科学学院副研究馆员，中国作家协会会员，南京作家协会理事，江苏省港台文学研究会理事。从事图书馆学及现代人物研究，力图构建现代文学人物谱系。著有传记文学作品多种。

创业史：从“穷”到“无穷”

文/雪　静

刘和义

成长年代

1986年的秋天，强劲的秋风将齐鲁大地吹出一片金黄，10岁的刘和义在田野里拾拣着麦穗。他时而抬头望望盘旋鸣叫的乌鸦，时而低头数着筐里的麦穗，乌鸦的样子和麦穗的形状在他的眼前幻化出一道景象，这景象似乎有点凄凉。他返家后，匆匆将这凄凉的景象画在了作业本的背面。第二天上课时，被老师看见了，惊讶地夸他有绘画的天赋。可这天赋并不被整日与黄土打交道的父亲看好，在父亲看来，孩子的考试分数犹如田野里的麦穗，其他方面再出色也只能算是稗子，父亲怒气冲冲撕碎了刘和义的画。

刘和义看着父亲这不可思议的举动，从此再也不敢用过多的时间画画，只把绘画的爱好隐藏在内心深处，永远不再记起。

在刘和义童年的记忆中，家境极其贫寒。他1976年出生在山东省潍坊市昌乐县一个地道的农民家庭中，父母靠种地维持生计，收入微薄。他小时候的主食多是红薯干和玉米面窝窝头，还经常是发霉的，吃顿白面都是很奢侈的事，偶尔能吃到个把鸡蛋，也是父母心疼孩子，自己舍不得吃积攒下来的。家境的贫寒让他很小就懂得生活的不易，肯干活、能吃苦。

1982年，刘和义开始上小学，农忙时节，每天一放学，他就先扔下书包跟着父母下地干活，拔草、锄地、种菜、撒种子、施化肥、收麦子、摘棉花、掰玉米，什么活都干过。干瘦弱小的他还经常用独轮车去推粪肥，干到天黑才回家，晚上再点着煤油灯或蜡烛写作业。贫困的日子让刘和义不停地努力发愤学习，成绩在班上数一数二。后来弟弟出生，紧接着父亲两次意外受伤，使家境雪上加霜，陷入难以维系的贫困之中。

身为家中长子的刘和义只好利用寒暑假勤工俭学。他收啤酒瓶，用自行车驮着两个柳条筐，一个筐里装100个酒瓶，一个酒瓶赚一两分钱。刘和义生来营养不良，个头小，两手压不住车把，但他仍坚持走街串巷收酒瓶。

卖雪糕也是他勤工俭学的一项内容。他骑自行车到城里，批发一箱雪糕回到乡下叫卖。天越热越要跑出去叫卖，一天卖几趟跑得喉咙冒烟，他却舍不得吃一根雪糕。后来，这只卖雪糕的箱子，刘和义一直带在身边。他将它带到了大学宿舍，用它装衣服，后又带到南京，雪糕箱子成了他生命奋斗史上的文物。

读高中的时候，刘和义寄宿在学校里，每天的伙食都是咸菜干粮，花两角钱在食堂买份菜已是极奢侈的事情了。学习之余他去工地当建筑小工，和泥、拎砖头……吃苦的性格，成就了他的学业。

1993年，他以高出一本线22分的成绩考入山东大学化学系。读大学期间，他仍利用假期去淀粉厂打工、扛玉米包，并到一些公司做兼职。1996年初，山东大学新成立了环境工程系，从化学、生物和微生物系的大三学生中招收第一届毕业生。对环保非常感兴趣的刘和义，与其他16名同学一起转到了山东大学环境工程系，开始了新专业的学习。这种交叉学科的学习经历，为刘和义以后从事科学研究起到了很好的帮助。

跻身科研

1997年，刘和义以优异的成绩本科毕业后，走上山东省禹城市环境保护局的工作岗位。他做事认真，为人忠厚，深得同事们的认可。但思维超前、总想创新的他，并不满足于轻松的工作岗位。时逢禹城市政府出台鼓励机关事业单位干部停薪留职轮岗创业的政策，1998年，刘和义办理了轮岗手续，转到济南汇通环保科技有限公司工作，开始积累公司运营管理经验，且一边工作一边准备考研。这期间，他与妻子张敏相识。

妻子张敏是刘和义生命中非常重要的女人，现在他谈及妻子张敏总是热泪盈眶。这个西安建筑科技大学毕业的高材生，以污水处理工程而见长，曾做到某环保公司的设计部主任，但她择偶的标准却极其简单:“人好比什么都重要，其他都是次要的。”

在她眼里，刘和义无疑是符合她的择偶标准的，而她也以朴实能干、吃苦耐劳的优秀品质赢得了刘和义的心。当家人对他们的婚姻提出异议时，刘和义坚持说："如果错过了张敏，以后再找不到这么好的人了。"

张敏也跟父母说："他现在虽然没钱，可我嫁的是'绩优股'。"还动员父母不要彩礼钱。

他们结婚的新房是六层居民楼下搭建的不到三平方米的棚屋，一张单人床，一个小课桌就是他们的家具。那时候的月工资只有800元，还得资助弟弟上学，连结婚照都没钱拍。刘和义感到特别对不住妻子，发誓一定要改变生存面貌。在这不足三平方米的陋室里，刘和义发愤学习，2000年高分考入山东大学晶体研究所，攻读硕士学位。因成绩优秀，又在读研的第二年通过选拔成为连读博士。在此期间，他师从导师许东教授，参与了导师承担的国家自然科学基金、国家"863"课题等项目研究，开始涉足"高强度氧化锆[gào]连续纤维制备技术研究"的创新领域。

氧化锆连续纤维是一种在航天、军工等领域有重要应用需求的陶瓷基复合增强材料，其散棉制品也可以作为最尖端的超高温隔热材料，用于宝石炉、单晶炉和超高温电炉等民用高温工业领域。

由于高强度氧化锆连续纤维的制作极其困难，被公认为一项世界性的技术难题，美、英、德、俄、日等发达国家已经研究了三十多年，都未能取得突破性进展。对于导师许东教授敢于承担和刘和义敢于参与"高强度氧化锆连续纤维制备技术"的研究课题，晶体所的很多老师都替他们捏了一把汗，认为难度极高、风险太大。甚至有一次他和导师出差到北京，某位中科院院士跟导师说："如此难攻的课题，只给一百来万经费就敢进行研究，你们真够有勇气的，做这样的课题项目给两个亿还差不多。”

作为材料学博士的刘和义，视实验室如战场，视攻克技术难题如攻克堡垒。在导师的指导下，敢于啃最硬的骨头，找最难的仗打。自2000年开始，他一直从事高性能氧化锆连续纤维制备技术的研究，从早晨到晚上，从春天到冬天，刘和义始终闷在实验室里，很少有节假日休息。当时实验室没有空调，酷暑汗滴如雨，且通风设施不好，试验采用的很多原料和溶剂，如甲醇、四氢呋喃、正己烷、三乙胺等均为有毒有害的有机试剂，不可避免地挥发到室内空气中因长期吸入大量毒气，刘和义经常鼻子流血，眼睛疼痛。

刘和义研究的氧化锆纤维的制备技术分为三步。第一步是制备有机聚锆纺丝胶体，第二步是纺丝成纤，第三步是热处理。其中，最难的是第三步，要把第二步获得的有机聚锆前驱体纤维经过高温热处理，锻烧掉纤维中所含的有机配体，使之转化为氧化锆纤维。但是在通常的空气气氛热处理煅烧工艺中，前驱体纤维中的有机配体会发生碳化和燃烧反应，结构变化急剧，产生大的应力，导致纤维结构中出现大量气孔、微裂纹等缺陷，纤维丧失强度，甚至全部碎裂为粉末。

受到蒸汽水解机理的启发，刘和义想到，是不是在热处理过程中通入水蒸气，会改善纤维中有机配体的脱出机制，不再碳化呢？想到就要做到，刘和义自己动手设计制作了蒸汽发生装置，并采用了简单实用的连通器补水原理，实现了蒸汽的24小时不间断供给，开始了水蒸气气氛热处理的试验。

第一次试验，由于通入水蒸气的热处理制度还不是很合理，结果并不理想，纤维还是全部断碎掉到了炉底。但就在刘和义失望地打扫炉子、清扫碎渣，要将其全部倒掉时，导师许东喊了一声停，拿起放大镜对着碎渣仔细观察，结果发现有一小段纤维隐隐约约有点透明的感觉，立刻跟刘和义讲："只要有一段是透明的，就说明通水蒸气是有效果的；下面要系统研究，制定更好的试验方案，只要水蒸气热处理工艺合适了，所有的纤维都能透明，也就具有强度了。"对于此次事件中导师所具备的敏锐观察力、准确的方向感和严谨的科研作风，刘和义深深折服并记在心里，成为他以后科学研究的做事标杆，受益匪浅。

通过进一步的细致试验，刘和义终于探索出了水蒸气热处理工艺，对其影响纤维有机配体的脱除机理也进行了深入研究，并创造性解决了连续干法纺丝的技术难题，成功制备出了强度高达 2.8GPa 的氧化锆连续纤维，达到世界领先水平。2004 年，刘和义的学术论文《高强度氧化锆连续纤维的制备及其形成机理研究》，发表在国际陶瓷界最高学术刊物——《美国陶瓷会志》杂志上。

随后，问题又来了，由于氧化锆连续纤维的制备要受到干法纺丝效率低、连续化热处理装备庞大、造价昂贵、投入不足的限制，难以实现批量化生产。刘和义又开动脑筋，有了新的想法，想着能否改变一下纺丝成纤的方法，实现大批量的生产，哪怕做出的是氧化锆纤维散棉，也能作为超高温的隔热材料使用，在世界上也是填补空白的。他把这个想法跟导师去汇报，一开始导师还不太赞成，认为他偏离了主要研究方向，本来是做连续纤维的，又改去做散棉。

于是刘和义自己悄悄开始了试验研究，他借鉴了大街上甩棉花糖的工艺，并结合有机聚锆纺丝胶体的特点，想办法设计制作了一套 2 万转/分钟的离心甩丝装置，成功实现了高效率的甩丝成纤，并通过研究理想的水蒸气热处理工艺，解决了纤维散棉内部受潮溶化结块等难题，成功制备出了高强度的氧化锆纤维散棉。

当他拿着一团晶莹透亮、柔韧度强的氧化锆纤维散棉给导师看时，导师虽然未置可否，但也非常欣赏刘和义的创新和钻研能力。不久导师去参加学术会议，汇报氧化锆连续纤维和散棉的研究成果，一位知名院士看到了散棉样品，认为非常有应用价值，需要抓紧申请专利，并实现其生产。在申报专利时，导师坚持让刘和义作为第一发明人，但刘和义不忘导师的提携之恩，最终还是把导师的名字写在了前边。这是能够实现产业化生产的氧化锆纤维的第一代技术。

南京创业

2005 年，刘和义博士毕业，作为高层次人才被南京理工大学引进校园，他和妻子住进了学校分给的 65 平方米的房子，结束了蜗居的生活。南京成为他事业和人生的重要转折点，他在这里将进行氧化锆纤维第二代和第三代制备技术的研究。短短几年时间里，刘和义申报发明专利六项，均获授权。特别是第三代制备技术，是刘和义在承担的江苏省自然科学基金项目的基础上研发的，相比于前两代技术，具有成本低、无污染、制备工艺简单、成熟、稳定性好等优点，于 2010 年申报了国家发明专利，并于 2013 年 1 月 2 日正式获得授权。

2012 年 1 月，南京市委市政府出台科技创业九条政策，千方百计调动科技人才创业的积极性，刘和义全身的智慧如岩浆一样喷发，他首先想到了创业。

曾主营电动车生产的南京宇龙电子器材有限公司，面对日新月异的新材料领域的发展，积极寻求转型，经过与南京理工大学的多次接触，毅然锁定了刘和义的项目，最终双方达成了合作意向。新成立的南京理工宇龙新材料科技有限公司位于溧水区东屏镇工业园区，项目总体投资3000万，注册资金700万元。刘和义发明的第三代氧化锆纤维制备技术经评估作价后以210万元入股，占30%股份，其中学校12%，刘和义个人18%。刘和义还另外投入了84万元现金入股12%，整体占股30%，成为公司第二大股东。

英雄有了用武之地，刘和义马不停蹄奔走于南京和溧水之间，主持项目的试生产线建设。新材料、新工艺，没有现成的设备可供直接采购，除了用于制胶的反应浓缩装置以外，几乎所有的生产设备都要由刘和义的团队自己来设计、制作、安装调试，这其中包括连续化高速成纤设备、连续化热处理电炉、高温煅烧炉、纤维板成型装置、加工设备等。2012年11月底，他们的自制设备均已安装完毕，并顺利完成生产中试，氧化锆纤维及其制品的产能达到了100吨/年，居全球第一。2012年12月1日，项目顺利通过江苏省科学技术鉴定，鉴定专家一致认为，整体技术成果达到了“国际先进水平”。

南京的夏天酷热难耐，而这些重要的工程都是在夏天完成的。夏天似乎与刘和义的人生有着不解之缘，他成长年代的夏天与收酒瓶、卖冰棒打交道，苦难的经历变成了刘和义奋斗的动力。现在当他到了而立之年，在南京的土地上有了自己的创业园时，汗流浃背、酷暑难耐与创业的成就相比显然不足挂齿了，能把自己研究多年的技术成果转变成对社会有益的产品，刘和义坦言这是自己人生中最有意义的事情。

高校的科技成果转化，既为企业注入了活力，同时也促进了高校的科研和教学。学校和企业共建了研发中心、研究生工作站，在企业内建立了硬件设施齐全的高档实验室，刘和义团队指导的研究生长期驻扎在企业实验室开展研究，针对生产实际问题，进一步改进技术，并不断研发新产品。企业内部还建立了检测中心，随时对产品的质量进行跟踪检测，对研究新材料的性能、结构进行分析测试，这也为研究生和本科生提供了课题研究的基地和实际操作的平台。

科技明星

项目实施后，刘和义被树为南京市"科技九条"新政典型，如今已是南京的科技创业明星，多家新闻媒体对他进行了采访报道。特别是2012年8月31日在央视《新闻联播》的播出，引起了社会的广泛关注。

成就有目共睹，这也给了刘和义很大的动力和压力，他缓解压力的方法是钓鱼、书法和画画。

刘和义喜欢钓鱼时那份难得的静谧，可以静下心来思考很多问题，这些问题大多与自己的科研工作有关，很多灵感就来自于此。他还喜欢尝试多种钓鱼的方法，变换多个地点，试验不同的鱼饵，像从事科研一样，不断追求创新和超越。

他喜欢书法和画画，童年时曾被父亲视为"不务正业"的绘画才能，如今已成为他放松的方式，并且影响了自己的孩子。孩子也跟爸爸一样喜欢书法和画画，每周都由妈妈陪同去上专业课。

成为明星的刘和义仍对妻子张敏怀有感恩之心。他2005年来南京创业时，妻子毅然放弃了自己的工作和前途，随刘和义南下，在家里相夫教子、侍奉婆婆。她的善良感染着周围的很多人。暑假期间她带着孩子到大别山帮扶贫困生，她教育孩子有钱时一定要帮助贫困的人。

这是一个温馨的家庭，事业的成功来源于平常心。刘和义经常回忆在山东济南那三平方米的小屋里，妻子通宵达旦绘制图纸的情景，而妻子则经常念叨刘和义对她的关心。他下班后几乎天天到单位接她，不管刮风下雨还是冰天雪地，他说："你是我的人，我不管你谁管你？"

为了不让妻子的专业荒废，来到南京后，刘和义特意为妻子注册了一个电炉公司，目前也已取得很好的销售业绩，比翼双飞是他们共同追求的精神境界。

目前公司氧化锆纤维产品已在宝石炉、真空煅烧炉、超高温电炉等行业成功应用，市场前景极好。其中，在宝石炉行业，公司产品已在国内十余家大型宝石单晶生长和宝石炉制造企业试用成功，氧化锆纤维作为宝石炉2050℃温场隔热材料，替代原有钨钼片反射隔热屏，具有以下优异综合效果：节能降耗40%以上、晶体生长周期缩短3—6天、晶体品质大幅度提升、钨加热笼寿命显著延长、现有小炉可直接改造成更大晶体等等。不仅可为宝石企业带来可观利润，而且可为国家节能减排做出突出贡献。从目前国内宝石行业的试用情况看，氧化锆纤维替代钨钼隔热屏已成必然趋势，势必带来宝石行业的一场革命。

项目实施以来，已有中国宝安、省高投、市创投、南京紫金、TCL创投、苏州凯风、北京兴边富民等十余家风险投资公司前来洽谈。其中，TCL创投已与公司签订投资协议，投资900万，占股15%，公司市值已达6000万。

在结束这篇文章时，笔者祝愿这对来自北方的科技人才，在南京的土地上创造出更加辉煌的业绩。

作者简介

雪静，本名高晶。1960年4月生于北方，满族。鲁迅文学院第四届全国少数民族中青年作家高研班学员，中国作家协会会员，一级文学创作职称。著有《旗袍》、《夫人们》、《天墨》等长篇小说14部，曾获“中国当代女性文学奖”、江苏省“五个一工程”奖、金陵文学奖。

“飞”一般梦想

文/李风宇

邢飞(左)与客户

听说他在央视财经节目“创赢未来”第二赛季中,有评委愿意为他的企业投资2000万元,当他的“企业管家”和“保姆”,被他婉拒,但却意外赢得预赛第一名。在半决赛中,当他提到自己的企业创业仅仅半年就拿到8000万元的合同订单时,有评委问道:你确认是8000万的订单吗?面对咄咄逼人的质疑,邢飞肯定地回答道:“是的,我亲手签下了8000万的订单!”

这真是个奇迹,却令人难以置信。评委们一致选择给了他“0”分。这匹黑马没能更上一层楼,与央视“创赢未来”前三甲失之交臂。

他是一位年轻的创业者,他与风投顾问和专家的“碰撞”结果并不重要,重要的是人们想知道他是怎样从0元起步创造出8000万元制造与销售业绩的。

尽管已经进入初冬,玄武大道两旁的树叶由深绿慢慢变为金黄,远处栖霞山遍布色彩斑斓的红叶,层林尽染。如果从空中看,紫金山脚下的南京经济技术开发区星罗棋布的厂房像办公区内的隔断般错落有致。

车子停靠在一幢灰色楼房前，笔者踏进公司门厅，牌标满壁，最为显著的是那面南京中科煜宸激光技术有限公司的牌匾，是那样的熠熠生辉，不同凡响。

邢飞戴着一副眼镜，显得温文儒雅，他说起话来，缓慢有力，逻辑性极强，给人的第一印象更像一位大学里的教授。他出生在沂蒙山区一个普通农民的家庭，他的童年是在婉转悠扬的《沂蒙山小调》中度过的，少年是在高粱红、麦穗黄的田野里成长的。

1999 年，18 岁的邢飞以优异成绩考入沈阳东北大学，当这位身材瘦削、面容青涩的年轻人背着行囊，兴冲冲地来到校门口时，被眼前迎面而立高大粗壮坚固的门柱和古朴厚重的主楼风格震撼了。这所历史悠久、学风严谨的大学成为他梦想开始的地方。

在东北大学，邢飞就读于机械电子工程专业，在校期间因为学习成绩优异和组织能力突出，很快脱颖而出，成为老师和同学们信任的对象。他不仅担任机械学院 99 级尖子班的班长，还是年级会办公室主任，更是学院各类奖学金的“得奖专业户”，“优秀团员”、“三好学生”等荣誉称号也接踵而来。

大学毕业，邢飞面临着人生选择。是继续考研深造以求得更多的发展机会？还是寻求一份体面工作，考公务员或进“事业编”，早九晚五按部就班过安稳日子？当时，邢飞心底“潜伏”着一个梦想，他说不上来具体是什么，那是一个还没有成型甚至有点模糊的梦。总之，最终选择的结果为他后来的创业埋下了深深的“伏笔”。

中国科学院沈阳自动化研究所(简称“沈自所”)创建于1958年,因为二十世纪八十年代在中国机器人事业发展史上创造了18个第一而红极一时,被誉为我国机器人事业的摇篮。2003年邢飞顺利考入该所攻读机械电子工程专业硕博连读的课程。读研期间,邢飞仍然学习成绩优异,仍然是同学中的佼佼者,连续两年被评为优秀研究生。在学科研究上邢飞开始崭露头角,其研发的“激光增材制造应用技术”课题荣获中国科学院首届研究生创业计划大赛“潜力计划奖”,还有科技创业计划大赛“新苗奖”等,展示出了科技产业后备人才的潜质。

邢飞是幸运的。硕博连读期间,他被中国工程院院士、“沈自所”老所长王天然研究员“相中”。在名师悉心指导下,邢飞更加勤奋学习,潜心学术研究,致力于激光技术的开发和工业应用,以及激光加工成套装备的研制和产品推广。品学兼优使邢飞荣获中国科学院研究生院2005—2006学年“三好学生”、“沈自所”2006年度“优秀共产党员”等称号。读博期间,邢飞有幸参加3项国家高技术研究发展的“863项目”、国家发改委以及科学院知识创新工程项目、省、市级科技攻关项目10余项。

至今,邢飞博士申请先进制造技术、材料、新型显示领域的专利三十余项,在各大专业期刊发表学术论文二十余篇,获得上述“863”新材料领域重点项目和北京市科委电子信息领域、北京市重点实验及工程中心评审专家资格。他不仅是国家“863”计划新材料领域、新型电子材料和器件主题课题专家组成员,还是中国光学学会激光加工专业委员会和中国电子视像行业协会大屏幕显示分会的委员,并且受聘于辽宁科技大学担任兼职教授。

2007年7月，博士学业还没有结束，邢飞就已经任职于国有企业沈阳新松机器人自动化股份有限公司（简称“新松”），创办激光技术事业部，带领近百人的团队，开拓激光技术领域市场，实现年产值1.5亿元，并且在2007—2012年间获得十余项发明专利，参与主办了“中国国际激光显示产业发展论坛”，邢飞终于登上了激光领域的高地。

持续8年的专业研发，硕果累累，5年的企业管理，业绩不凡，邢飞成为一颗耀眼的新星。30岁的他被任命为杭州中科新松光电有限公司副总裁。而立之年已经“功成名就”，但邢飞却感到十分疲倦，这并不是这位天之骄子想要的结果，他想选择另外一条路径，来实现自己的人生之梦。

邢飞直白地说：“我是个不安分的人，也是一个很执着的人，一旦我认定的目标就一定会去实现它。”看似书生的他，骨子里具有北方汉子的秉性，行事果断。

走进中科煜宸高大宽敞的车间，一切井井有条，这里更像是一个实验室和展示区。在半封闭的工区里一束“火焰”正在燃烧，切割钢板就如同利刃切豆腐，一划而开。这就是被称为“奇异之火”的激光，也就是自20世纪以来，继原子能、计算机、半导体之后，人类的又一重大发明。就是这个被称为“最快的刀”、“最准的尺”、“最亮的光”的“神奇之光”，激发了邢飞心底的那个梦想。他知道，他的梦想远远没有真正实现，他的心总是宁静不下来。林语堂把这种心境形容为“像种子在地下一样，一定要萌芽滋长，伸出地面来，寻找阳光”。在“新松”的五年，邢飞经常回到母校东北大学，向他的师长请教研究中的问题，并不断思考未来的人生之路在哪里。这位“80后”在做着他的激光梦，接近梦想并不等于实现了梦想，属于邢飞的那片“阳光”似乎近在咫尺。

2012年6月，邢飞做出人生中最艰难也是最重要的决定，提交了辞职报告。他的导师们坚决不同意，极力劝说他，但他去意已定，离开条件优越的国有企业，放弃令人羡慕的研究院事业编制，放弃研究生导师的岗位，放弃薪资丰厚的收入，这位雄心勃勃的年轻学者，为的是要去寻找照亮一缕梦想的阳光。

两个月，对于邢飞来说是煎熬，度日如年。没有工作，档案挂在公司，工资停发，满怀抱负的博士却在家带孩子。半岁的儿子嗷嗷待哺，家里唯一的收入来源断了。远在沂蒙老家的父母不理解，全乡就出了你这么一个博士，好好的工作咋说不干就不干了？嘴角上火起了泡。内心的痛苦，向谁述说？夜深人静时，堂堂七尺男儿在被窝里流泪。可是，他的内心又被不安分地搅动起来，有点像那束“激光”的火焰，他想起马基雅弗利说的一句话：“人的命运上帝只管一半，另一半归自己掌握。”

唐朝诗人韩愈在《马说》中有句名言：“世有伯乐，然后有千里马。千里马常有，而伯乐不常有。”如果把邢飞比喻为一匹能够征战千里的骏马，那么，伯乐又在哪里？

是金子总是会发光的。听说邢飞“待业”在家，中国最大的激光上市公司的董事长主动打来电话，“我这儿有个副总的位置，你来坐！”邢飞犹豫不决。中科院“上光所”向邢飞“招手”：“我们要办个激光研究院，你来领衔南京分院？”邢飞为之心动，商定之后，“上光所”领导很快把他的档案从沈阳调了过来，让他没了退路可走。

2012年8月8日，是邢飞生命中值得划上刻度的一天。他从沈阳

“空降”南京，与“上光所”领导和南京经济技术开发区领导商定，由他筹办中科院南京先进激光技术研究院并担任副院长，同时创办中科煜宸公司。经过层层筛选和答辩，邢飞与他的公司成功入选南京市的“321项目”重点工程项目(即用5年时间，大力引进3000名领军型科技创业人才，重点培养200名科技创业家，加快集聚100名国家“千人计划”创业人才)。

自主创业并非易事，开张三件事，人、财、物缺一不可。这是邢飞创业遇到的三道“坎”，每一道坎的难度系数都不亚于写一篇博士论文。

先说招兵买马，延请高人，邢飞掰着指头，如数家珍。在中科煜宸，笔者看到走廊两侧，十多位国内外知名的激光院士、自动化和材料加工领域的专家照片悬挂在墙壁上，这是公司的核心技术团队。此外，公司还有一支专注创新研发和市场运作的精英队伍。他们有的是来自上市公司、国内知名企业的高管，有的是来自外企的“海归”，还有过去曾经在一起打拼的同事。同为“80后”的副总经理洪腾在与邢飞交流后，毅然放弃政府部门的领导岗位，决定跟着他干一番事业。他们没有股份，但是他们放弃高薪、放低身段，能够不约而同地聚集到中科煜宸来，完全是奔着邢飞的人格魅力而来，他们认定邢飞能干成事，能干成大事。他们奔着一个共同的梦想，要做激光产业的开拓者和领跑者!

企业刚开张的时候，邢飞口袋空空，囊中羞涩，没有启动资金，更没有订单，对于他们这样刚刚起步的科技创新型公司来说，很难从银行里贷到款。2012年10月，邢飞等来了“天堂里来的马车”，获得“南京创业人才321计划"重点支持,政府出资200万,在南京注册创立了"南京煜宸"。这是一家邢飞自己可以当家做主的公司,是一个真正拥有自主知识产权和核心技术的高科技企业,邢飞给它的定位是高端、高新、高科技,同时还在东北鞍山设立了基地。这匹来自沂蒙山区的"黑骏马"开始率领队伍征战大江南北。

办公司除了人力成本就是不菲的场地租金。创业之初,选择在哪儿"落户"几乎没让邢飞太伤脑筋。南京经济技术开发区把苏宁公司最早的创业基地免费两年提供给邢飞,开发区领导的诚意着实让邢飞感动,心里彻底"着陆",安心地将企业和自己的家"落户"南京。邢飞说,我虽然不信风水,但这里曾经是著名企业的"发家地",相信也会给中科煜宸未来的发展带来好运。

一位经济学家曾说过,企业创立的头三个月是"血泪期"。搞的好,活着走下去,搞不好就有关门倒闭的可能。对于中科煜宸这样一个创新型企业,初来乍到,人地两生。如何快速发现商机、打开局面是邢飞创业面临的最大挑战。

公司刚起步时,论综合实力和规模名不见经传,人家对公司产品缺乏认同感,更不用说订立供货合同了,邢飞承受着来自资金、信用的巨大压力。邢飞说,这个时候树立信心最重要,相信自己一定能成功。邢飞先是利用自己在研究领域的"人脉",通过行业协会,通过展会宣传介绍,了解客户的需求,循序渐进。时间不长,公司的市场关注度大幅提高,有的公司想用煜宸的产品,却因代价昂贵望而却步。公司就变换经营策略,先承接激光加工、焊接等零散业务,客户有整机需求他们立即设计出图纸,提供质量一流的产品,以灵活的战略来应对千变万化的市场。

邢飞亲自带领市场部走出去拜访客户。与企业、与高等院校的业务洽商，他都是亲力亲为。他们先是找到一家知名企业，从基层一点点往上靠，目的要靠到能够拍板的领导，然后才有谈成业务的可能。那段时间，邢飞不是在飞机、火车上，就是在展会上走访客户，成了在天南海北跑市场的“飞人”，8000 万元订单就是这么“跑”出来的。

值得一提的是，面对央视“创赢未来”评委们的质疑，邢飞的倔劲儿上来了，他很不服气，当场就说：“老师，您要向我道歉！我说的 8000 万元订单是真实的！”

机遇不会错过有准备的人。2013 年邢飞与研发团队制造出国内首台 150 英寸激光背投电视，获得 2012 年度中国“激光大屏幕显示行业金奖”。这项“大奖”使公司在市场上声名鹊起。

邢飞清楚地记得，面对第一个订单的那股喜悦不亚于第一次做父亲。这是为一家国家重点院校实验室量身定做的产品，经过努力，合同签得很顺利。谁知，接下来的事却让邢飞备受打击。因为，交货时间非常紧，公司现有设备不停地运转，工程师们加班加点地干，也无法按时完成。眼看交货日期逼近，公司的专家在工艺研发上与对方发生分歧，相互都说服不了对方。对方坚持自己的立场，竟要求当场退货。邢飞一听就急了，像他们这样的初创企业，一笔制造激光设备的订单少说也要几百万元，哪能说退就退呢。他只得硬着头皮与对方交涉，对方十分强势，不肯松口，就是两个字“退货”。邢飞没有退路，只得一而再、再而三地与对方诚恳沟通。邢飞的坦诚感动了对方，最终，公司制造出一台非常完善的产品，令对方非常满意。真是不打不成交，事后，彼此不仅成为好朋友，还联合组建了一家生产公司。

激光技术是个朝阳产业，很适合邢飞这样的青年才俊施展才干，这也是中科煜宸研发团队最拿手的强项。2013年，他们在“金属激光增材制造”方面，不仅研制出了世界上最大尺寸的激光装备，成功进军航空航天领域，签订了超过4000多万元的激光3D打印装备合同，使用者还拿到了国家科学发明一等奖。一系列的成功，更加激发了邢飞研发团队的创新热情。

3D打印机是当今最时髦的高科技产品，这种累加制造技术经过近几十年的发展，已经给全球的制造业带来了颠覆性革命。由于它缩短了产品生产周期，从而提高了生产效率和能效，显示出巨大的市场潜力，成为未来制造业的众多突破技术之一。中科煜宸主打产品中就有3D打印装备，邢飞对这个市场有着良好的预期，在公司战略布局上，进一步加大3D打印装备的研发力量，使其在工艺开发以及装备集成能力方面取得了重大突破，其中金属3D打印成套装备和桌面级熔融式3D打印机代表了国内同行业最高水平。公司陆续中标数所知名科研院所的激光3D打印研发装备的设计生产。

2013年5月，中科煜宸跻身“江苏省三维打印产业技术创新战略联盟”，邢飞担任该联盟副主任。他的下一个目标是引领国内3D打印技术的发展方向，最终打造国内3D打印技术第一品牌。

从理论上说，公司是2012年12月开张的，但真正进入生产运作是在2013年3月。2013年，邢飞在激光显示、激光加工、激光焊接和特种加工专业领域主办了四场年会和论坛，进一步扩大了“煜宸激光”的品牌效应，扩大市场份额，市场占有版图逐渐扩大。仅仅半年多时间，公司订单爆发式增长，签下合同金额超过 8000 万元人民币，其中一台设备高达 800 多万元，创造了“煜宸”销售神话，新华网、中国网、人民网以及南京地方等媒体纷纷进行报道。

德国制造工业是世界上最具竞争力的制造工业之一，在全球制造装备领域拥有领头羊的地位，中科煜宸与德国多家激光公司联合开发了五轴数控激光焊接切割机、柔性激光加工软件等尖端产品。邢飞透露，一个月前，中科煜宸还成为美国某著名公司高端激光焊接设备和金属增材制造领域的唯一供应商。

邢飞是个善于学习和思考的人。他为企业文化的定位是“学习贯穿一生”。作为研究生导师的他深知，做高新技术、高端产品必须依托科研院所，中科煜宸与国内数家知名激光科研院所合作，共同主持或参与公司重点产品的技术研发。他们还与国内 5 家知名院校“联手”建立了以“煜宸激光”冠名的联合实验室。邢飞的用意很明显，以此推动“产学研用”合作，面向区域发展、行业协同创新，支撑区域科技创新和产业转型升级。

从创业初期到现在，邢飞最缺的就是钱，这是企业发展的瓶颈。但邢飞却不为风险投资人伸出的橄榄枝心动。邢飞看重的不是单一的资金，而是资源合作。“他要把企业的基业与核心竞争力打好做实，这样才更有底气，他拒绝短期的盈利行为，他对企业发展的把控和视角总是与众不同。他不会一味地追求产品‘井喷’式的增长，他要根据客户需求做订制，煜宸产品是独特的、是不可替代的。”公司副总经理洪腾如是说。

说到地方政府大力支持这一块，邢飞感触最深。因为南京的投资环境跟绿化一样特别适宜他。国庆七天长假中的一天，邢飞和洪腾来到公司，下车一看公司门前道路隔离带上裸露的黄土已经被绿篱覆盖，望之赏心悦目。公司外地员工占四分之一，他们住在开发区管委会提供的员工公寓。创业之初，遇到工资发不出来的窘境，邢飞心急如焚，想方设法筹措资金，找风投公司救急，便会背上沉重的包袱，最终还是政府大力扶持，解了燃眉之急。南京经济技术开发区成立 21 年，驻地企业大都是多年沉淀下来的优质项目，形成独特的客户群。中科煜宸的“入驻”填补了开发区的空白，他们成了开发区的常客。开发区对中科煜宸关爱有加，还就地“取材”牵线搭桥。后来他们与开发区内的不少企业成为了合作伙伴，企业之间互动合作共赢。

邢飞原来还不知道，南京市委书记杨卫泽在无锡工作时就对激光产品研发创新感兴趣。直到今年 4 月杨卫泽一行莅临公司视察指导时，他发现杨书记对公司研发的激光产品很在行，对公司生产经营也大加肯定。杨书记希望中科煜宸进一步完善自身的产品、技术和服务，把企业做优、做精、做大、做强。这也正是邢飞的目标——“以科技诠释品质，以价值超越期望”，全身心地投入，把中科煜宸建成拥有自主品牌与知识产权的一流企业。

鹰翔九天，龙归大海，雄心勃勃的邢飞为企业确立了一个宏大的目标，以“为我国工业企业技术升级、国防实力综合提升和民生质量逐步提高做出贡献”为企业使命。为了这个目标，他亲自制定了质量标准和“煜宸激光三原则”：所有员工以客户为中心，长期保持创业和创新的激情，所有冲突都应当正面积极解决。

他是一个天生的领导者，他总是能站在战略的高度去掌控全局，他总是能睿智地想到别人想不到的，以独到的行业前瞻理念，强烈的社会责任感，执着地做别人做不到的事情。他的个人能力和人格魅力，引来全国三十多个省市的人才，各路"能人"聚集一堂，各显神通。他总是以"认真做事只能把事情做成，用心做事才能把事情做好"的企业精神来激励员工。外地员工住在6人一间的公寓里，因为周边生活配套设施有限，回到公寓除了谈工作还是工作，难免有思乡念家之情，有的会默默流泪。邢飞深知大家付出了很多，闲时常和他们交心，为员工排忧解难。南京员工到公司上班交通不方便，公司在财力紧张的情况下，购置了一辆客车接送员工。公司食堂的伙食也较丰盛，土豆烧牛肉、红烧鱼块、酸菜粉皮、清炒莴笋，米饭管够，色香味俱全。就餐的员工队伍浩浩荡荡地排成一条长龙。他们有的身着蓝色工装，有的是米色夹克，真是个来自五湖四海的大家庭，一片兴旺景象。

作为创业者，邢飞是一个优秀的科学家，又是一个有着产业报国梦想的企业家。把企业当作事业来做，一位有追求、有梦想的"80后"创业家注定与众不凡，也由此决定了中科煜宸未来的发展走向。邢飞说："我是从科研院所、国有企业、控股企业走过来的，现在，自己创立了民营企业，两年内扩大规模，加速发展，产业升级，在可以预期的未来还要上市。这次党的十八届三中全会鼓励民营资本更多地参与创业企业中，这是'天时'，更加坚定了我们的发展信心。"

可以确信，邢飞有能力把团队凝聚在"中科煜宸"的旗帜下，把所有员工的手握在一起，形成拳头，瞄准激光科技前沿，不断地创造行业奇迹，把企业打造成国内外激光领域具有国际竞争力的激光技术产业集团。

邢飞硕大的办公桌上摊放着一本《现代成功学》，不言而喻，这是一位放飞梦想、渴望成功的学者型创业家。窗外阳光明媚，紫金山如画般绵延起伏。邢飞率领的团队犹如初升的太阳，从地平线上冉冉升起，如同激光之火一样光芒四射，熊熊燃烧。

作者简介

李风宇，又作李凤宇，1958 年 6 月出生于南京。长期从事文学组织工作，系中国作家协会会员、江苏省作家协会理事、南京市作家协会理事。现为江苏省作家协会人事部主任、《雨花》杂志主编。

1984 年开始在报刊发表文学作品，作品主要以小说、报告文学、传记为主。著有小说《浮生一日》，小说集《神石》，长篇传记《孙中山》、《俞平伯评传》、《鹰在飞翔》、《失落的荆棘冠》、《红楼梦魇》、《花落春仍在》、《靠右行驶》等作品，约计二百余万字。有作品被译成英、德文字，印行多个国家，名字收入多种名录并获多种文学奖励。

诚朴勤勉，自然繁花盛开

文/吴聪灵

顾学红与家人

秋末冬初的南京，梧桐叶随风舞金，踏一地灿黄走入南京工业大学科技楼时，正是晌午。9 楼的长廊两侧都是实验室，年轻学子们身着白大褂往来穿梭。

顾学红的办公室，就在实验室尽头。此前十余年的光阴，他也曾是穿梭者的一员，将大把青春，交托给仪表器械，交托给外人看来枯燥无味而他乐此不疲的实验观察。

但今天，身为南京工业大学教授、九天高科总经理，顾学红正在修改学生的一篇英语论文。他指给我看电脑的页面，密密麻麻的红色圈点，全是修改处。“要为学术把关，还要修改语法错误，要理顺逻辑顺序，还得文字有美感……”

“这事你也做？”

“我是老师，在国外呆过，外语比他们好，还要推荐在学术期刊上发表,我不做谁做?”顾学红扬脸一笑,如邻家大哥。

眼底眉梢藏不住的憨厚淳朴与担当,让我对他种种成就从何而来,已然找到些答案。

世界领先,中国唯一
年轻博导坐拥尖端技术

顾学红,博士,博士生导师,37岁的他现任南京工业大学化学化工学院教授,九天高科总经理。目前主要从事的,是分子筛膜的制备及应用研究工作,并重点开展分子筛膜催化反应器的基础研究工作和渗透汽化分子筛膜的工业应用研究工作……

外行看了会头晕,究竟什么是分子筛膜?顾学红三言两语就解释清楚:膜,就像一个筛子,把不同的物质给分开。分子筛膜,就是利用物质分子大小不同这一特性,将它们像筛面粉一样予以分离,实现物质提纯和净化的目的。以酒为例,以前酒水分离采用蒸馏法,需要建很高的蒸馏塔,对混合溶剂反复加热,有时还要添加其他成分,带来二次污染;现在有了筛眼很小的膜就方便多了。酒精分子和水分子大小不同,一筛就分开来了。较之老方法,这样节省了时间、空间,还节能,减少污染。

现如今能源与环保是头等大事,关乎每个地球人的生命品质。顾学红的科研成果,已直接服务于很多领域。“我们承接了多家大型医药集团的项目。比如头孢溶剂在生产过程中产生含水的废溶剂,以前要盖个几十米高的塔,需要很多流程、很高能耗来处理。还有些企业采用碱脱水方法,为了节约成本,就会偷偷排放,直接污染环境。可现在用分子筛膜,一个20平方的小房子就够了,直接分离,无污染,快速高效又省钱。”

分子筛膜技术属国际高新技术,目前全球能够提供该技术产品的,日本和德国各有一家,中国就只有顾学红所在的江苏九天高科一家。

2007年顾学红留学归国创业之初,技术产业化的第一家试点单位,是南通一家靠海经营的企业。“他不了解我们的技术,我们有把握。我就和他谈,用我们的技术替代他们原有的碱脱水技术,这个中间省下来的差价,我们对半分。”对方一看有这好事,答应了。“这家企业靠着海边,以前一直为高成本的污水处理犯难。我们去了没多久就帮他们省了很多钱,很快就主动请我们吃饭。”

如今,再去和人家谈分子筛膜技术,已经不需要介绍这是什么,而是直接谈怎么用了。从去年市场反馈来看,效果很好。“去年订一套设备的,今年开始陆续在订第二、第三套。”

每一套设备出去,就意味着一方水土得到了间接保护。企业减少投入,降低污染,环境避免恶化,研发人员也受益……这事儿,让顾学红有点做公益的感觉。

出国,像实验一样学做菜
归来,这里才是创业乐园

这样说来,仿佛研发出了分子筛膜技术就像捡了金饭碗,从此风光无限。可你明白的，一切风光背后，都有颗不安分求进取的心，以及为之付出的无数苦行。

安逸的工作，早在1997年大学本科毕业时就有了。那时大学生就业还不难，本科生还很吃香，毕业证没到手，他就在南京找着了工作。家里人觉得，儿子工作了，再把小女儿供出来就轻松了。可顾学红还没学够，他想系统地学习一下化学工程。和家里人一讲，好吧，继续学。这一学就没个完，两年后，研究生毕业的他又获得了免试攻读博士的机会。

毕业时直接留校任讲师。以职业论，这比起当初南京煤气公司的工作好多了。任教不足一年，他又觉得还没学够，这回心更大，想到外面去看看。

他直接和国外的教授联系，把自己的业绩简历发给人家看。膜科学技术研究，是国际尖端化工技术，顾学红凭着骄人的成绩，很快接来橄榄枝——美国新墨西哥州矿业技术学院邀请他作为访问学者，前往参与项目研发。

时年27岁的顾学红只身一人去了美国，背井离乡的感觉迎面扑来。“自己讲的国产英语，人家完全听不懂，人家讲话我也听不懂，怕跟人交流。学校附近租的房子，刚住进去一两天时，煤气都没通，只能吃面包和冰牛奶。那两天晚上一个人住冷屋子里，啃面包喝冰牛奶的滋味，真是够呛。”

自己选的路，苦与累都要坚持。几天后煤气通了，他就开始自己煮饭。此前他根本不会烧菜，第一次煮饭时水放少了，煮出来的米干到吃不动，炒菜，盐更是不知道加多少，咸咸淡淡几多回。

吃了二十多年中国美食的他，对外国饭菜委实难以下咽。咋办？不愧是实验室里泡大的主儿，人家把拿出搞实验的精神来做饭菜。“学校里也有些中国留学生，大家工作时交流学术，业余时间就交流烧饭。”

料配好，掌握时间，掌握火候，掌握程序，按做实验般的标准来做菜，果然进步神速。“糖醋排骨、梅干菜扣肉，卤菜之类，我做的都很好吃。很快一个人就可以轻松做出一桌菜了。”

学烧菜尚且如此，学术上的钻研更不难猜测——事实上，从读研开始直至出国留学，成绩优异的他就一直享受奖学津贴。除却天资而外，个人努力勤勉，不可缺失。

在美国留学四年之后，顾学红学习到了尖端的分子筛膜技术。可是，如此良好的学术氛围环境，竟也成为他追求精益求精的瓶颈。

“国外的学术研究，很多只停留在科研本身。一是学者们自己产业化推广的意识不强，另外，国外的企业机构，在应用了成熟技术后，很少愿意去做出改变。因此，好多学术成果，虽然在实验室取得了很好的进展，但很难走向工业应用。”

如果学术研究只是自娱自乐，无法服务社会，那有什么意思？

这个渴望在内心疯长之际，顾学红第一想到的，是回国，回到他出发时的地方，南京。

“那阵子江苏省和南京出台了很多优厚政策，鼓励学者创业，国内的企业家也愿意尝试新生事物。”

2007 年 1 月，新婚不久的他携妻儿归国，受聘为南京工业大学教授。

他像一颗已成熟饱满的种子，毅然投入故乡丰饶的大地，等待开花。

教书育人，创业推广
大担当者自有大舞台

落地的第一步，是扎根做好本分工作。身为教授，他的第一责任，是将自己生平所学，无私传授给自己所带的学生，同时，还充分利用自身资源，为学生们创造条件取得更好发展。

身为博士生导师，顾学红拥有国际领先技术，熟悉国外学术发布平台与规则，熟练掌握外语，有充分的国际交流的人脉，凡此种种，都为他的学生们带来便利。

上课，编制程序，辅导学生作业并亲自指导实验，指导学生撰写论文并帮助修改、发表，份内份外的，有精力做的就都是他的事。

所以，学生的一篇想要到国外发表的英语学术论文，他也成为校对、审核、修正的不二人选。

身为海归博导，顾学红把这些小事做得不亦乐乎。

教学工作之余，他没有忘记更重要的使命，即让膜科学技术服务于中国的企业，为改善中国生态环境发挥作用。研发设备、联络厂家寻找实践产地、负责技术宣讲与调试、指导后期跟踪……

南通第一家试验基地的成功，让顾学红团队充分找到自信。接下来，口碑相传的推广自不须愁。事实上，真正有机会引进该技术的厂家，都非常感谢他和他的团队。“我们也想尽可能处理好溶剂回收问题，不给环境造成任何破坏。可过去的方式能耗太高，污染严重，一方面金钱伤不起，要么良心伤不起，让人左右为难。现在有了你们的技术，我们就轻松了！"

这种积极回馈也让顾学红有了勇气去迈出下一步：成立公司，整合优秀资源去实现学术研究与生产制作、市场推广相结合！

依托国家"973"、国家"863"和省科技支撑项目的研究成果，江苏九天高科技股份有限公司于2011年底正式成立，顾学红带领技术团队全力支持公司的发展。先前试点的胜利，也让投资方与专业管理团队的成员们看到美好前景。科研、生产与经营强强联合，分子筛膜脱水技术在中国的产业化，正式启动了。

这一触角的延伸，不仅鼓舞了顾学红，也让他的学生们在走向实验室时，有了不一样的激情——大家的探索与进步，每一步都可能影响着中国企业的经营成本，影响着我们共同的生态环境。

自然，优秀学子的就业也顺理成章了。如今公司里有6个博士、16个硕士。科研团队不仅为生产提供最尖端的技术保障，也为使用技术设备的企业提供强有力的后勤保障。"同时，使用中有任何情况反馈回来，我们都可以立马从研发第一线开始去做出调整，予以改进或完善，省了很多中间环节。"如此棒的一体化运作，让顾学红非常庆幸回国之举。他感觉，生平所学恰是在服务社会时，才被赋予真正价值。与此同时，团队不断壮大的感觉也让他倍受鼓舞。"从刚开始一个人带两个学生摸着石头过河，到后来形成小平台，制作大装备，再至成立公司，有了140多人的团队，一步步让越来越多的人参与。这种感觉很好。"

自然他也获得了社会的认可。2009年,顾学红获选江苏省“333高层次人才培养工程”第二批中青年科学技术带头人;2012年,顾学红博士团队成为南京“321”人才计划重点扶持对象;2013年又获高校科研优秀成果奖……

家训立德,迎难而上
成就根本还须踏实做人

奖项不断,就有人好奇他的出身背景。

顾学红出生于江苏兴化的普通农家,直到初中毕业也没见过实验室是啥样。他所做过最早的实验,是和小伙伴拆废电池取出锌片,加上搞运输的邻居给了一点硫酸,做出了氢气,装进倒置的瓶子里,然后点着瓶口——实验的结果是,瓶子炸了,娃儿们乐了。

事实上从小到大,母亲对他教育甚严,不许他贪玩,每天放学归来,就一边做事,一边守着他写作业,并检查他的字迹是否工整。“其实母亲不识字,她就看我字好看,就过关了。要是字迹潦草,她就要求重来。”

顾学红曾有一回故意写了几个根本不是字的字,但因为工整,也得到妈妈的夸奖。多年以后在学术上获得成就回望儿时经历,他才会发现,他在学术上的专注与严谨细致,大多得益于斯。

生在水乡,顾学红4岁时溺水差点被淹死,捞上来都快没气了,拍打了好一阵才回过神。寻常父母会让他从此远离水患。可父亲的做法,是待他长到八九岁时,就带着他去学游泳。

小娃爱耍鬼头聪明，没学会，但会演。“我就在浅水那边，踮着一只脚在水里一跳一跳向前，两臂张开在水面假装划水，另一只脚呢，就向后翘到水面打花。我说我会游啦！”

父亲看不见水底，只见水面扬波，人不断向前，以为他真会了。回家一看，儿子怎么脚底板上全是伤口？踩着水底划伤的！

咋整？不打不骂，一番教育之后，继续带他去学游泳。

就这一件小事，让顾学红明白，生活中遇到再大的事，也要迎难而上、踏实进取，坚持到底。并且，一切的聪明才智，都要用在正道上。

也正因此，高中毕业进入大学后，他就开始如饥似渴地泡学校图书馆、广泛做实验、在计算机课还没开设的时候，他已经自学了计算机编程，并通过了计算机二级。

再后来，就是而今的成就，与饱满的创业激情。

回顾这些年何以成功，顾学红心态很谦和。“任何事都不是一个人能成的，是一个团队的合作和大环境的支持才可能达成。所以真正想要有成就，最重要的是做人要踏实可靠，这样，大家才愿意来和你合作，遇到困难才有人帮你。所以把人做好是第一重要的事。个人的努力、不断挑战、持之以恒，要排在第二位。”

身为父亲，顾学红也以这样的方式教育6岁的女儿。比起自己当年，女儿的成长环境优越很多。可他觉得，他和爱人所能给予女儿最好的礼物，是孩子具有独立生活的能力，并借由自我的独立自主，发展出关心他人、服务社会的意识。

这不是口头教育所能达成的，是在陪伴与守护中，等待花开的过程。也是一个事业充实的父亲自己所需。所以，顾学红给自己立的规矩是，回家不工作，陪女儿玩。偶尔，还会耍耍小聪明。有一天晚上，爱人不在家。他做了饭和女儿吃过，就鼓动女儿把碗给洗了。刚有灶台高的娃儿，洗完了碗来领受父亲的夸奖，乐到不行。

每次提这事，顾学红就很得意，得意的底端，是作为一个父亲的欣慰。他的事业、家庭的经营，女儿的未来，都一样有着两大共性：方向对，在路上。于是，不论身处何处，他都以饱满的热情，享受的心态，全然投入每一个当下。

自然而然，一路繁花盛开。

作者简介

吴聪灵，作家、资深媒体人、公益人。14岁起陆续发表诗歌、散文等作品。先后在《金陵晚报》等媒体工作十余年。系列报道《洗碗工留剩菜为儿补营养遭开除》获全国晚报好新闻一等奖。为《南方人物周刊》特约记者，尤擅人物专访。

2013年6月投身公益，情倾临终关怀领域，现为南京十方缘老人心灵呵护中心总干事。

一个技术男的3D人生

用梦想改变世界

永远不要限制自己的高度

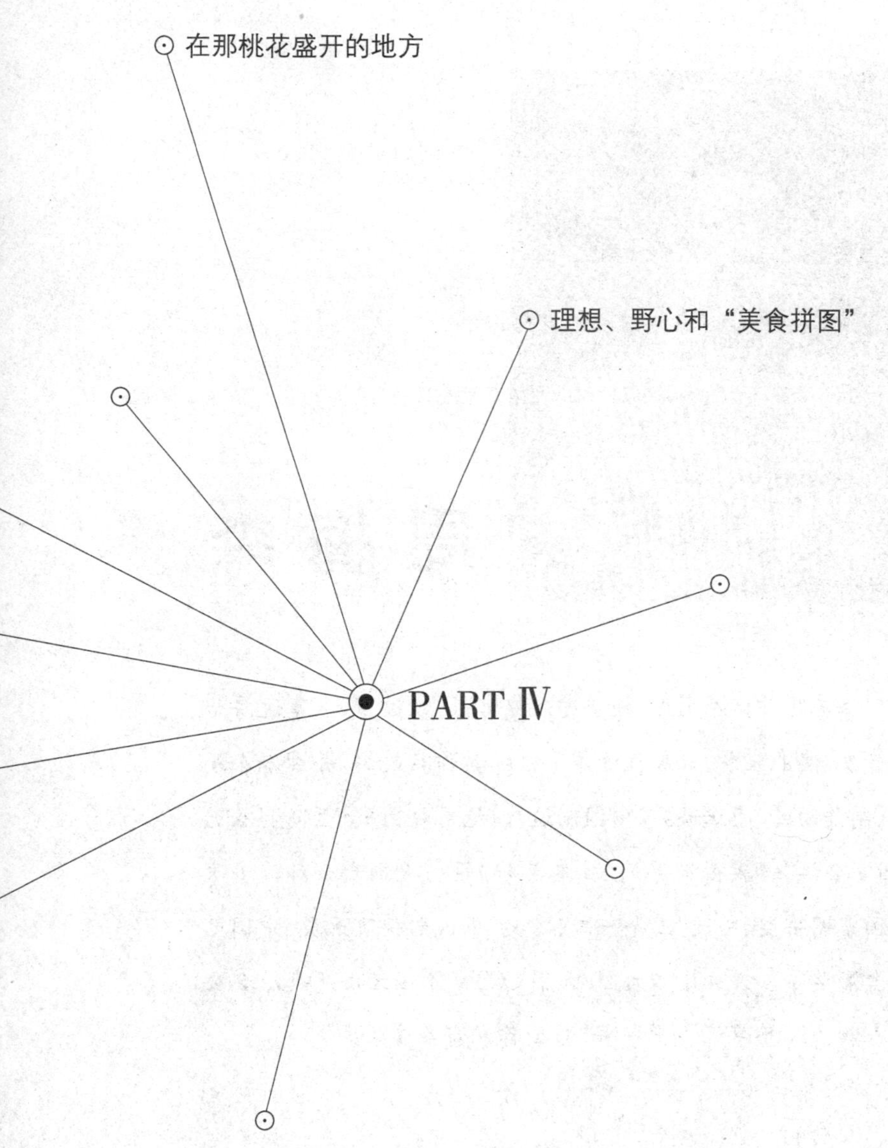
在那桃花盛开的地方
理想、野心和“美食拼图”
PART Ⅳ

周梅森

ZHOU MEI SEN

江苏省作协副主席，挂职过政府官员，经过商，从事过房地产开发、实业经营、证券投资等。根据其作品改编，并由本人编剧、制作的《人间正道》、《中国制造》、《绝对权力》、《至高利益》、《国家公诉》、《我主沉浮》、《我本英雄》等电视剧十余部。多次获国家图书奖、全国“五个一工程”奖、中国电视飞天奖、中国电视金鹰奖等。曾被提名为2005年CCTV中国经济年度社会公益人物。2006年荣登第一届“中国作家富豪榜”。

我一直觉得我们目前所处的时代，是一个千载难逢的时代，是一个适合创业、做大事的好时代。这个时代是可遇不可求的。我们每一个人，不仅在改变着自己的命运，同时也在改变着这个国家、改变着这个世界。我们现在做的可能会决定我们后代的命运。

储福金

CHU FU JIN

江苏宜兴人。生于上海，插过队。现为江苏省作家协会副主席，专业一级作家。享受国务院特殊津贴的专家，江苏省有突出贡献的中青年专家。

发表及出版长篇小说《黑白》、《心之门》等十二部，中篇小说《裸野》、《人之度》等五十多篇，短篇小说《彩·苔·怆》、《缝补》等百余篇。散文集《禅院小憩》等两部。文学理论文章多篇。翻译成英、法文小说集。另有日、塞等文字翻译。

曾获中国作家协会1992年度庄重文文学奖，江苏省政府文学艺术奖，紫金山文学奖，《北京文学》奖，《上海文学》奖，《钟山》文学奖，《芙蓉》文学奖，《新生界》文学奖、《萌芽》文学奖等。

自1980年到南京，已经三十多年了。我在南京成为一个作家，写出我所有的最重要的作品。南京在我的作品中有呈现，有折射。我作品的风格是柔和的，是温暖的，也含着某种苍凉，合着南京给我的气息，是安静的，是优美的，也有着历史沧桑的变化。而今身居外秦淮河边的龙江小区，傍晚在河堤上走一走，在石头城站一站，面前不是天低吴楚，眼空无物，而是高楼与灯火相映，红舟与绿荫相融，相较三十多年前的生活，如梦如幻，梦幻中的南京是无限的世界。

在那桃花盛开的地方

文/黄慧英

一

南京紫金山东南麓，静谧安宁，空气清新，每当春暖花开，这里生态果园大片盛开的桃花，美不胜收。金水尚阳软件技术公司就坐落在紫金生态园内的一幢大楼。

董事长孙荣久先生，儒雅而干练："我们的目标，是要打造一个理想的企业。"那什么样的企业是理想境界中的呢？他说："赚钱不是第一位的。"这倒挺乌托邦的，能描绘得具体些吗？"就像德国的家族企业，规模不要多大，从创业开始就要有良好的基因，希望能成百年老店。"

百年老店？他进一步解释，"我理想中的企业对执政者、对社会、对自己、对员工都是无害的，是有普世价值的。细工慢火，在我有生之年慢慢做，开开心心做，希望把企业理念变成团队精神传承下去。"

"企业有基因？"孙先生娓娓而谈："人有两条命，自然的命、文化的命。自然的命有时限,而文化的命会传承下来。企业也是一个生命体,是社会上最有生命力的细胞。很多企业家感悟到,做企业也要有文化,企业文化就是企业的基因。我要追求的目标,就是'造钟'而不仅仅是'报时'。"

但企业文化到底是什么?像有的企业有自己的乐队、有自己的图书馆、有企业座右铭等等,这是不是就是企业文化呢?孙先生笑了,他说,那只是一张皮。皮要和肉合二为一,才会获得生命力。

孙荣久说,"其实文化就是一种氛围。"他们公司有三句话:公司像家庭,每个员工都会感受到亲人的温暖和尊严;公司像学校,每个员工都有学习和进步的权利和义务;公司像军队,每个员工都要像战士一样遵守纪律和制度。不断地积累和沉淀,公司才会有良好的氛围。

那么,他又是如何让企业文化这张皮与公司的内核生长到一起去的呢?

二

一天,公司里来了几位客人,都是孙总的朋友。他们在公司转了一圈后,对孙荣久说:"孙总啊,你的公司成立也大半年了,还一点动静也没有,不接项目,不订合同。我们手里都有一些小项目,不用招标,我们相信你的为人和能力,你可以做一做。"

显然,这是一个可以长远合作的渠道。孙荣久知道朋友想帮他,但对于他们推荐的项目,他仔细斟酌之后,认为并不适合公司的长远发展,眼前实施风险也很大,最终还是婉言谢绝了。

对于这一举动，股东和一些骨干员工不能理解，这大半年，孙总一直让他们调研订规划，总是纸上谈兵。送上门来的生意不做，那公司怎么生存？办公司不为赚钱？那为啥？

孙荣久到底是怎么想的呢？公司的创办，源于北京的一些大老板见孙荣久技术好，人品可靠，希望他能办个公司，利用业余时间帮他们做一些项目，资金可由他们出。孙荣久动心了，他有自己的想法：虽说自己的才能在国营大企业得到了发挥，但国企有自己的弱点，领导人一拨拨换，领导一换，思路就换，导致企业的发展规划无法长期一致。孙荣久作为技术带头人，常常为此深感遗憾。如果有一个自己的公司，就可以实践理想中的办企业思路。他注册300多万资金，成立了这家公司。

公司这时接这种项目，是一把双刃剑。孙荣久召集股东和骨干员工一起讨论，他说："其实大家的心情我都理解，我何尝不想公司快点发展呢?"他解释，这第一步尤其重要。这些项目，都是一些大项目的收尾项目，完成它需要很深的专业背景和协调能力，而这正是公司的弱项。如果贸然接手，一是公司的队伍不成熟，项目完成不好，坏了公司名声，也害了朋友。更重要的是这些项目做过之后并不能为公司的后续积累经验，不可持续。公司要发展，但欲速则不达。他耐心地说服员工，"只为赚钱，不是一种好的选择"。

如今谈起这些，孙荣久还十分感慨，他说，一个人如果把物质欲望的满足作为人生的最高目标，那么你的人生就可能陷入与外界的矛盾与对抗之中，你的人生一定不会属于自己，你的人生也不会快乐，甚至会滑向万劫不复的深渊。

一场辩论,大家终于点头认可了孙荣久的思路,继续按照规划的路径去寻找项目。两年过去了,公司的日子很不好过。北京出资的老板不高兴了,说一年不赚钱,两年不赚钱我们能理解,但我们投资不是让你做实验的呀?是的,这话讲得没错。

现在,他又到了选择的关头。赚钱一点不难,但坚持底线,是需要定力的,人要把握住自己的目标不容易呀!孙荣久感叹地说:"我一直依靠人性在选择,如果丧失人性,就可能出错。"

他的底线是创造绿色价值。孙中山弃医从政、鲁迅改医从文都为改变社会面貌,他想通过污水的监测、治理改善环境。公司的整体目标是水资源项目,包括水资源的调查、检测,既有软件,也有硬件,这是公司的发展方向,方向不能变。那么变的只能是投资者,理念不同,孙荣久选择了分道扬镳。他和一些志同道合者买下了北京老板的法人股,公司改名为金水尚阳软件技术公司,决定一心一意朝着水资源监测方向发展,这是一个新的领域,意味着他们的路还很艰难。

不久,孙荣久带领团队走访水利部和南京市政府,他领衔的"水利信息化软件簇"项目获得了国家中小企业基金和太湖流域管理局的项目支持,解了燃眉之急。公司开始走上了顺畅之路。

透过办公室的玻璃窗,远处是一片葱绿,风姿绰约的桃树簇拥着蓝天白云。他慢悠悠说道:"可能很多人会觉得这很傻,办公司不为挣钱!"

三

孙荣久的想法似乎与一般人不一样。

他说:"这一切想法来源于我的经历。"孙荣久出身于一个工人家庭,父亲忠厚老实,母亲勤劳豁达。父母的善良品质对他的性格影响很深。小时期家境贫寒,但由于父母,尤其是母亲的能干,生活虽然清苦,但全家日子过得实在、和谐。兄妹个个争先,表现都很优秀,在当地很有名。他是长子,从小协助父母管理家务,也锻炼了他的全局意识和才干。

1965年他初中毕业,学业出众的他为了减轻家庭负担,放弃了上高中考大学深造的机会。16岁的他离开父母来到南京,进入一所当时全国很有名的中专"南京电力学校"。第二年"文化大革命"开始,学校停止招生,他却阴差阳错避免了上山下乡的命运。开始他也是热血沸腾积极投入运动中,不久造反派就开始批斗老教师和学校领导,他看不过去,被批成"保皇派"遭到追杀,他一路逃回老家。他在家里帮父母做做事,偶尔也看看书,还学会了木工活。两年后工宣队进校他才返校,1969年毕业他被分配到工厂。

1973年邓小平复出,大学开始招生,他又有机会被推荐并考上了上海机械学院(现在的上海大学),这是唯一一届凭考试成绩录取的工农兵大学生。以至后来一恢复高考,1979年他就直接考上了中国电力科学院硕士研究生,三年后研究生毕业,他留在了国网电科院工作。1983年起担任研究室副主任,后来分别当过几个研究所的所长,以及院副总工程师。

回顾自己的人生道路，孙荣久有几次大的抉择实际上决定了后来的发展。第一次是1973年，是上大学还是提干从政？当时他是校革委会的学生代表，留厂可以在政治上发展，上大学则是另一回事。当时“臭老九”并不受欢迎，但他选择了上大学；第二次是1979年，是考研还是留厂提干？是对他人生定位的又一次考验，当时他大学毕业后分配回原厂，领导考虑让他在政治上发展，最后他还是选择了考研。为什么两次都会有这样的选择？亲身经历和目睹了政治斗争的残酷，他的恩师和他都认为自己不适合从政，所以他毅然放弃了从政的念头，从不后悔。

在国企工作的这四十年，他一直担任中层以上的领导职务，但从未放弃技术研究和对技术团队的管理，因此才有了今天的特殊感悟。他读书学习的兴趣比较广，政治、经济、哲学、文化、历史、人文、管理等领域的名家名著都有涉猎，这对开阔视野，形成世界观和独特的思想方法有很大的帮助。知识到一定程度上都是相通的，技术、人文和自然科学都是如此。所谓大道无垠就是这个意思。他没有特殊的宗教信仰，但他信“道”，这个“道”就是事物的客观规律。老子说：“道可道，非常道。”道虽然看不见但它是确实存在的。

孙荣久的人生道路可谓深得上帝眷顾，一路走来十分顺利，一点没耽搁。他点头认可了这一点，他说：“是的，上帝一直在眷顾着我。”他又说：“其实上帝也在眷顾着每一个人，这个上帝不是别人就是你自己，你要时刻把握人性的善，防止人性的恶。有了做人的这把尺子，虽不能大富大贵，但一定会安身立命。”

是的，欲望可以推动人改变自身处境，也可能把人推向万丈深渊，如何把握这个度呢？的确，需要人一生的感悟和修炼！很多人遇到不顺就会怨天尤人，其实改变不适当的定位，管住不切实际的欲望，一切可能就顺了。

四

两天的采访，我对孙总有了较深的认识。他的目光中始终充满自信和坦然，我很荣幸遇到了这样的智者。

采访时他带我参观了公司。公司不大，整洁而宁静。在我们走动期间，员工们都在专心致志地工作，偶尔几个人也会在旁边的小会议室里进行热烈而富有激情的讨论。这是一个年轻而有活力的公司。

在公司大会议室的墙上，贴着两行字：产品：始于顾客需求，终于顾客满意。质量：严格控制过程，力求精益求精。孙总告诉我，这是公司的质量方针。他说："质量方针是公司产品的生命线，是公司文化的一部分。"

孙荣久制定的公司基础白皮书，简而言之为"九字方针"——打基础、求生存、谋发展。

墙头另有一纸标语：我们存在的理由——产业报国。

产业报国就是实业报国。一百年前，这是许多知识分子崇尚的理想。而今天，似乎很少有人再这样提了。

孙荣久不以为然地说："这对多数人来说并不是什么难事，报国有很多路，只不过我们选择了实业这条路罢了。实业永远是支撑民族发展的基石，说崇高也好，说渺小也好，重要的是对国家和民族有利，因此我们心里踏实。”

他说，公司经营的理念是：顾客满意、员工乐意、回报股东、造福社会。这套理念是一个整体，全面概括了公司的使命、宗旨、价值观和行为准则，是公司的纲领和行动指南。

然而，有想法容易，实现很难。企业和个人都有自己的文化定位，价值取向和行为准则也不可能完全相同，但员工既然加入了企业，就有个文化融合的问题。所谓文化融合就是寻找文化共同点。

首先在技术上，公司发展的每一步都应当变成资产传承下去，即使一百年后，还可以回头考察今天的技术指数。比如产品从设计开始，从需求、分析到设计，按软件生命周期操作，留下完善的设计说明，即使设计者离开了公司，也不会妨碍技术指数的完备。这也是企业文化的一个方面。

孙荣久认为，管理的重点是要“管”在“理”上。这个理就是做事的“道”和“法”，管理者把做事的道和法梳理出来，并要和执行者达成共识，然后启发他们自觉执行，这样的管理才有效力。简单地把管理理解成管人是不行的，尤其对知识员工更不行。

公司的员工来自各地，经历经验各不相同，但有一个共同点，就是编程不愿意先设计，过程中不愿意写文档。这是影响软件工程质量的一个重大问题。孙荣久为了解决这个问题，多次强调，但收效不大。原因是过去现在都这样做事，已经成为一种习惯。

孙荣久为此召开现场办公会，让他们汇报每个人的工作进展情况，然后让他们拿证据证明自己的工作成果，有的人做了简单的演示，有的人演示也做不出来。即便演示了,孙荣久充当用户角色不断地发问,为什么是这样做而不是那样做?结果他们个个瞠目结舌,谁都不能证明自己的工作是按要求而作,更不能证明自己是卓有成效的。

孙荣久没有简单地批评员工,而是要求他们改变做事的习惯。他说,那种凭小聪明、靠拍脑袋的做事方法是不能适应现代企业发展需要的,也不利于你们的成长。他举例说,农村盖房子,一个有经验的泥瓦匠盖一个二三层小楼不用图纸也没有问题。但让他盖十层楼他敢盖吗?十层楼会遇到三层楼没有的许多技术问题,例如地基载荷、材料选用、安全性、经济型、施工要求等一系列问题,没有设计和图纸行吗?没有每一步的施工记录和程序行吗?我们现在不是凭经验造房子的工匠,而是要给用户提供良好产品的设计师,没有设计、没有图纸怎么行?

现在新员工入职,公司首先就对他们进行公司规章、基础知识和工作流程的培训,让他们少走弯路。孙荣久经常用生活中浅显的例子给他们启蒙,比如"产品的质量是设计出来的,不是事后检验出来的"。讲这个道理,许多新员工不懂,他举例说明。如果让一个健康人去新街口没有去不了的,但如果要求你往返用最少的时间和最少的费用,你可能就要认真考量一下了,看看是步行还是骑自行车?是坐汽车,或是坐地铁,还是打的去?中间可能会出现什么情况?堵车?或是意外的可能性有多大?打的成本允许不允许?什么方案最好?这就是一个质量和效率的问题,都是设计者要考虑的问题,你只有做出好方案才能达到这一目标。质量是设计出来的,靠碰大运是不能保证质量的,思定而后动这是技术人员做事的一个基本原则。如果员工拿出的不仅仅是一张路径图纸，还有详细的设计说明，分析了各种方案的可行性与各自利弊，大家就可以参与不断评审，不断讨论，选择一个最优方案，降低风险，最终产品成功的概率就高。这样培训他们就懂了。

孙荣久说，严谨的管理方式，得益于他1988年在瑞士ABB公司的进修，他的思想观念由此发生了质变。ABB是知名大公司，他们的管理非常严谨，讲程序，从制度上设想可能发生的问题，避免可能发生的错误。比如有一次产品监测中，仪器出现了一个非正常信号，主管要求他找出原因，他找了几天没有找到原因，就推测可能的原因是干扰。老板说你要证明给我看是干扰。他找了一个月没有找出来，最后老板组织专家做了很多次实验，大家一起分析讨论，排除了他推测的干扰，最后得出结论，这是一个不影响质量的偶然因素，是发生率非常小的概率。这种慎之又慎的理念，是他们产品质量保证的关键。孙荣久感叹说，相比较，中国企业在质量把关上总是大而化之，往往发生了问题再查改。

孙荣久把坚持过程的这种理念，概括为公司文化的组成部分。他说："中国缺少训练有素的人，即使是知识分子，做事也往往急功近利，不管过程。"任务一急，往往就不按程序办，这是常态。这时要考量的就是领头人的定力，如果坚持不下去，所谓的企业文化又变成了一张皮。

孙荣久把管理提升到对人的尊重和信任，他认为管理的最高境界是让员工自己动起来，自己管理自己。靠鞭子抽打出来的公司绝不可能是好公司。此外他还强调，管理要坚持全过程，前后一致，要与倡导的文化相符，不能言行不一。对人的教育要循序渐进，正面引导为主。

他也用了很多的例子说明这些道理。

企业管理规范化，需要一点点做起。在日常管理上，他采取的方式，是制定细致的规章制度，自己带头执行。孙荣久很注重营造公司的文化氛围，他常对员工说："人的最高境界，是自己把自己当人，自觉管理好自己，如要别人用鞭子抽，就是奴隶。"他认为文化要从细节上培养，而领头羊的作用是关键。迟到早退，往往就像太阳升降一样自然。他以身作则，从来不迟到，开会说开两小时，决不拖延时间。单位的安全，需要全体成员注意。他制定了安全制度，每人排班轮流负责。开始没人当回事，这种纸上谈兵的安全制度在每个单位都司空见惯。一次孙荣久自己办公室的灯没有关，他照章扣自己奖金一百元。大家心服口服，认真对待了，扣奖金只是监督的手段，时间长了，就养成了习惯，成了企业文化。

他对员工说，一个言行不一、作风懒散的队伍是成不了事的。既然你选择了这个公司就意味着你选择了这种文化，就要自觉践行。不能设想你加盟了一家公司又与它的文化格格不入，这就像两个人结婚，你只要对方的身体而不要他（她）的思想一样的荒唐。

最后孙总带我参观了公司的产品线，产品既有软件，也有硬件，从低端到高端都有。公司从事水利、电力和环保领域信息化技术和产品研制，目前的产品在设计理念和性能指标上都处于国内领先水平。

公司产品的独到之处，在于细节考虑远远胜过同类产品。他们在研制过程中，即使用户没有要求，只要想到就会考虑，成本也不一定会增加多少，为公司的可持续发展带来了良性循环。增加一些成本，长远来看，也不一定吃亏，因为在用户后期服务上，就会减少开支。假如发生问题，只要在电话中作一些使用说明指导即可，减少了出差处理故障的支出。

公司的团体协作非常好，没有扯皮。公司是股份制，孙荣久是干实事的董事长，按理说他应当有一份工资，但实际上他已经七年没有拿工资了。他说按他所起的作用，拿几十万工资不算啥，但他要拿了，公司还办不办？

他说，自已如果到七八十岁公司还能做下去，就满足了。到时候物色一个接班人，公司能传承下去就好。

他看着远处，淡淡说道："即使不成功，也没有害人。"

南京的十一月中旬已到深秋时节。他办公室对面的桃花园也许是一种寓意，桃花园——桃花源，我相信这是孙总心中的伊甸园，希望他理想的伊甸园里桃花盛开，最终结出丰硕的果实！

作者简介

黄慧英，女，文博研究馆员、中国作协会员、南京市作家协会理事。出版有《大明城垣赋》、《英雄与浪漫》等散文，《重读南京》等纪录片，《拉贝传》、《碧血共和：范鸿仙传》、《镜头里的记忆》等专著。曾获国家广电总局最佳纪录片编剧奖、江苏省紫金山文学奖、江苏省哲学社会科学奖、南京市"五个一工程"奖等奖项。

一个技术男的 3D 人生

文/赵　锐

王清培

说起 3D 打印,这可是近年来颇受热议的话题。

情人节拿不出独特的礼物示爱?打印一个跟自己一模一样的小玩偶送给对方吧。看中了朋友家造型新颖的台灯?照样打印一台回家拼装吧。嘴里的牙齿不中用了?没关系,打印一颗新牙替换掉旧的。甚至打印手枪、打印飞机都不在话下,只要根据网络提示轻松按键,一切便统统 OK……这样的描述让我们目眩神迷,仿佛"第三次工业革命"的浪潮正扑面而来,我们平凡的大多数已在不知不觉间沾湿了衣襟。

还真不是说着玩的。2012 年 11 月,全球首家 3D 照相馆在日本东京开张。时隔不久的 2013 年 1 月 15 日,在北京工业设计创意产业基地,中国第一家 3D 照相馆应运而生。随后,这个新兴业态便花开全国,迅速影响到包括南京在内的许多大中型城市。据相关报道,不光是人物可以打印,易拉罐、戒指、动漫玩偶、iPhone 手机座、3D 游戏里的人物角色、个性花瓶……但凡你想得到的，几乎无所不包，哪怕是蛋糕、巧克力。

“不是我不明白，这世界变化快。”作为后知后觉的普通民众，我们往往连感慨都来不及，就莫名其妙地被时代的浪潮抛到了沙滩。王清培却不是这样，他是那种睡觉也睁着一只眼睛的人，超常的警醒和勤奋让他当仁不让地成为弄潮儿，于是他总是抢先一步走在我们前面。就拿这3D打印来说吧，当我们还对着横空出世的技术发愣的时候，王清培已经凭借自己的3D打印机开疆辟土。这个“80后”雄心勃勃、跃跃欲试，他渴望赚取的决不仅仅是第一桶黄金，他更想赚取一个丰富多彩的3D人生。

创业高淳

王清培，1984年10月出生于江苏盐城市滨海县。2006年本科毕业于南京邮电大学电子工程系。2009年硕士毕业于北京大学通信与运用专业。2012年作为引进的南京“321人才”，王清培落户以“固城湖螃蟹”和“国际慢城”闻名于世的高淳，成立了南京清晓信息科技有限公司，就此开始一个技术男的创业之路。

对于外界传得神乎其神的3D打印技术，王清培觉得一点都不神秘。“这并不是一个新东西啊，很多年前就在工业生产上运用了。”王清培说。原来，3D打印的思想早在100多年前就有了，它是从照相雕塑和地貌成型技术发展来的。20世纪80年代，3D打印机有了雏形，其学名为“快速成型”。不过那时候打印机数量很少，且大多集中在

“科学怪人”和电子产品爱好者手中。这项技术走出深闺也不过是近一两年的事，所以有人形象地将它比喻为“上上个世纪的思想，上个世纪的技术，这个世纪的市场”。

“不识庐山真面目，只缘身在此山中。”人总是对自己已经拥有的事物熟视无睹，王清培也不例外。他对3D打印技术不以为然，对北大的金字招牌不以为然，对“年轻有为”这一事实同样不以为然。“我当年还真不算成绩好的，一直不过是中等偏上的样子吧，幸运的是重大考试我都顺利过关了；敢考北大硕士绝对不是因为我实力超群，实在是‘初生牛犊不怕虎’，其实现在想想挺后怕的；能在高淳创业也算是机缘巧合吧，天时地利人和万事俱备，我就从北京过来了。”他挠着头，一副为难的样子。

是无可奉告还是无话可说？我们的采访该怎么办？你可是组织部推荐的创业之星啊！坐在王清培空空荡荡的办公室里，看着细小的灰尘在阳光下轻舞飞扬，我忽然同情起这个年轻人来。是啊，29岁生日才过没两天，离开学校也仅仅4年光景。家刚成，业始立，如此单纯的经历能供他炫耀什么？话又说回来了，比尔·盖茨31岁都成世界首富了，你王清培三十而立又怎会乏善可陈？王清培若不是个人物，我会专程从南京赶到高淳来采访呀？这来回可是200公里长路哦！

那咱们还是聊聊吧。聊啥呢？聊创业、聊成功你都不干，那咱就聊聊童年、聊聊往事吧。家乡，父母，这是我们每个人的缘起。出发的时候我们不曾想过离开，直到有一天蓦然回首，才发现起点已经那么那么遥远……

硬汉老爸

王清培的家乡在江苏省盐城市滨海县陈铸乡。“‘陈铸’是一个烈士的名字,大概是一个新四军干部吧。”王清培介绍道,“2004 年撤乡并镇,我们乡与周围几个乡镇合并成‘正红镇’,‘正红’就是‘五卅运动’的领导者顾正红。我们那儿的好几个地名都与烈士有关。”如此说来,王清培的家乡似乎有着与众不同的“烈士情结”。

王清培出身贫寒,父母早年在镇子上开了一家裁缝铺,每天起早贪黑忙于生计,学习基本就靠姐弟俩自己。不过王清培认为:“其实我爸对我要求也还是蛮严的,小时候他常让我趴在裁缝机上做作业,他好一边做衣服一边看着我,字写得不好他会骂,作业不完成不许玩。”除了这一招,父亲还有更有效的家教方式,那就是带儿子下地干活。春种秋收的时候,乡下的农活忙不过来,父亲就暂时将裁缝铺歇了业,领着妻儿一起回乡。儿时的王清培没少跟着父亲播种割麦,深深感受到稼穑的艰辛。“父亲也不会多说什么,但他显然是以这种方式提醒我:‘你不好好学习,将来就只能一辈子种地,能不能走出农门全看你自己了。’”两相对比,当然还是埋头学习更好,这样一来王清培也只能选择不抱怨。

在王清培的眼里,父亲是一个很牛很牛的人,自己可能一辈子都无法超越。咦,一个乡下的土裁缝,初中学历,没出过远门,居然让北大硕士毕业的儿子心悦诚服?你是不是在说故事啊?还真是一个故事,一个淹没在生活中的传奇故事。此话怎讲?“我爸长年累月忙碌,一年只有大年初一会休息一天，其他 364 天从不给自己放假，年年如此。就这一点，几个人能做到？我最服的就是我爸这种韧劲！他的惰性几乎为零！”

王清培的父亲本来是个裁缝不是吗？最好的时候，他带过七八个徒弟，每天要做的衣服堆满了案头，忙得抬不起头来。后来人们买衣服的多做衣服的少了，父亲觉得老这么干下去不是个事，他就改行卖菜了。可卖菜也不是一个轻松营生，每天半夜一点多钟就要起床，先从镇上骑自行车到县里，再把两大筐菜用自行车驮回来。赶到家是凌晨三四点钟，夫妻俩匆匆吃完早饭，一天的生意便开张了。

初中的时候，有一次父亲身体不舒服，可他仍然坚持去县城进菜。王清培看不下去，决定陪父亲一起进城。当时王清培还是个半大的孩子，也刚刚学骑自行车，可他居然就敢带着父亲前往县城了。等两只大筐装满菜，王清培可实在没本事再把自行车骑起来。最后还得父亲出马，他让王清培坐在前面大杠上，自己用力一路蹬行，把儿子和菜一并带回了家。“在路上我就想，30 多公里的路，爸爸天天这么辛苦地骑来骑去，从来不偷一点懒，从来不叫一声苦，他真是个硬汉子啊！我骑车刚上路很有劲，快得跟风一样，可骑着骑着就蹬不动了，速度越来越慢，简直想停下来推着。我爸就指导我说：‘不要太急，慢才能持久。’我听了他的话果然管用！”

如今王清培的父亲年已花甲，按道理儿女各自成才，家中诸事无忧，他老人家该享享清福才是。可吃苦耐劳已成了他的人生信仰，老爷子竟歇不下来。“每当我熬夜熬得很累准备放弃的时候，我眼前就会出现老爸的身影，我想此时此刻老爸已经骑车出门了吧？……”王清培讲到这里，不由得连连摇头，再三感慨父亲"太牛"，"搞不定"。

有这样一个硬汉父亲支撑全家，母亲的勤勉似乎就显得不那么突出了。王清培母亲的最大特点是"善良"，她看不得别人受苦，喜欢把亲戚朋友招呼到身边来亲自照顾。王清培记得有很多年家里吃中饭要分批次，因为人实在太多了，大人孩子总有十几个！"我们家从来不缺孩子，亲戚家有些孩子甚至就是在我家长大的。他们为什么中午要来我家吃饭呢？因为我妈嫌学校食堂伙食不好，怕耽误他们成长。有时连同学也来，我妈照样欢迎。伙食费？没有，都是白吃白喝！我爸不管，他包容性特别好！"王清培说家里还有两位长辈亲戚是常住户，其中一位是退休后特意奔着母亲来的，她们在王家过得很自在。

通过上面的叙述我们不难发现，王清培童年的家庭氛围融洽温馨、积极健康，让他养成了刻苦奋发、顽强上进的优良品质。正是这些品质，为他今天的成功奠定了扎实的基础。

县中模式

王清培一直认为自己的成绩不算优秀。"我们对成功这事看得比较开，因为本身起点就比较低，不怕失败，所以平时几乎不计较得失。"王清培的小学就是在镇上读的，平时自己管自己，大人很少操心。学校离家有一段不短的距离，放学时小伙伴们排队回家，路上由路队长负责管理，谁到家了谁申请离队。那时候的学习比较简单，家长不需要天天签字，更不需要业余拖着孩子到处上课。

初中也是一个不知名的学校。那时父亲对王清培的学习已无能为力，只能常规性地叮嘱他两句，好坏由他自己。王清培当然是要好的，可学习成绩总是那么不上不下，在班上一般处于中上水平。1999年，王清培在中考中成了一匹惊人的“黑马”，平时年级五六十名的他，一跃成为全校第五，踩着分数线考进了当地口碑最好的滨海县中。“我老觉得自己是沾了老妈的光，是老妈为我积了那么多的福，保佑我每战必胜——不然，怎么解释得通呢？”王清培笑道。

其实倒也不然。王清培向来是个踏实的人，该吃的苦他都不声不响地吃下去了，而且只会比要求得更多，否则老妈能有多少福德能一而再、再而三地帮儿子逢凶化吉？别的不说，当我得知王清培高中三年是在一个苏北县中完整度过的，我当即明白王清培的意志力曾受过怎样的磨练！什么是县中？什么是苏北县中？什么是高中三年的苏北县中？你若能准确回答这三个问题，那证明你对国内教育的把握已足够深刻。

高中三年，王清培的作息时间表基本是这样的：清晨5:30起床，洗漱完毕，6:15上早操。6:30是早饭时间，一年到头稀饭、包子（或馒头）和鸡蛋。从早上7点钟进教室，直到晚上9点多才能离开。宿舍11点钟断电熄灯，但这并不意味着11点钟就能安心睡觉。每人在床头点着蜡烛继续学习到12点、1点，这是学校的公开秘密，从来没有老师出面管理。床头点蜡烛多危险啊，万一失火可怎么得了？王清培说当时大家都这么做，把蜡烛油融化在硬壳笔记本或硬壳书上，蜡烛便牢牢地竖住了，没人觉得危险。

“你当时是坐着看还是趴着看啊？”

“高度不够坐不起来，只能趴着看。”

“一个宿舍住几个人？都怎么住呢?”

“一个宿舍6张床,上下铺的。一般上铺睡1人,下铺睡2人,一宿舍共18人吧。”

“食堂伙食怎么样？营养够吗?”

“伙食很差,几乎没什么好吃的。印象最深的是有一次几个男生拼吃鸡蛋,我一口气连吃了七八个白煮蛋,整个把人吃伤了。害得我直到现在都怕吃鸡蛋,尤其是白煮蛋,见到都反胃。”

“为什么要拼吃鸡蛋呢?”

“好像是为了打一个赌吧,别的也没什么好赌的,食堂除了鸡蛋也没别的卖。”

“不能回家补一补吗?”

“没有时间,我们都很少回家。当时学校规定,高一、高二每个月的前三周只放一天假,最后一周才放两天假。到了高三,假期全部减半。也就是说,每个月的前三周每周放半天假,最后一周放一天假。我们一般几个月才回家一次。”

我沉默了,半晌才又问了一个很傻的问题:“当时觉得苦吗?”

“当时不觉得苦,现在回想起来才觉得苦,可当时大家都这样。”

——这就是中国教育的“县中模式”。这个模式与古罗马竞技场的运作有几分相似,只要你够强大够勇敢,经过三年严酷的角斗士训练,这个模式会大大提高你的高考命中率,可个中风险必须自担。王清培有位成绩出类拔萃的同学,后来是考上了南京大学的,他付出的代价是久治不愈的神经衰弱,常年失眠痛苦不堪！中等生王清培比较幸运。2002年,始终徘徊在年级八九十名的王清培“小宇宙”再次爆发，考上了南京邮电大学。从表面上看，作为中国教育流水线生产出的一个合格品，王清培似乎已经成型了。可只有他自己知道，他的心像只飞鸟，还没有找到栖息之处。

下面的线索就更加简单了：王清培在大学里依旧不显山不露水，没有成为值得大家谈论的风云人物。他对大学的很多课程都很感兴趣，这就好比把一块干海绵丢进了大海，它的吸收力无比强劲。因为记忆力好，但凡需要背诵的内容他都轻松拿下；因为动手能力出众，那些与实验有关的科目让他备受老师的青睐。

2006 年，王清培考进北大读研，这是他人生的又一层阶梯。

北大三年有三件事必须一说。

一是读书。第一学期没事的时候，王清培喜欢从早到晚坐在一个教室，听所有在这个教室上的课，不管是艺术概念还是大一数学，通吃。这是一段奇妙的经历，很适合他“海绵”的脾性，他因此大大拓展了视野。

二是打工。本科四年，王清培是靠国家助学贷款完成学业的。读研后，他不仅得不到父母的资助，还要偿还本科时的欠款。借钱度日混了一学期，王清培被逼无奈出门打工，并在一家美国公司找到一份全职工作，这份工作对于他未来的发展至关重要，是他今天成功创业的基石。

三是恋爱。因为打工挣钱收入颇丰，帅气的王清培终于有了恋爱的资本，他与同班的一个石家庄姑娘拍拖数年订下终身。2009 年硕士毕业后，王清培与恋人辗转在北京买房定居，并于 2012 年永结同心。

接下来便回到开头，就是他独自来高淳制造 3D 打印机的故事。目前清晓公司仍处于事业初创时期，王清培正带领他的助手进行产品公开内测，期望明年能把公司的销售额稳定到三四百万。

什么是一个人成长的真正力量？王清培认为，回报父母、感恩社会的想法也许会支撑你走一阵子，但很难长久持续。“只有内驱力才是最重要的。当你真正认识到自己的价值，真正寻找到人生的目标，你自然会千方百计去努力。而只有这个时候，你才会觉得人生是立体的，世界是丰富的，梦想是美丽的。”王清培把自己现阶段的人生理想定义为：站在青春的尾巴上踮脚触摸梦想。他不知道前进的路上会遭遇什么，但他相信：“父亲是我永远的大山，我必然会以他为榜样坚持，坚持，再坚持！”

作者简介

赵锐，1971 年生于江苏淮安，1992 年毕业于南京师范大学中文系古文献专业。一级作家，中国作家协会会员，南京市作家协会理事，南京市文联签约作家。著有《祭坛上的圣女：林昭传》、《罪》、《单身母亲手记》、《耳边风》、《不和妈妈说再见》等。

理想、野心和“美食拼图”

文/娜 彧

李祥（左三）与创业团队

李祥是谁？也许有人知道，一定有人知道，应该有不少人知道，以后会有更多人知道。现在，如果你不知道，我们往下看。

李祥在南京的IT界几乎人所皆知，他曾是华易科技（江苏）有限公司的CEO。没有多少人三十岁不到就做到科技公司的CEO，李祥应该满足了。

谁也没想到，李祥会孤注一掷地再次重新开始。在移动互联网APP上已然轻车熟路的李祥决定自己干。虽然在华易公司已经开发出了大量的APP应用，包括火车票、飞机票、酒店的预定，餐饮外卖手机APP、电商比价购买等移动应用，这些平台有些已经下线，但大部分还在运营，且有千万级用户数。

但李祥决定了，他毅然辞去了华易科技的CEO。因为李祥还年轻。其实“70后”的尾巴已经不算年轻了，但因为李祥的理想让认识他的人充满了期待，他们都觉得，李祥很年轻。马尔克斯说，不是我老了，所以不爱你了；而是我不爱你了，所以我老了。李祥说，我不会老，因为我一直有我的理想。一个做到 CEO 的人还有什么理想呢？我对此充满了好奇。

我在南京鼓楼科技园见到了李祥，看起来他比我想象中的几乎“80 后”要成熟了那么一点，但仔细观察，属于这个年代的梦想和追求使得他的成熟带着曾经拼搏的痕迹以及对未来的胸有成竹。他不显得世故，也不做作，真诚地将我让进他并不豪华的办公室，立即开始说他的美食拼图。讲了十几分钟，他突然想起来：你等等，我给你倒水，忘了。你要喝水还是喝茶？我暗暗地笑了，这是个没有太多讲究的年轻人，他可能在生活中一样会忘了很多的事情，因为，理想已经占据了他全部的所思所想。

李祥于 1979 年 11 月生于云南的一个县城，但是李祥在南京著名的工科大学东南大学完成了大学教育。你可以想象一下，来自云南的 18 岁李祥提着简单的行李站在东南大学的门口，他会不会思绪万千？除了四年的大学，他有没有想过有那么一天，他要开发一款叫美食拼图的 APP 软件，可以安放在每个人的手机里面？而当这个人饥肠辘辘的时候，会条件反射地打开美食拼图，找到他心满意足的美食；或者是专业吃货想要找地道的地方风味，想到的也是美食拼图；或者是三五好友小酌，哪里实惠又美味？

我猜，如果你足够好奇、足够爱美食、足够有勇气、足够有创意，也许在某个特殊的宴请场合，你可以通过查看美食拼图的特殊套餐，邀请大厨到时候亲临你的现场为你增光添彩，为你讲解美食文化。你要知道，在法国，一个大厨的地位跟总统并没有多大区别，你不但要足够多金，还需足够有品位足够优雅才能邀请大厨共餐。你想过有那么一天，你，在中国某个都市的法国餐厅里和大厨一起共餐吗？你一定要想，和美食有关的一切你一定都要想，才会有有滋有味的人生。这就是李祥的理想，和一切美食有关，和美食的一切有关！于是，有了美食拼图和他的团队。

当然，这不是18岁站在东南大学门口将要踏向未知的李祥，18岁的李祥进入了那时候东南大学炙手可热的通信专业。那时候他顶多想到毕业之后进入到某个知名的IT企业，成为一个城市的白领，在这个公司里拼搏，可能会往上，也可能停留在某个台阶，然后娶妻生子。生活原是这样，如果没有经历真正的成长。对李祥来说，从来到南京的那一天起，成长从未停止过。

李祥从东南大学通信专业毕业，没有去华为、中兴——也没有成为报考公务员大军里的一员；没有立即加入到考研的队伍，也没有向往大型国企——这些将来可能是金饭碗铁饭碗的稳当前途没有吸引李祥，在他的心里，有另外一个目标。当时，可能他还不能确定。反正还年轻，年轻的好处是满腔热血是可以尝试冒险是经得起折腾是想到哪里说走就走——年轻有无数的好处，可是很多人却在年轻的时候就将自己的一生定下来了。对年轻的李祥来说，如果那样，就等于没有年轻过。

李祥的第一站是杭州。那时候还没有苹果，没有安卓，所以没有APP，也没有现在的李祥。李祥在杭州做的是自己的专业，和微波通信有关。如果你不是特别年轻，你一定知道小灵通——一种最初的移动电话。李祥所在公司的研发和市场团队，为当时中国超过四分之一的小灵通基站提供核心部件。虽然那时如日中天，但作为IT人，李祥知道，人生如逆水行舟，不前进就得倒退就会被淘汰。那时候，软件开发已经如日中天，很多IT精英着迷于各种软件的开发，李祥是他们中的一员，但又比同行们多看到了一个视野：市场。作为出色的职业经理人，李祥不久又杀回南京，成为大型软件公司江苏集群的集团高管。是金子在哪儿都发光的，李祥在江苏集群领导了无线城市、互联网等大型系统集成项目建设。那时候，还是没有苹果，没有安卓，但是，对硬件和软件都了然于胸的李祥来说，他隐隐感觉到一个新的时代即将来临。

科技时代的来临意味着瞬息万变，说变就变，果然，不久安卓开始进入了一部分人的生活。对时代和市场有着敏感嗅觉的李祥于2009年辞去江苏集群高管职位，重新开始带领一个初创团队，成为中国最早一批进军移动互联网的人。那时候的李祥是移动互联网圈子内声名鹊起的华易科技CEO。

那么，是什么让已经功成名就的李祥说走就走？除了年轻，除了丰富的经历，除了敢闯的劲儿，还有一样：永不停息的脚步和无止境的探索之心。这时候，Pinterest来了。

Pinterest是美国图片社交网站，出现于2011年并取得了巨大的成功，此后，Pinterest模式成为互联网业界竞相模仿的对象。着迷于Pinterest模式的李祥心动了，他要拥有自己的拼图。

Pinterest是什么？有一个非常形象的音译，就是拼图，拼图你知道吗？看似许多不相干的图片按其内在规律能组成完美的作品。这个作品在李祥的脑海中渐渐形成。曾经担任华易科技CEO的李祥毅然辞职了。这就是李祥最初的理想:打造一个属于自己的拼图!因为在他看来,这种基于兴趣图谱分享的社交方式将会引领整个移动互联网的未来方向。

因为理想,李祥和他的团队在南京鼓楼科技园海归创业中心注册成立了南京快拼信息科技有限公司,创始团队凝聚了一群来自500强企业的软件研发精英。李祥和他的团队矢志要将美食拼图打造成一流的移动互联网品牌企业。

李祥的员工里除了具有软件开发经验的行业精英,也有南京大学、东南大学甚至香港大学的毕业生。他有足够的自信领导着他们走向一个辉煌的未来。他对那些来应聘的学子说,如果你对创业感兴趣,如果你吃得了苦,如果你对未来有自己的想法,那么,欢迎你留下来。他们的办公室没有按传统那样建立考勤制度,也没有设立办公室、人事部等部门。只是最简单地设置了产品部、开发部、市场运营部。李祥说,一切制度都是死的,人是活的!

2012年美食拼图荣获IDEAS Show网络信息创意大赛优胜奖,将代表中国大陆参加2013年台湾IDEAS Show和美国硅谷Demo Conference。

但对李祥来说,这些远远不够。因此,即便是现在日理万机的李祥,仍旧常常会出现在大小餐饮店或者超市或者某些似乎和美食拼图无关的场合。李祥不但是个有想法的人,更是个有行动力的人,除了在办公室,李祥大部分时间都在了解市场了解商家了解顾客的需求。他聊天的人包括餐饮老板、名菜大厨、有机产品供应商、食材电商、媒体记者——拼图就是,把许多看似不相干的变成一个整体!

李祥之所以选择美食，是因为他对美食的爱好和美食文化的钟情。中国是一个热爱美食的国度，有人说中国有四大菜肴，也有人说中国有十大菜肴，除此之外还有开放后不断引进的西餐文化。这些，都是李祥的资源。

那么，难道将移动互联网应用于餐饮美食是李祥的独创吗？当然不是。这是个资源互享的时代，在李祥之前或者同时，也有很多人正在做。所以，李祥还有自己的理想：他要做出个性做出独创做出别人做不到的。出于商业秘密，大约他不可能将全部的构想都告诉我，但是他已经让我知道，最终的理想是他赢了，吃货们赢了，餐饮的商家也赢了。这是属于李祥的三赢，要做到三赢，李祥需要不断地开发新思路、调整新产品、升级新服务。

如果李祥能做到三赢，那么，他必然实现最终的理想：打造南京地方移动互联网第一品牌。

李祥说："你看，在互联网领域，杭州的阿里巴巴，一个淘宝品牌就带动浙江一个巨大的淘宝电商服务产业链。"

这最终的理想也叫"野心"，揭开了李祥将创业之地选在南京的缘故。他本可以去上海，也许那里有更多的商机，但是，目前南京似乎还缺少一个有代表性的移动互联网品牌，而南京政府倡导的创新创业氛围又是那样浓厚。于是，李祥决定，回到当初开始的地方，从这里再次出发！如今，南京是他的全部！

全部，包括事业，也包括家。李祥有一个幸福的家庭：一个尚在读医学博士的太太和一个四岁的可爱女儿。但李祥和大部分创业人士一样，对妻女充满了歉意。

“不是我不想陪她们，我做梦都想和她们在一起，我也想周末带女儿去动物园或者儿童乐园，但是——”

李祥没有说下去，但是我知道，但是的后面有太多的无奈。得失就是舍得，有舍才有得。李祥说，要想将美食拼图打造成南京的移动互联网品牌，我做好了放弃常人天伦之乐的思想准备。但是，我也会尽量抽时间陪陪家人。好在妻子也能理解我。

李祥的妻子除了会让李祥注意身体之外，从来没有抱怨过他对家庭付出太少。她唯一担心的是丈夫这样拼命地工作对身体的伤害。

李祥也知道，自从创业以来，他放弃了原来酷爱的体育运动，放弃了悠闲的旅游——可是，美食拼图每前进一步，李祥觉得似乎自己付出的一切都值得了。

有人感叹人生苦短需及时行乐，而有人感叹人生苦短所以要有梦才会有感觉，才会快乐才会觉得自己活着。李祥属于后者：我梦故我在。

每一种成功都是一样的，必须付出大量的精力和情感。我们有足够的理由相信，李祥的理想在不久的将来将会变成现实，比我们想象的美好得多。

作者简介

娜彧，中国作协会员，南京大学戏剧专业硕士研究生毕业，后游历日本、美国。2006年开始创作，先后在《收获》、《人民文学》、《十月》、《花城》等杂志发表中短篇小说若干，部分获奖。中篇小说《薄如蝉翼》被拍成电影《蝉翼》，在各大视频网站收费热播。分别在《花城》、《十月》发表长篇《纸天堂》、《麦村》，前者2014年出版发行。现居南京。

永远不要
限制自己的高度

张从峰

文/罗拉拉

去采访张从峰的时候已经是万家灯火，但麒麟科技创新园内，大部分办公楼已灯火熄灭。向门卫打听艾维新能源科技南京有限公司怎么走，师傅在指示了方向之后提醒道："只有那栋楼还亮着灯。"

我心中一动，张从峰是研究智慧照明的。为了避免更多的灯在无需照明的时候仍大量消耗电能，他所在的公司大楼在日落而息时依旧亮着灯。

张从峰，曾是世界500强艾默生旗下艾默生网络能源（南京）研发中心的创始人之一，于2009年同华桂潮先生共同创立英飞特光电（杭州）有限公司并担任CEO，2011年创办艾维新能源科技南京有限公司。作为"南京市领军型科技创业人才引进计划"中首批通过审核享受政府百万资金鼓励的人员，他在2012年度先后入选"江苏省高层次创新创业人才引进计划"与"南京市科技创业家培养计划"。同时，作为技术领域的专家，张从峰作为第一发明人就已获得的发明专利及实用新型专利达到三十多项……

然而，网络上张从峰的曝光度极低，甚至找不着一张照片和一篇单独的采访，他到底是个什么样的人呢？

门开了，出现在眼中的张从峰个头不高，面容白皙清秀，戴眼镜。他面带微笑，语速平缓，身上透着特有的温和。

童年往事
且看那些创造发明的萌芽

原本顾虑与“技术控”交流会不太顺畅，而张从峰有问必答，十分坦率。

他是安徽太和人，父亲经商。但在他高中的时候，父亲就去世了。失去顶梁柱的家庭努力维护着日常生存，母亲继续务农，姐姐和弟弟从事汽车维修与美容装潢工作。

就在这样一个普通的农村家庭里，张从峰从小已经处处显露一个未来发明家的“苗头”。

他非常淘气，喜欢自己动手做很多东西，像火药枪、弹弓、拖拉机模型及鱼钩等。“其中火药枪我做的是最好的，非常漂亮，每次带着枪玩都会有好多小孩跟在我后面跑，很是威风。还有自行车、拖拉机模型、红缨枪什么的。”

6岁时，遇到一位手艺人在给蝈蝈编笼子，张从峰看得着迷。仅仅看了一遍，他就学会了，结果编得比那个艺人还要好看，这让几个已经是成人的舅舅羡慕不已。

童年时期的张从峰还非常喜欢钓鱼，他钓到的鱼一般很大，而且在数量上也要比同伴钓到的多两倍以上。回忆起这些，张从峰至今还有些小小的得意："因为钓鱼用的钩子都是我自己做的，我做的鱼钩倒刺很长，鱼一旦上钩就不容易脱钩。"

1975年出生的张从峰，天蝎座，身上也有着这个星座人特有的执拗、专注、好胜与不服输。他八九岁时，就特别喜欢拆装家里的电器及精密机械产品，还自制工具拆过家里好几个钟表和电风扇："那时我可以把手表和钟表的每个零部件都拆散，然后再装回去。虽然有些后来时间走得不对了，但我没有装错过。"为此张从峰也没少挨打，不过"积习难改"。"我高中时还拆过索尼单放机，这些单放机现在看起来仍非常复杂。"说到这些，张从峰还有些不好意思。

命运转折
难忘三个通宵不眠不休

张从峰本科读的是浙江大学信息电子系，后来又在上海大学读了研究生，还在中欧国际工商学院读了EMBA。

2001年到2006年，张从峰在BEL工作了五六年；2006年到2009年，他又在世界500强的艾默生工作，负责研发设计模块电源。那时候，他经常接触阿尔卡特、思科、GOOGLE、华为、IBM等大客户。因为懂技术，能够给客户解决问题，因而赢得了客户的广泛尊敬。

在许多人眼里非常辛苦、枯燥乃至无聊的研发工作，对张从峰而言却是充满着兴趣和激情的，因为通过创新，往往能解决别人解决不了的技术难题。

张从峰有个特点，一旦他专注于某件事情时，往往会沉浸其中而全然忘掉时间及周围的人，连别人使劲喊他也是听不见的。就是这样的全神贯注，让他在研发过程中总能寻找到更好的方法。

这种工作态度和效率，也让和他一起工作的许多博士及顶尖技术专家刮目相看，张从峰很快就从普通技术员变为研发人员。

在 BEL 工作的时候，张从峰研发为华为设计的第一个产品，要解决的是电源在零下 40 度低温环境中，特别容易发生被烧坏的问题。

他们已经做了无数次的试验，均以失败告终。到了最后几天，所有人都认为这一关过不去了，这次肯定无法按时交付给客户，一个一个全都趴在桌子上睡着了。

只有张从峰还在坚持。

最后一天的黎明，张从峰看着太阳从窗户外面升起来，内心痛苦而焦灼，他觉得无法向老板交代，也无法向客户交代。“但就在那一刻，我突然意识到问题所在，赶紧就去做实验，问题就这样解决了！”

这三个通宵令张从峰久久难忘，也成为他性格与命运的转折点。

他并不掩饰地承认：“我以前还是有点懦弱的，除了在自己熟悉的范围内，不愿意多说话，性格比较内向。”

从内心的焦灼，到渐渐看到希望。这三个通宵，让张从峰忽然意识到：一个人究竟该为什么而坚持？“因为放弃总有无数理由，也很容易，但只要不放弃，总能找到解决办法。”

这种山穷水尽疑无路之后的狂喜也让他领悟到：只要你不认输，失败永远不会是终点。

“后来，当我的人生遇到任何挫折和挑战，我都会想起那个黎明徐徐升起的太阳。”

职业规划

每三到五年一个大变化

回顾自己的职业生涯，张从峰笑言一直还比较顺，因为“比较有规划，一步一步来。一般三到五年都会有一个比较大的变化”。

在每个企业中，张从峰从来没有介意过自己的薪水，但他的薪水其实是涨得最高的，五年内翻了好多倍。

“但我是一个比较固执的人，一般情况下如果自己想明白了一件事，不会轻易因为外界的要求而改变。”张从峰想离开BEL的时候，老板找他谈话，说可以给他一个公司单独干，还可以再涨几倍薪水，他都不为所动。

张从峰打定主意，要去世界一流的企业艾默生工作，因为他想搞明白一个问题：“这个公司在同行业中十几年全球排名第一。为什么很多美国企业能够成为全球第一？为什么这样的企业能够百年不倒？支撑它们基业长青的根本是什么？我暗暗发誓将来自己也要创立一家基业长青的公司。”

当时的张从峰并没有接到艾默生的OFFER(录取通知)，也不是很明确如何进艾默生。因此原来的公司还曾预言：如果没有想清楚就辞职,将来一定会后悔!

“也许是上天的安排,艾默生很快就通过猎头向我伸出了橄榄枝,我顺利加入了艾默生。艾默生不仅接纳了我,而且给我将来的职业生涯提供了更为广阔的空间和舞台。”

在此期间,张从峰很快成为艾默生网络能源的技术核心成员,并参与创建了艾默生网络能源(南京)研发中心。

张从峰之所以这么“抢手”,与他随身“携带”的技术水准有关。

技术专家会得到客户特别的信任。张从峰甚至可以经常出入华为的研发中心“白宫”。因为他能够帮忙解决问题。说到这里,张从峰笑了:“有技术背景的人其实更容易拿到订单。”因为能够很好地把握市场,给公司的核心客户和战略合作伙伴提供系统的支持,技术人员对于技术产品销售杀伤力很大。而对于外企来说,你创造多少价值,就能够获得足够的尊敬。

在艾默生又待了三四年,一切看上去都顺风顺水,张从峰却又要出去创业。别人觉得他是一时冲动,一定会改变主意,但他还是毅然决然地走了。

出于对 LED 照明行业万亿级规模巨大的市场空间以及该行业所蕴藏的巨大商机的期待,2009 年,张从峰接受了国家“千人计划”专家华桂潮先生的邀请,与他一起创办英飞特光电,并出任公司 CEO,负责公司的全面运营。

从只有一两个人开始,英飞特光电在短短的 2 年内获得了飞速的发展,公司创办 6 个月就以 12 倍溢价融资到近 7 千万元的资金,在公司成立 9 个月时就拿到了香港上市公司银泰百货全国 23 家商场改造的大单，合同金额高达2亿元。

然而此时，张从峰又于2011年8月向英飞特董事会提出辞职，经过艰难的谈判，他的辞职终于获得了批准。

对于这一过程的陈述，张从峰措辞委婉但很坚定："因为对于一个希望尽快上市的企业来说，总经理非常辛苦。而我希望做的是内圣外王的企业，内部很好了之后再去攻城略地，这样上市可以做到水到渠成。但是一些公司是以上市为目的的。我非常尊重我的老板，我的合作伙伴，但因为我们志向不一样，我还是离开了英飞特，在2011年底来到南京，创建了艾维新能源科技南京有限公司。"

个人的待遇、地位乃至享受都不是张从峰所在乎与关注的，他知道自己究竟想做什么。

南京南京！
选择古都理由多多

2011年11月30日，张从峰创建了自己的新公司，2012年正式开始运营。

为何选择在南京这一六朝古都落脚？张从峰理由多多。

在这里，张从峰入选南京市"321"首批领军人才计划，并获得了100万元项目的资助，并于2012年入选"江苏省高层次创新创业人才引进计划"与"南京市科技创业家培养计划"。他说："我觉得南京市在吸引人才方面的决心非常大，几乎可以说中国找不到第二个这样的城市。"

吸引张从峰的还有，南京对于技术人才的配套供给："高校之多，也比其他城市多得多，南大、东大、南航、南理工每年都可以给公司输送源源不断的优秀人才。"

张从峰坦言，在自己的职业生涯中，有多位"贵人"相助。像启蒙老师阮新波教授，他是华中科技大学和南航的教授，也是华中科技大学的特聘"长江学者"，他对张从峰的职业发展规划影响比较大。

"阮教授是个特别严谨的人，对学生要求相当严格，自身学术修养也深。他教育我们要站在全球的高度看问题，要有在这个行业做到最优秀的雄心。""他认为我工作比较拼命，肯吃苦，能够百分百投入，将来一定会有所作为的。"让张从峰感到欣慰的是，自己没有让他失望。

张从峰还有感于麒麟科技创新园参与招商的领导"有眼光，懂企业"。他们知道企业发展需要哪些方面的政策，了解企业家的诉求。记得第一次见科技创新园的李指挥长，对方由于奔波劳累，脚上都已经长满了水泡，还坚持去企业调研，这让张从峰非常感动。

被政策环境与爱才之心深深打动的张从峰就这样留在了南京。

行业目标
要与飞利浦一竞高下

张从峰领着我参观了他们的工作室现场和产品陈列室，介绍着各类产品，同时也在阐述着他们公司的发展规划。

"我们经常可以看到，很多灯在室外太阳光线已经很亮的时候还在亮着，从智能控制的角度出发，如果能把亮灯时间和亮度与室外的环境亮度结合起来控制照明，可以实现高达20%—30%的节能。按照这样的推算，如果南京市的灯具都采用具有智能控制的LED灯具，每年可以节省近1000万元的电费。”

LED产品节能环保，如果加入智慧照明的管理和控制，就可以更加节能更环保。比如路灯和地下车库等耗电量比较大的地方，有了智慧照明控制系统，不需要人工参与，灯具可以根据环境、场景的不同自动调节灯的亮度。

艾维公司目前是LED照明领域集智能灯具、数字驱动和智能控制系统三位一体的企业，所有的技术都是自主研发，因此产品具有极强的竞争力。“我们目前还不敢放开接订单，怕交不出货，因为需求量的确很大。”他们的产品能够实现各个环节都智慧化，因此，“用户非常喜欢我们的产品，节能可靠，服务性强，还能减少维护成本，便于将来把照明系统集成到智慧化城市管理管理系统。”

2013年，艾维的合同已经签了两千多万，进账大约在1500万左右。因为其产品在智慧化照明方面领先于其他企业，也吸引了不少投资公司的关注。比如，有个世界顶级投资公司对艾维考察了两个星期之后，就决定将三千万投给他们。在LED行业，主要由三块技术组成：LED芯片、LED驱动器、散热，当前LED芯片技术已经比较成熟，而LED驱动器由于其应用环境的恶劣性及技术的复杂性，已经逐步成为LED行业的发展瓶颈。LED芯片的核心技术主要由日本、欧美企业通过交差授权所控制，因此在芯片技术的发展上中国企业基本没什么话语权。但是在驱动和控制系统方面的研究和开发方面，和欧美企业基本是在同一条起跑线上的。张从峰原本就是世界500强的核心技术负责人之一，因此在这些领域，他所领导的企业具有明显的竞争优势。

“跨国公司过去20年为中国培养了许多优秀人才，我也算是在其中被培养起来的。LED驱动器，相当于人的心脏一样在LED照明行业扮演着非常重要的角色。我们在杭州有制造工厂，我们正在布局全局市场的销售，很快我的产品将会销往美国和欧洲直接赚取外汇，可以说是LED技术最核心的部分。”

“我们的目标是在全球占有一席之地，成为能够与飞利浦竞争的企业！”对于这些发展规划，张从峰的表述没有丝毫怯懦，信心满满。

生活梦想

不能白来人生这一世

在张从峰的词典里就只有工作吗？他拥有怎样的家庭与业余爱好？作为一位创业成功者，他对于年轻人又有怎样的忠告呢？对于人生他有怎样的感悟？我与他有了一段对话：

问：能谈谈你的家庭生活吗？

答：目前我姐姐、弟弟和妈妈在南京，妻子孩子在杭州。我是工作狂，几乎是没有星期六星期天的。这个方面我觉得愧对孩子。我专注工作时无视外界，这种情况也出现在日常的家庭生活中，还曾经引起宝贝女儿的多次抗议。

我女儿9岁了，还有个儿子才9个月。感觉女儿和我完全不一样,她很有音乐天赋,学钢琴一个月就在浙江省艺术特长生大赛上拿了个金奖。女儿的成长和取得的成绩让我非常骄傲。

问:除了工作你还有什么业余爱好呢?

答:小时候我是喜欢钓鱼的,长大后也不怎么玩了。我其实一直有记日记的习惯,从高中一直保持到现在。我认为记日记有助于反思自己。不过,因为搬迁比较多,不易携带,我从高中到上大学的日记被我处理掉了。偶尔,我也会为同学聚会写首翻版诗词什么的:“才饮荆门水,又食宜昌鱼。百媚幺妹无穷尽,极目楚天舒。烈日炎炎,千里赴荆州,今日得聚首。举在川上曰:同窗如斯夫!”

问:现在有许多年轻人也想创业,作为一位成功的先行者,你对他们有什么忠告吗?

答:我希望年轻人要专注,要决断,要有大的胸怀。很多事情是需要胸襟的,要敢于超越自我。我知道有个试验,关于跳蚤的。跳蚤是生物界的跳高冠军,可以跳到身高的两百倍。可是如果你不断限制它的高度,它就会越跳越低,你抽开木板,它还是只会跳那么高,最后你用一块木板矮矮地压住它,它就只会爬了。

年轻人一定要做自己喜欢的事情,不要太在乎金钱、地位。十几年后再回首,觉得所有的付出是值得的。为华为熬过的三个通宵,收入从几千到几万再到年薪一百多万……这些都让我真正领悟到:经历与成长才是真正的财富。要直面挑战与挫折,像乔布斯那样,在种种苦难中保持坚强。最后才能超越自我,到达某种高度。

问:走到今天这一步,您对自己的人生有些怎样的感悟?

答:我觉得,人的一生不能只是默默无闻。就像我特别喜欢的一本书《羊皮卷》里写到的，优秀的人会有一些共同的特点，这包括良好的习惯，积极的心态，一种正能量，还有面对挫折的态度。总之“不能白来人生这一世”。

作者简介

罗拉拉，亦用笔名肖林，原名吴晓宁，南京知名媒体人、南京市文联签约作家。已出版随笔集《像蝶一样的碟》（江苏文艺出版社）、《旋转木马》（古吴轩出版社）与艺术文论《怕——柯军多元艺术探索》（中国戏剧出版社）等。曾担任央视与江苏卫视合拍的大型纪录片《昆曲六百年》的分集撰稿。

用梦想改变世界

文/满　震

陈姚建平(右)与作者

陈姚建平先生五十多岁,但看起来更年轻些。他中等身材,平头,慈眉善目,身着海蓝色夹克衫、米色西裤、运动鞋,很平常的装束。他请我们坐下,为我们沏茶。我们问他的姓氏"陈姚"有没有什么讲究,他说他原来就叫陈建平,到欧洲后按照当地习惯要求必须用父母两人的姓氏,就叫陈姚建平了。然后便开始跟我们讲起他的身世。

陈姚建平在海外闯荡多年,但乡音无改,操着浙东口音的普通话,娓娓道来,使人如坐春风。他原籍浙江青田,出身于地主家庭,且有海外关系,父亲因历史问题曾被判刑五年。在极左路线盛行的年代,年幼的建平受到株连,七八岁时还不能入学读书,十岁才开始上小学。小学毕业后又不能继续升学,辍学在家三年,后经友人帮助,才读上初中,平时还经常受到别人白眼冷遇。这种种挫折,给年幼的建平心灵上造成的伤害是不言而喻的,但并未能磨灭他的意志。高中毕业后,青田县广播站招收播音员，只有两个名额，建平发奋努力通过考试入选，后又就读电大。这期间，他结识了青田县委书记王芝溪。王很赏识这个青年的才华和能力，打算重用他，这使年轻的建平感受到莫大的慰藉。

建平的舅父、姨父、表兄姐都侨居西欧，有的在西班牙，有的在比利时。建平在国内的遭遇，他们也有所了解。八十年代初，改革开放伊始，国内政策松动，这些海外亲戚竭力劝说建平去西欧读书、创业。建平心动，为了实现梦想，他要出国闯一闯。王芝溪书记得知这一消息以后，与建平几次长谈，推心置腹。在王书记看来，极左路线掌控中国的时代已经过去，改革开放会使中国日益好起来。中国实现四个现代化，正需要建平这样的年轻人，过去的伤痛会逐渐抚平。王书记再三挽留，但没能动摇建平的决心。临行时，王书记设家宴为他饯行。

建平清晰地记得那天晚上的情景。书记一家人视建平为上宾，或者说把他当作自家人，大家围坐在一起，有说有笑。也许是喝多了点，脸色红润的王书记深情地说："建平啊，人各有志，你走，我不再拦你。只是你今后不管走到哪里，不管到哪个国家，都不要忘记，你的根永远在中国，在青田。"说到这里，王书记显然有些激动了，"我有一种预感，我总觉得你最终还是会回来的。为了这一天，我们全家再敬你一杯！"建平慌忙站起来，认真地点了点头，说："我会记住您的话。"然后一仰脖子干了这杯酒，眼里满是泪水。

1984年6月30日，这个永远不能忘怀的日子，建平带着二十五年的伤痛，带着家乡亲人的眷念，带着对未来世界的向往，离开了祖国，飞抵西班牙马德里机场。

说到这里，董事长望着窗外的天空，思绪飞向远方……

到达西班牙以后，年轻的陈姚建平开始先学习该国的语言，之后就读于马德里大学学经济，半工半读，很辛苦。从1984年到1990年，他在西班牙一边读书，一边开设服装工厂。后来服装厂被人兼并。1990年9月，陈姚建平来到西班牙海滨城市圣赛瓦斯提安。这个地方位于西、法边境，有分裂组织，人员复杂，许多人不敢去那里做生意。初生牛犊不畏虎，陈姚建平看准了这个地方蕴藏着大量商机，大胆决定在这儿开设中国餐馆。意愿确定以后，他开始向旅居西班牙的亲友借贷。这些亲友如众星捧月，无偿帮助建平筹款，连借条都不用打。这样，他的天香楼酒店终于开张了。由于当地人比较富裕，商人、老百姓都来就餐，生意越做越红火，一个月的营业额就达到一千六百万西币，约合十六万美金。之后他又开了两家餐馆，收益多多。这就是陈姚建平来西班牙后挖的第一桶金。

这时，董事长脸上洋溢着灿烂的笑容，但随即就收敛了，变得严肃起来。他深有体会地说："国家强大，华侨才有靠山。在国外，我们这些华侨都是非常爱国的，绝不允许外国人说中国的坏话，更不允许他们侮辱我们中国人。"接着，他为我们讲了这样一件事。

天香楼酒店外国顾客人数众多，鱼龙混杂，绝大部分西班牙人就餐时文明礼貌，但也有一些品行低下的人。餐厅分楼上楼下两层，服务员都是雇来的中国姑娘，其中不少是华侨亲属。一天，一位女服务员端着盘子上楼，一个西班牙牛仔在楼梯下透过裙子偷窥女服务员。见此情景，陈姚建平怒不可遏，他绝不能容忍西方人侮辱同胞。也许是因为过于激动，他走上前去朝那小子就是一拳，并用西班牙语说：

“臭流氓!”那小子被打趴下,狼狈地爬起身来说要报警。陈姚建平说:“不用你报,我自己报!”随即打电话叫来了警察。警察在了解情况以后,认定那小子酒醉撒野赖账,违反公共场所秩序,对他进行了拘押。从此以后,没有人敢在酒店寻衅滋事,有效地维护了华侨的正当权益。

我们全神贯注地听他讲述,被他的勇敢行为所感动。

“来,喝茶喝茶,你们看茶水都凉了。哦,我应该请你们喝咖啡。”于是他走出去,一会儿用托盘端来了三杯热气腾腾的咖啡。我们喝着这正宗的西班牙咖啡,感到香醇可口,颇有异国风情。接着董事长向我们展示了他的收藏,其中有名家书法条幅,有纪念辛亥革命百年的印章作品集,还有清朝乾隆年间著名画家陈铁珊画的虎。他还收藏了不少青田石、苍化石、巴林石、福建石“四大国石”及其他小古董。介绍自己的收藏时,陈姚建平兴致盎然。

1991年5月,陈姚建平受中国经贸部机械进出口公司驻巴塞罗那贸易中心聘请,担任该中心的高级顾问。从1997年起,又加盟西班牙杰森托创办的UCAF公司,销售五金系列产品,其中“H”型合页占据该国60%的市场份额,高速公路互轨螺栓占50%以上。陈姚建平在商海崭露头角。

期间,欧盟经济逐渐滑坡,而国内这时GDP每年以百分之九左右的速度增长。随着经济的腾飞,中国实力的日益增强,西方世界不得不刮目相看。作为海外华人,他感到无限骄傲和自豪。在这种大背景下,陈姚建平想,要想真正实现梦想,应该回到祖国,但过去二十五年的伤痛又使他犹豫起来。

带着这样的困惑，他来到巴塞罗那海滨的一个小镇，他喜欢散步，尤其是心灵需要独处的时候。在这地中海的海滨，迂缓绵远的沙岸，沉静而又温柔地向大海环抱过去，海浪有时温柔得像一匹匹锦缎，层层叠叠；有时像小山似的冲向岸边的礁石，霎时间，溅起浪花飞到空中，短暂停留后，又随着海风，飘落下来，重新归入大海。

眼下来到海滩度假的人明显少了，只有几个男女穿着泳衣站在水里，互相嬉戏。突然一个浪头扑过来，他们惊叫着跳起来，慌忙向岸上跑去，那里有一只坏了的木船，倾斜地躺在沙滩上。望着岸边巍然屹立的礁石，望着这几个受惊吓逃向岸上的男女，再想起小镇上超市里的商品很少有人问津，街头徜徉着胸前挂着"我要工作"牌子的失业青年，陈姚建平坚定了回到祖国创业的决心。

回国以后，他作为UCAF公司的中国总代理，在上海黄浦区买下写字楼，取名上海沁卿贸易有限公司，工作人员有二十余人。此外，陈姚建平还分别拥有两家五金和紧固件公司10%的股权。2000年，陈姚建平在香港创办了香港沁卿贸易有限公司，开始营业额仅有400万美元，五年后发展到年贸易额约3亿元人民币，并在菲律宾建立国外生产基地。

陈姚建平在事业上是个永不止步的人。20世纪90年代，在获得上述成就的同时，他就已经把眼光投放到环保节能上。21世纪初，他千方百计地招揽高科技人才，注入大量资金，成立北京鹤华安吉电子技术研究所，重点研究氢氧发生器，利用水电解产生氢氧混合气体，是一种可再生清洁能源。2009年3月底，他们研制成功既环保又节能的氢氧混合气切割机。为了批量生产，他在浙江安吉购买了60亩土地，第一期6000平方米厂房已在建。

说起“氢氧燃气发生器”，还真是个节能环保的高科技玩意儿。它高度集成，无外排废液，以水为原料，通过氢氧机特有的系统和装置，电解产生氢氧混合气体，输出后能高效率燃烧，取代乙炔、丙烷、甲烷、液化气等燃气，利用它可进行有色金属焊接、黑色金属切割，同时对普通玻璃、石英玻璃、首饰等物件的加工，对玻璃瓶管拉丝瓶封口，均能起到节能环保的作用。同时对汽车发动机清除积碳效果非常好，既能省油又能减少有害尾气的排放。

在研发这玩意儿的过程中，陈姚建平倾注了大量心血。这玩意儿外国人能制造，但是不能防止回火，不能连续工作，因此应用价值不大。陈姚建平和他的科技界朋友经过近二十年的研究，终于突破了技术瓶颈，在氢氧气的防回火装置上填补了该领域的空白，并成功开发了许多应用领域。

陈姚建平领导的科研团队，成立于2008年8月，其成员都是名牌大学的博士、硕士、学士。团队共有十人，年龄最大的68岁，最年轻的只有24岁。这十个人都是顶尖人物，他们有的全职，有的兼职，工作起来全身心投入，常常夜以继日，通宵达旦。在突破防回火和不能连续工作这两大技术瓶颈的日子里，陈姚建平和团队所有成员拧成一股绳，心往一处想，劲往一处使，经历许多不眠之夜。

那是一个秋天的夜晚，陈姚建平彻夜不眠，他从床上起来，打开窗子，月光射进屋里。夜是清凉的、寂静的，也是混沌的。窗子对面有一排树，树那边是一座灯光闪烁的房屋。他知道，那是餐厅的大厨正在为团队的成员准备夜宵。陈姚建平披起衣服，下了楼梯。氢氧混合气民用化的难题难道就不能解决吗？混沌的夜空难道就不能澄清吗？外国人做不到的事情难道我们也不能做到吗？微风在树林间抚弄，仿佛对怀着满腔心事的董事长说着抚慰的话。他信步来到了实验室，这儿没有马达的轰鸣，没有皮带的传动，没有刀子和沙轮的摩擦，十分宁静。一个小伙子也许是因为太累，趴在工作台上睡着了，大衣从他的身上滑落下来。董事长拾起大衣，轻轻替他盖上。

他又来到了厨房，不经意地走到煤气灶旁边。这是典型的民用烧饭煤气灶，火头分内外两层。他下意识地旋转按钮，两层火头都着了，火力很旺，再旋转一下，外层火熄灭了，内层还在燃烧。他似乎从中得到启发，急忙向实验室奔去。只见远处走廊里过来一群人，走在最前面的依稀是那位年近七旬的老专家。等到互相看清对方面庞以后，老专家迫不及待地说："董事长，我正要找你，我就知道你没有睡。""不着急，慢慢说。""我今晚睡觉做了个梦，很有启发，获得了灵感，所以特意来找你，我梦见我们民用烧饭的氢氧气灶——"听到这里，董事长眼睛一亮，顿时蒸腾起热力来，前方仿佛出现了彩虹，"莫非冲破瓶颈的时刻到来了？我们怎么会想到一起了呢？"他紧握老专家的手说，"走，我们到实验室去。"

实验室灯光通明，科研所成了不夜城，深秋的月光黯然失色。

在突破了两大技术瓶颈以后，科研团队又做了大量试验，获取数据，世界上第一台利用氢氧气燃烧的炉灶终于研发成功。同时，团队还获得了二十多项国家专利，其中有十二项发明专利，拥有世界领先水平。其系列产品用于工业生产和民用生活。目前公司推出一种"鹤华微分子氢氧除碳机"，主要用于汽车发动机除碳，已在南京二十几家

4S店和检测站推广应用，节能减排效果显著。

说到这儿，董事长带我们下楼，到车间里去见识见识这种高科技玩意儿，它的外形大小很像能洗五公斤衣物的全自动滚筒洗衣机。董事长让工人师傅操作给我们看，并如数家珍地给我们介绍产品的特点。他跑前跑后、乐此不疲，像孩子一样烂漫天真。

重新回到楼上时，他坚定地说："自然界的能源越来越少，人类生存环境的污染越来越严重，开发和研发环保节能产品就是为人类做贡献，再苦再累我们都要坚持下来。"

我们问他，对当地政府有什么希望。他说："就拿这中山科技园来说吧，虽然是新园区，起步较晚，但这几年逐渐跟上来了。领导很关心，我经朋友介绍落户园区后，差不多每件事领导都能为我想到。刚到南京来，我两眼一抹黑，一个朋友也没有，这里的领导为我牵线搭桥帮我认识了很多朋友，解决了很多问题。现在为我们出主意帮忙的人可多了。我非常感激。至于希望嘛，我感到政府制定的优惠政策，其关联、对接的力度还不够。在实施'321'人才计划中，政府应该选拔真正能在这儿落地生根的人才；如果让一些人初试牛刀以后拿了奖金就走人，那么我们的计划就会难于实现。"

我们想，董事长这些语重心长的话，会引起有关部门重视的。

我们还了解到，陈姚建平先生不仅是领军型科技创业人才，而且热心慈善事业。汶川地震，其公司捐赠8万元，个人捐赠3万元。他还通过地方侨办和团组织结对资助10名贫困大学生每人每年1000元。

"唯有牡丹真国色，花开时节动京城。"陈姚建平先生的会客室墙上挂着幅题为《总领群芳》的牡丹彩色国画，很引人注目。如今陈姚建平正在引领他的团队，在所有他们参与的环保节能的领域，为创造良好的生态环境不懈努力着。这牡丹不正是他的业绩和精神的写照吗！他是用梦想改变自己，也改变世界的人。今天，陈姚建平先生根植中国，是科技创业的领军人物；明天，他或许就是我们南京的马克·扎克伯格、比尔·盖茨或乔布斯。

作者简介

满震，中国寓言文学研究会理事、江苏省作家协会会员、江苏省微型小说研究会理事、南京市作家协会理事。发表小说、散文、寓言等文学作品近千篇，出版小说集《好人无处不在》、散文集《我是名人》、寓言集《黑鸡和白鸡》等 4 部。曾获第 4 届中国寓言文学金骆驼奖、第 7 届和第 10 届金江寓言文学奖金奖、第 9 届全国微型小说（小小说）年度评选一等奖等奖项。

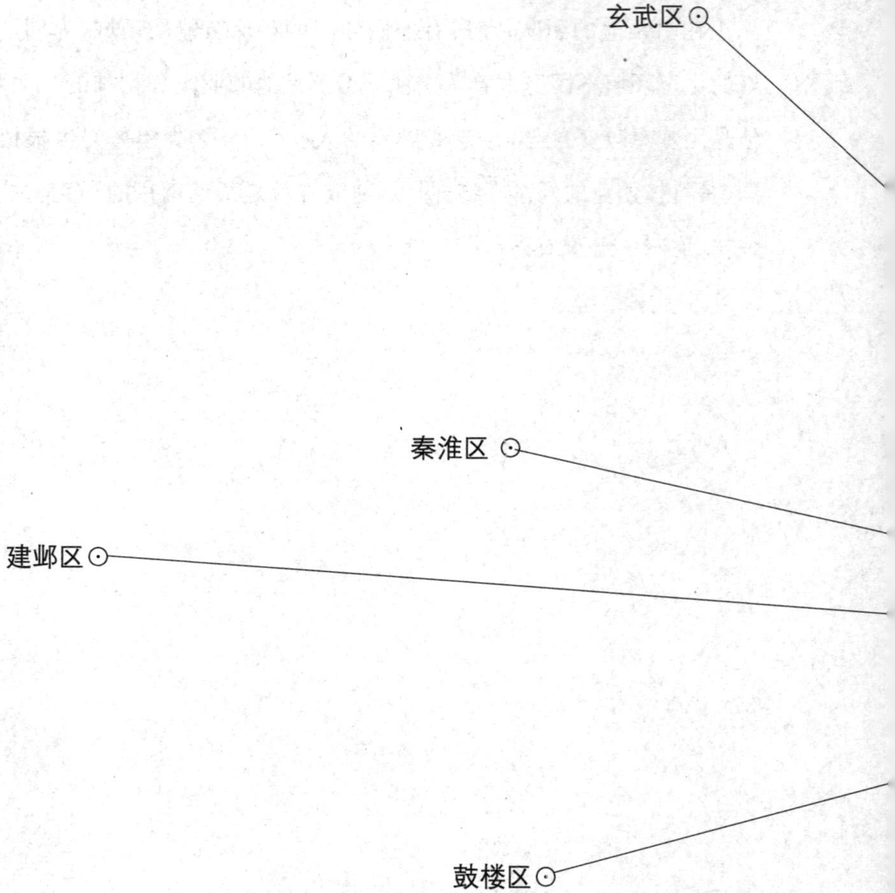

玄武区

秦淮区

建邺区

鼓楼区

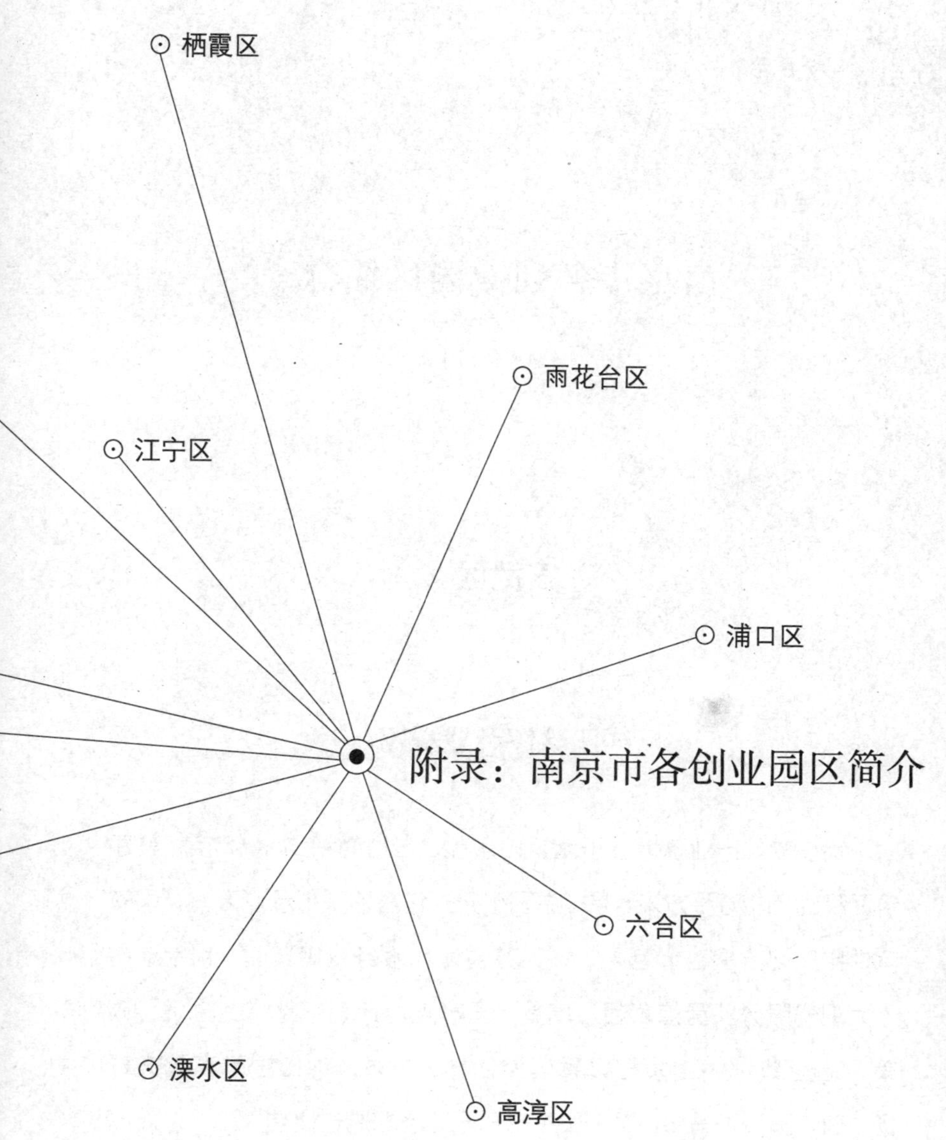

附录：南京市各创业园区简介

南京市各创业园区简介

◇ 玄武区 ◇

徐庄软件产业基地

徐庄软件产业基地位于紫金山东麓，占地面积约 4042 亩，总建筑面积约 210 万平方米，是“中国服务外包基地城市示范区”、“国家软件出口创新基地示范区”、“江苏省现代服务业集聚区”和南京市十大现代服务业重点项目，享受“国家火炬计划软件产业基地”政策。园区毗邻中山陵园风景区和仙林大学城；钟山国际高尔夫球场、南京国际赛马场、聚宝山生态公园环绕四周；仙林大道、绕城高速、312 国道、沪宁高速、宁连高速、地铁 2 号线、4 号线交汇于此。

目前园区已入驻企业 230 余家，其中世界 500 强企业 7 家，国内百强企业 7 家；通过双软认证企业 65 家；高新技术企业 27 家；CMMI3 级以上认证企业 10 家。迪比信可、戴尔等多家世界顶尖企业，以及汉王科技、东华软件、南瑞研究院、中科院物联网中心等一大批国内知名软件科技企业，苏宁总部、先声总部、福中总部等一批总部型企业先后入驻发展，已形成以神州数码、东华、迪比信可为代表的软件信息产业，以苏宁易购、途牛、猎宝为代表的电子商务产业，以中科院物联网中心、智达康、埃森、赛特斯为代表的物联网与集成电路产业，以先声、正大天晴为代表的生物技术产业，以水木动画、市文化集团、圣灵鱼为代表的数字文化产业等五大主导产业格局。

园内从业人员 3 万多人，其中具有副高级研究员以上职称的 200 多人，博士及以上学历的 200 多人，硕士研究生学历的 2000 多人。园区已有 12 人入选国家“千人计划”，21 人入选江苏省“双创引进计划”，12 人入选江苏省“333 高层次人才培养工程”，62 人入选南京市“321”计划，拥有国家级博士后工作站 8 家，国家级和省级实验室各 1 家。

钟山生命科学园

钟山生命科学园位于紫金山南麓，坐拥风景名胜区中山陵；沪宁连接线、中山门大街横贯东西，地铁 2 号线 4 个站点坐落其中，城际交通便捷；以“府校共建、十校共享”为支撑，拥有生命科学相关的 100 个技术平台，涉及生物信息、纳米材料等 38 个生命科学类专业学科，12 个博士点，33 个硕士点，10 名两院院士，生命科技基础雄厚。

园区重点围绕生物农业、生物医疗、生物医药、纳米生物技术四大产业，打造7个主题分园，一是以南京大学、江苏省中科院植物研究所和中国林业科学研究院林产化学工业研究所为支撑，发展诊断试剂、新药研制、疫苗开发，建设2.5万平方米的生命科学国际社区和3万平方米的生物医药园；二是以南京农业大学和南京林业大学为支撑，发展作物育种、动物疫苗、生物农药产业，建设8万平方米的生命信息工程园和11万平方米的生物基因产业园；三是以江苏省农业科学院和南京体育学院为支撑，发展生物信息技术、医疗器械产业，建设19万平方米的生物信息技术园和2万平方米的生命材料产业园；四是以南京理工大学和东南大学为支撑，发展纳米生物材料、纳米药物，建设3.8万平方米的纳米生物材料园；以及六合、溧水两个外延式产业基地，力争5年建成50万平方米产业载体，在孵企业200家，实现销售收入100亿元的目标。

2012年8月园区揭牌以来，目前已完成2个分园载体置换和3个园区的建设规划方案，初步建成钟山生命科学先导园。启动建设生命科学技术平台服务中心、生命科学创业辅导服务中心和高校联盟生物产业技术转移服务中心三大公共服务平台，开放共享生物技术重点实验室、生物技术创新服务平台20个；聘请了创业辅导导师20名；实现重大产业项目转化2项。区域已落户中国创赢未来金奖获得者英函、国家名师钟秦等14名生命科学的321计划人才和3名外籍专家，区域生命科学类企业总数已达70家。

紫金(玄武)科技人才创业特别社区

紫金（玄武）科技人才创业特别社区位于玄武区聚宝山南麓，紧邻徐庄软件产业园区和仙林大学城。规划总用地面积约635亩，由聚科园、聚创园、聚新园、聚智园、聚慧园、聚才山庄、聚宝科技城七个组团构成，产业规划初步定位为生物医药、集成电路设计、软件研发和互联网。特区着力建设以研发办公为主、产业服务和生活休闲为辅，集孵化器、加速器、中试用房、人才公寓、公共服务平台及配套服务设施为一体的研发创新综合体。

环境优势：充分利用太阳能、地源热泵、光导纤维、水资源综合利用等绿色科技，打造绿色生态园区。园区还融入2000余亩聚宝山公园，依山傍水，是绝佳的发展福地。

交通优势：距离市中心20分钟车程，距南京火车站8公里，距南京长途汽车东站5公里，距南京港5公里，距南京禄口国际机场30分钟车程。通过城市快速路直接连通沪宁高速、宁连高速、机场高速、绕城高速。地铁4号线在园区有站点。

配套优势：与配套成熟的徐庄软件园仅一街之隔，园区规划有人才公寓、商业等配套设施，毗邻的聚宝山公园已建成近2万平米的地下停车场。

技术优势：充分发挥玄武高校院所众多、科技人才集聚、科研项目荟萃的优势，与高校院所共建共享，建设一批在产业内领先的专业实验室、工程技术中心、检测中心，引入一批“321”人才，设立多个博士后工作站。

◇ 秦淮区 ◇

白下高新技术产业园区

白下高新技术产业园区是南京主城区内唯一的省级开发区，占地近 2 平方公里，位于南京市秦淮区东部、紫金山和青龙山的生态廊道之间，距离市中心新街口仅 8 公里，15 分钟内可到达南京车站、高铁南京南站，30 分钟内可到达南京禄口国际机场。紧邻地铁 8 号线、10 号线。周围聚集南京航空航天大学、解放军理工大学、南京农业大学等 13 家高等院校，28 所、55 所、8511 所和 63 所等 37 家科研机构，6 个国家级技术服务平台，5 个省部级、市级检测中心（实验室），1 个国家级技术成果转移机构和技术查新中心。

园区主要发展电子信息、智能交通、文化创意、节能环保、新材料、生物医药等高新技术产业。国家软件与集成电路公共服务平台云计算（南京）应用与服务平台、江苏省智能交通产业技术创新战略联盟、南京市智能交通产业基地相继在园区落户。目前园区已经集聚科技型企业 500 多家，引进南京市领军型科技创业人才 95 人，集聚院士、国家“千人计划”专家 10 人，培育省“双创计划”人才 7 人、南京市科技创业家 5 人。

园区组建全市首创的“创业风险资金池”，建立人才企业投融资“绿色通道”，自有的“白下高新小额科技贷款公司”、“白下高新小额担保公司”为秦淮区中小型科技企业投融资近 6 亿元。

晨光 1865 科技·创意产业园

晨光 1865 科技·创意产业园的前身是清末洋务运动期间，时任两江总督的李鸿章于 1865 年创建的金陵机器制造局，园区也由此而得名。园区占地面积 21 万平方米，建筑面积约 10 万平米。园区共有建筑 53 栋，包括清朝建筑 9 栋、民国建筑 19 栋、新中国成立后建筑 25 栋，是一座反映中国工业建筑历史演变的博物馆。

园区以科技创新和文化创意为主题内容，融科技、文化、商务、旅游为一体，基本实现了业态布局和品牌定位。先后被授予国家动漫产业基地、江苏省现代服务业集聚区、江苏省高品质城市空间示范项目、南京市都市产业园、南京市文化产业基地、南京对外交流基地、南京市广告产业基地、南京市科普教育基地、南京市文化产业园区等称号。

目前园区已签约入驻南京市领军型科技创业人才 32 人，南京市科技创业家 1 人。其中，国家“千人计划”专家 7 人，江苏省“双创计划”人才 4 人。

国家领军人才创业园

园区东临来凤街，西靠明城墙，北接内秦淮河，其前身是清光绪二十二年（1896）在南京设立的江南铸造银元制钱总局，占地面积

8.7万平方米，规划改造建设总面积为10万平方米，是南京主城区内位置最好的科技创业园区之一。园区被评为“中国科协海智计划江苏（南京）文化创意产业基地”和“南京市科技企业孵化器”。南京市文化产业三大平台之一——“南京市创意设计中心”也在园区落户。

园区包括创业孵化、企业加速、总部经济、技术服务、综合服务五大功能区。目前园区已签约入驻南京市领军型科技创业人才31人。其中，国家“千人计划”专家3人，国务院特殊津贴人才1人，江苏省“双创计划”人才4人。到2015年，建设国家和省市工程技术中心2家，实现在孵企业100家，孵化毕业企业25家。

瑞金科技创业创新街区

瑞金科技创业创新街区毗邻南京理工大学、南京农业大学等多所高等院校、科研机构，是从事高新技术研发、项目孵化及成果转化的理想之地。街区主要包含4个产业园:

中航科技城：引进国内外一流的航空研发机构和行政管理机构，形成具有航空及其相关产业产品的研发与试制、成果孵化与展示、国际交流与合作、市场开发与营销，以及军转民项目、金融、贸易、传媒、会展、配套生活设施和现代服务为一体的航空城。

南工院金蝶大学科技园：为省级大学科技园。形成以软件研发、电子商务、物联网技术、新能源以及动漫游戏设计等为主导产业、特色鲜明的区域总部与研发产业集群。

南京科技创业大厦：现已入驻企业29家。产业方向为信息化软件开发、系统集成、云计算应用等。

军民两用产业园：由通院、63 所组成，产业方向为通信、电子技术在民品的应用。

◇ 建邺区 ◇

南京河西 CBD

南京河西 CBD 总面积约 22 平方公里，是南京的金融中心、行政中心、会展中心、文体中心、商贸中心。交通便捷，是地铁 1、2 号线换乘枢纽，驱车 5 分钟上绕城公路，10 分钟到京沪高铁南京南站，30 分钟到南京禄口国际机场，同时也是 2014 青奥会主办场地，配套设施一应俱全。

区域金融中心——打造“南京保险创新试验区”和“江苏金融集聚区”两大金融产业平台，形成以金融产业为主导，包括文体会展、信息产业、商贸商业在内的高端现代服务业体系，努力打造成为泛长三角金融中心核心功能区。南京市每年统筹安排 6000 万元，建立河西金融集聚区金融业发展专项资金。

总部经济中心——便捷的交通网络、优美的生态环境、完善的服务配套、优惠的扶持政策以及现代化办公载体，吸引众多跨国公司、上市公司、行业领军企业地区总部落户发展。南京市每年统筹安排总部经济发展专项资金，对入驻河西 CBD，符合建邺区产业导向且年纳税规模达到30万元的企业，给予6年财政扶持。

科技创新创业中心——以CBD科技企业孵化器和海峡云谷科技园等载体为中心区域，建设科技创新创业中心。CBD科技企业孵化器已吸引包括国家“千人计划”特聘专家、江苏省“双创计划”人才、南京市“321引进计划”人才及知名高校和科研院所教授等50余名海内外高层次人才项目入驻。海峡云谷科技园以云技术产业链的研发和运用为高科技引入主线，集聚国际与两岸三地高级专业人才和优秀科技企业、研究机构、专业服务机构，致力于打造华东地区第一个“云计算”研发、应用基地。

南京新城科技园

新城科技园于2003年成立，是主城区规模最大的高新技术产业园。被授予“国家广告产业园”、“国家电子商务示范基地”、“国家移动互联特色产业基地”和“中国（南京）游戏谷”等4个国家级产业园和“江苏省现代服务业集聚区（科技服务类）”、“江苏省软件和信息服务产业园”、“江苏省科技产业园”、“江苏省文化科技产业园”等4个省级产业园。

经过十年发展，新城科技园区现已形成以广告创意、游戏动漫、电子商务、移动互联、软件信息、生命科技等主导产业为主的产业集聚。引进了包括中冶华天、中核华兴、中国电信、中国移动、大唐电信、烽火科技、联想科技等一批知名企业1490家，其中世界500强企业9家，国内500强2家，上市公司22家，省属和省级改制企业 20 多家。中国电信、中国移动、中国联通三大运营商均在园区设立了全国游戏基地，大唐、烽火、联想等在园区设立了亚洲或地区研发中心。2012 年 4 月天泽信息产业股份有限公司在深交所创业版成功上市，成为首家园区培育上市的企业。园区现有 3 家企业年销售收入达到百亿以上。2013 年园区实现技工贸收入达 2400 亿元（含南京烟厂、雨润集团）。

目前，园区已建成国家级实验室 2 个、省级技术平台及省级工程中心和省级技术中心 31 个、院士工作站 2 个、博士后工作站 3 个。引进两院院士 3 人，国家"千人计划"34 人，省"双创计划"28 人，获省级以上称号的高层次创新创业领军型人才 100 多人，"南京 321 人才"中领军型科技创业人才 113 人、培育科技创业家 9 人。园区企业中有 30 多项技术在全国领先。

园区功能配套完善，引进和建成了"南京人才分市场"、"南京市技术创新服务中心"、"中国南京产业与资本促进融合中心"、南京市 VC/PE 紫金俱乐部、南京市中小企业服务中心等 12 个公共服务平台。建成了"南京新城国际企业孵化器"、"东南大学国家大学科技园（建邺）"、"南京长江高新技术创业服务中心"、"紫金（建邺）科技创业特区创业服务中心"等 10 个创业发展平台。

南京江东商贸区

江东商贸区地处河西新城北部，区域面积约 10 平方公里，以商务商贸和文化旅游为主导产业，着力发展城市综合体、特色园区、总部经济等经济形式，是建邺四大功能园区之一。

园区交通便捷，20 分钟到达高铁南京南站，45 分钟到达禄口国际机场，8 分钟到达新街口。青奥产业园已汇聚青奥元素为主题的十八个领域的领军型青奥龙头特许企业。国家电子商务示范基地——江东产业园，是南京市第一家电子商务专业楼宇，已建成中国国际电子商务中心江苏代表处和南京市电子商务协会两个电商平台，引进了 22 家电商企业。周边高端载体集中，万达广场、沃尔玛、国美、万达影城、五星级希尔顿酒店、金鹰新天地等构成了全市建筑面积最大、投资额最高的城市综合体之一。对来园区创业的高端人才与重点项目，在享受市区相应扶持政策的同时，园区另外配套提供建邺区“八个一”服务政策。

新加坡·南京生态科技岛园区

新加坡·南京生态科技岛园区位于南京市建邺区江心洲，为长江中的一个洲岛，西隔长江主航道与江北相望，东隔夹江与主城相邻，面积 15 平方公里，是长江沿线各大城市中唯一位于主城范围、区位优越、环境优美的江中洲岛。

该园区由新加坡仁恒置地集团、胜科集团，与南京市及建邺区共同开发建设，是继苏州工业园之后，江苏与新加坡合作的又一重大项目，也是迄今为止南京对外经济技术合作中规模最大的一个整体合作项目。

园区突出以高端科技服务产业为主导，预计总投入规模在千亿元以上，将建成世界级的“生态科技城，低碳智慧岛”。总建筑面积约 700 万平方米，其中科技产业载体占 45%、生态住宅占 45%、公共配套载体占 10%，到 2018 年左右基本建成。项目定位为是建设科技研发、创意智慧和高端总部高度聚集的国际化产业园区；顶级人才、高新项目和国际资本有效对接的国际化发展平台；持续发展、生态文明和社会和谐相互交融的国际化示范社区。

◇ 鼓楼区 ◇

南京科技广场创业服务中心

南京科技广场由南京市科学技术委员会、鼓楼区人民政府、南京工业大学三方共同创建于 2008 年，位于新模范马路南侧、中央路西侧。周边聚集了南京工业大学、中国药科大学、南京邮电大学和国网电科院、国电南自、十四所、长江机器集团等一批国内外著名的高校、院所和央企，并有 10 多名两院院士在此生活，具有浓郁的学术氛围。

南京科技广场具有六大功能：科技资源整合与优化功能、科技文化与形象集成功能、科技信息资源库功能、科技事业智库功能、科技成果交易和输出功能、科技产业创新孵化功能等六大功能；建成八大服务平台：科技政务服务平台、专利技术展示与交易平台、科技中小企业孵化平台、动漫技术公共服务平台、企业家交流合作平台、科技投融资服务平台、高层次人才创业服务平台和专业技术创新服务平台。

由南京科技广场创业服务中心发起的江苏省高层次人才创业服务中心（江苏人才工作网）打造南京高层次人才“创业驿站”，为有志于扎根南京的高层次人才提供专业的开放式创业服务体系。

创业驿站基于实体办公室与虚拟办公室两种经营形态，透过“行政秘书＋创业导师＋天使投资＋营销协助＋舆情分析＋专利战略”的系统服务模式，致力于打造服务资源整合平台、公共设施支持平台、工作秘书服务平台、创业导师顾问平台、创业投资成长平台、产品营销协助平台等六大工作平台。截至2013年底，南京高层次人才创业驿站共引进高端人才58名，其中“321”人才20名、省“双创”人才2名，“紫金”人才3名，“333”人才1名，自主培育1名创业类国家“千人计划”人才。

紫金（模范路）科技人才创业特别社区

社区地处南京中心城区内环高架古平岗立交旁，充分依托十四所在电子科技等领域的研发技术优势，集聚大学、大院、大所、大企业为一体的高科技创新园区。

高端软件和新兴信息服务业——重点发展通信系统管理、网络信息服务、大型实时数据库、信息安全软件、云计算、移动互联网、电子商务、高端服务外包等领域。

物联网产业——大力推进物联网核心技术和关键技术的研制和

应用，组织实施智慧医疗、平安应急、智慧家居、智能交通、智能节能环保等重点领域应用示范工程，推动物联网产品、软件、系统集成、运营服务等核心领域的发展，打造全国有影响力的物联网研发和应用核心区、先行区。

节能环保产业——以节能环保新材料、系统控制技术、绿色建筑设计、能源计量、余热综合利用、有机废水治理、节能中介服务、风电转化关键技术等为重点发展方向，打造节能环保成果转化和孵化基地。

特别社区先导区——紫金智梦园，建有孵化器、加速器和总部及服务配套，为花园式绿色生态园区。设有“创业支点”公共服务平台，为创业人员提供，包括创业培训辅导、创业投融资、凤凰人才服务中心、法律服务、知识产权、项目申报服务等全方位创业服务。已有30名南京“321”领军型科技创业人才入驻园区，集聚千人计划专家5名，海归创业中集聚海归创业人才超过20人。

园区配套政策——入选鼓楼区凤凰人才计划，经评估后提供10—100万元扶持资金或等值补贴；三年内，按入选者缴纳个人所得税区留成部分给予全额奖励；自获利年度起3年内，按入选者创办企业缴纳企业所得税区留成部分给予企业全额奖励，之后2年给予企业50%奖励；国家“千人计划”入选者，再给予100万元扶持资金或等值补贴；享受鼓楼区优质教育资源；优先推荐各类计划申报。

紫金(下关)科技人才创业特别社区

紫金（下关）科技人才创业特别社区位于鼓楼区的东北部，背靠幕府山、东接乌龟山、西临余家山、内拥仙人湖。作为幕府山新产业区的科技产业板块，未来将建成总建筑面积约47万平方米的生态园林式科技创业基地。特区构建“一轴四片”的发展格局，形成一条串联园区各片区的“景观轴”；串联起四分之一科技创业孵化器，二分之一企业加速器和中试用房，四分之一人才公寓、科技创业总部基地和配套设施“四大片区”，实现创业、生活、休闲三种城市功能的集聚。

特区与东南大学合作，新建了“东南大学国家大学科技园下关园区”与“东南大学学生创新创业基地”，着力培养高层次创新型技术人才，积极打造国家级工程中心。特区已搭建“知识产权公共服务平台”、“国际服务外包公共平台”、“科技金融服务平台”，打造“中国科协海智计划江苏（南京）节能环保工作基地”、“专家服务基地”，最大程度满足每一位人才的创业、发展需求。

特区有别墅化独栋办公楼、LOFT式花园联排、双层挑高式开敞空间、小户型孵化空间，为创业者提供更多的选择空间。人才公寓、员工餐厅、休闲会所、静谧书吧、特色咖啡、旅游健身，“社区化”模式让生活无忧。现已累计引进和培养“南京市领军型科技创业人才”24人，成功培养“南京市科技创业家”1人，集聚国家“千人计划”特聘专家2人，形成了节能环保、新一代信息技术和文化创意等三大主导产业集聚格局。

◇ 栖霞区 ◇

江苏生命科技创新园

江苏生命科技创新园由栖霞区和仙林大学城管委会共同出资，创建于 2009 年。园区紧邻 312 国道和长江四桥，占地 675 亩，总建筑面积约 70 万平方米。先后获得“江苏省特色产业园”、首批“江苏省科技产业园”、“南京现代服务业集聚区”、“南京市新兴产业基地”、“国家生殖健康产业基地”、“江苏省科技企业孵化器”、“江苏生命科技园生物医药协同创新服务示范基地”称号。

园区着力打造国内最具竞争力的“生物医药产业研发创新中心、生物医药服务外包中心、健康产业中心”；全力建设生命科技行业“领军企业汇聚、高端人才集聚、前沿科技成果迸发”的创业创新高地；充分发挥现有产业基础和资源禀赋，在“生物医药、医疗器械、生殖健康”等多个领域形成新的竞争优势。已有江苏联环、湘北威尔曼、北京双鹭等 10 家企业总部项目签约入驻，并有江苏开元医药、江苏正大丰海、南京斯贝源等 60 多家孵化器企业签约落户。南京大学、南京师范大学、中国药科大学、南京中医药大学的多个重点实验室、研究中心进驻园区，助推栖霞成为生物医药领域的“硅谷”。

已引进领军型科技创业人才20名，高层次人才350名，其中博士100余名；具有教授以上职称的专家40余名，其中诺贝尔奖获得者1名，国家“千人计划”4人，国家级专家19人，海归专家14人。入园企业、实验室在研课题450项，其中国家级课题170项。2012年1月，江苏省首个“诺贝尔奖得主工作室”落户园区。

南大科学园

南大科学园是仙林大学城管委会和南京大学共同打造的“政产学研金”合作载体，一期规划占地面积600余亩，建筑面积约60万平方米。

园区与南京大学、南京理工大学和南京师范大学等高校合作，重点引进了包括中国南海研究协同创新中心、水污染控制先进技术与装备协同创新中心、人工微结构与量子调控协同创新中心、先进微纳米材料及装备协同创新中心及学校教育人才培养模式协同创新中心等五家省级以上协同创新中心。

在人才创业方面，园区为创业人才提供教育培训、创业苗圃、孵化器、加速器等全过程、专业化的服务。南京大学与美国纽约大学理工分校、英国华威大学共同创办的创新创业学院已经入驻。园区共引进了5名院士领衔的科技创新团队，4名国家“千人计划”专家、4名江苏省“双创”人才和19名南京市“321”人才。

在产业培育方面，园区重点围绕“电子信息”和“绿色环保”两大主导产业，洽谈引进了“中国游戏数码港”、“环保部南京环科所科研新区”、“中合集团绿色节能创新基地”和“南京大学高科技产业孵化创新基地”等一批龙头项目，新近入园的各类科技型企业约100家。

金港科技创业中心

金港科创中心地处仙林大学城和国家级经济技术开发区中间地带，被科技部认定为国家级科技企业孵化器。重点以物联网、电子信息、新材料、智能光电、科技服务等产业为园区重点培育发展方向。

金港科创中心南依钟山、北临长江，形成得天独厚的区位优势。新生圩港、龙潭深水港以及国家级出口加工区、海关保税区与园区相邻；周边有宁沪高速公路、宁杭高速公路以及长江二桥、四桥等公路主干线；沪宁城际铁路站台与园区入口紧邻，到上海仅需55分钟，15分钟可抵达南京火车站，40分钟可抵达禄口国际机场。

中心现有各类高新技术企业达90家，各类科技创新平台24个，重点实验室43个；每年专利申请超过2000件，转化的科技成果达百件。已集聚硕士以上学位或副高以上职称人才一百多人，7人入选中组部“千人计划”，4人入选江苏省“双创”人才计划，40人入选南京市“321”人才计划，1人入选江苏省“企业博士聚集”计划。

南京紫东国际创意园

园区位于南京紫金山东麓、仙林新城区，2009年1月成立，园区总占地面积1000亩，规划容积率0.8，建筑密度14%，绿地率65.8%，是南京市环境质量、空气质量、视觉空间感受最好的区域。2013年园区被认定为中国（南京）工业设计谷、江苏省工业设计示范园区。

主要创业政策：

一、优先推荐申报江苏省“双创”计划、南京市“321”引进计划、南京市高端团队计划，经评审通过后，获市、区两级资助资金可达100万—1300万；

二、经评审和双方协商，根据投资规模和项目进度，对引进的人才团队，由科技创业风险投资基金给予不低于200万的创业投资；

三、国家“千人计划”人才来区创业，直接给予100万元的资金资助；江苏省“双创”计划人才在栖霞区创业，并申报入选南京市“321引进计划”，给予50万元资金资助；

四、开展知识产权质押贷款，依据知识产权的评定，分别给予50万元、100万元、200万元的贷款；

五、在购买自住商品房、南京蓝卡、子女入园入学、医疗保健等方面给予特殊政策和绿色通道。

◇ 雨花台区 ◇

中国(南京)软件谷

中国（南京）软件谷是中国首个软件名城南京的核心区与标志区，规划总面积 70 平方公里，下辖紫金（雨花）科创特区、雨花数字出版基地（国家级）、雨花经济开发区等专业园区，是国家软件和信息服务业示范基地、国家级高层次人才创新创业基地、国家火炬计划现代通信产业基地、国家级科技企业孵化器、国家级服务业标准化试点园区、国家知识产权集群管理试点园区。

软件谷交通便利。谷内有多个地铁站；距禄口国际机场 20 分钟车程；谷内有亚洲最大的高铁南京南站，到北京、武汉 3 小时，到上海、合肥 1 小时。

软件谷 2013 年产业产值达 1005 亿元，是国内首个突破千亿产值的专业化软件园区，已形成龙头企业带动，骨干企业、中小企业优势互补的完整产业链。已集聚软件企业超 1000 家（其中规模以上企业超过 400 家），现有华为软件、中兴通讯、IBM、SAP、DELL、MARVELL、趋势、东软、苏宁、联想、酷派、中电十四所、京东、神州数码、富士通、北大南京研究院、润和软件、北大科技园、南大数码科技园、南京信息工程大学科技园等一批国内外知名企业或研发机构。

软件谷人才荟萃，已汇集软件研发人员超10万人（其中硕士以上人员超4万人），总规模位居国内同类园区前列。软件谷服务体系健全，服务平台完善，服务队伍专业，连续获评国家级园区服务金口碑奖。

紫金（雨花）科技人才创业特别社区

紫金（雨花）科技人才创业特别社区位于软件谷内，是南京市首个挂牌的创业特区，是南京最大的创业特区，建成了南京大学生创业园、归国留学人员创业园、高层次人才创业园、移动互联网创业园、数字新媒体创业园、文化产业园、生物医药创业园等各类孵化器12个，入孵企业近1000家。

企业入驻紫金（雨花）科技人才创业特别社区，符合《紫金（雨花）科技创业特别社区扶持政策》，可在工商登记注册、公共技术服务、创业辅导、投融资对接、知识产权、人才引进等方面享受综合配套服务和扶持。首租经营场地视企业情况给予三年“零租金”待遇；在三年孵化期内，按其所缴纳增值税地方留成部分的额度，予以返还奖励，专项用于创业企业的创新活动；孵化毕业企业转入“加速器”的企业，视企业发展情况经营场地租金可给予两年减半的待遇。

◇江宁区◇

江宁国家高新技术产业园

江宁高新园创建于1994年，2013年成功创建国家创新型特色园区，获批国家创新人才培养示范基地。经过二十年的发展，江宁高新园建成了高新技术产业区、江宁大学城、方山风景区三大功能区域，构筑了生命科学、高端装备制造和现代服务业三大产业发展格局。

园区累计引进美国、德国等15个国家和地区的600多家企业，投资总额累计超过47亿美元。培育高新技术企业30家，规模以上科技型企业50余家。累计引进两院院士8名；培育和引进“千人计划”20名；引进“万人计划”专家3名；江苏省创新团队2家，江苏省“双创”人才15名；南京市高端人才团队1家，南京市科技创业家3名，市“321”人才88名。集聚各类人才创业项目150多个，创业项目注册资金累计超过2亿元，创业项目年度产值突破2000万元，并有4家企业承担国家和省重大专项，4家企业参与制订国家和行业标准。

高新园建成了“千人之家”、“321人才大厦”、创意180、方山当代艺术营等孵化载体；园区还与南京新工集团医药研究院共建了生命科学公共技术平台，为创新创业企业提供专业化服务。在创新创业“软”环境的培育上，先后成立了科技创业服务中心、投融资促进中心，为园区各类创新孵化企业提供商务咨询、专业培训、人才沙龙、科技申报、投融资等服务。2013年高新园入选江苏首批“江苏省科技金融服务中心”，“公共财政引导＋市场化运作”的科技金融扶持体系已经初步形成；同时还设有天使资金，牵头组建“政产学研风创投联盟”，全面实施股权投资战略。

江宁滨江经济开发区

南京江宁滨江经济开发区创办于2003年10月，为省级开发区，距南京主城25公里，距江宁东山新市区20公里，是江苏实施沿江开发的第一站。

滨江开发区以先进装备制造业为定位，重点发展机械装备制造、电子电力设备制造、专用及通用设备制造、交通运输设备制造等先进装备制造业，积极培育电子信息、新能源、新材料等高端产业。先后建设了科创中心、归国博士创业园、科创社区、滨江科创园四大载体平台，目前已累计引进企业400多家，一个以精密机械制造、船舶机械制造、大型设备制造、电子信息产业为主导的先进装备制造业基地雄姿初现。2013年滨江科创中心被评为省级孵化器，还将建成南京市战略新兴产业创新中心、南京市小企业创业基地。

园区人才扶持政策：

1. 入选国家“千人计划”、省“双创”计划、南京“321”计划、江宁“创聚工程”的人才，提供不少于100平方米的工作场所和不少于 100 平方米的人才公寓，三年内免收租金。

2. 凡被列入国家、省、市、区各类培养计划的资助人才（团队），将给予 100 万—200 万元的创业启动资金，根据项目需求，提供 150 万—300 万元的创业投资和 150 万—300 万元的融资担保。

3. 为入驻企业提供便捷的融资渠道，给予提供融资担保业务的社会担保机构年累计担保额 2.5%的补贴。

4. 为入驻企业提供工商注册、税务登记、银行开户等商务服务；提供政策、管理、培训、信息等咨询服务；提供专业代理、技术合同认定、认证咨询等科技中介服务。协助企业申报各级各类科技计划项目和各种资质认定项目。

南京紫金(方山)科技人才创业特别社区

紫金（方山）科技人才创业特别社区位于江宁大学城教育功能核心区内。规划面积 1.82 平方公里，重点发展生命科学、科技金融两大主导产业。特区目前集聚了包括默沙东、先声、康缘、金斯瑞等 120 家生命科学企业，形成了良好产业集聚效应；聚集了包括施一公教授在内的“千人计划”专家 15 人，“万人计划”专家 4 人，生命科学领域内专家教授 238 人。

紫金（方山）科技人才创业特别社区包含 A、B 两片区域。A 区总建筑面积 200 万平方米，主要由企业总部、生命科学创新中心、创新孵化基地及研发集群组成。B 区总建筑面积约 50 万平方米，以生命科学项目为主体，重点发展数字化、网络化、微型化项目的孵化和研发，主要由核心总部、交流中心、高新孵化器、国际人文社区组成。

南京紫金(吉山)科技人才创业特别社区

紫金（吉山）科技人才创业特别社区，占地4.58平方公里，位于江苏软件园区域内，坐拥银杏湖、白鹭湖、牛首山、石塘竹海等生态资源优势，拥有京沪高铁南京南站、宁杭高铁、南京禄口国际机场、机场高速、机场轻轨线、南京二环、三环、绕越公路等便捷通达的交通体系，是南京打造中国人才与创业创新的先导区与示范区。

紫金（吉山）科技人才创业特别社区确立“智慧应用、移动互联、信息安全和云计算”等“3＋1”的特色产业集群，吸引微软、惠普、甲骨文、中国电信等国内外知名软件企业纷至沓来，并引进“千人计划”专家2名、南京“321”计划人才18名。已建设微软（南京）IT学院、惠普软件测试中心、中国电信南京云计算中心、国家级软件产品质检中心、甲骨文软件人才创新中心和中软国际人才培训基地等公共技术服务支撑体系。同时，根据园区四大特色产业集群格局，前瞻布局具有技术创新引领的软件开发生命周期平台、信息安全技术平台、云服务中心和体验中心等四大功能型平台。

南京紫金(江宁)科技人才创业特别社区

紫金（江宁）科技人才创业特别社区，成立于2012年12月，位于江宁区“上秦淮”规划的核心区域。规划总用地面积约4.62平方公里，分为未来网络科技孵化核心区、未来网络科技加速区（科技产业总部经济区）、公共服务中心三个板块。

特区依托中国无线谷、东南大学南京通信技术国家实验室、南京大学江宁科技园、未来网络产业创新中心和中科院南京宽带无线移动通信研发中心等创新资源，打造国家级通信与网络工业化产业基地和创新型产业集群。目前已引进思科创新中心、华润燃气研发中心、创维研究院、3D打印研究院等100多家科技创新型企业、龙头企业及研究中心，并吸引1名院士、3名“千人计划”专家和11名“321”人才入驻园区。以中国工程院唯一3D打印专家卢秉恒院士为核心的中国3D打印研究院完成落户，正加速3D应用技术的技术转移和成果转化。

特区突出“专业化、集聚化、信息化，国际化、人性化、社区化”的六大特征，其中U湖未来网络科技创业孵化器为南京市重点项目，集科技创业孵化器、加速器、科技创新、功能提升等多功能为一体，目前其10万平方米的裙楼已经投入使用，其功能为科技孵化、中试、加速，也为高科技创业人才及创业企业提供科技展示、产品发布、高端论坛、科技研讨、住宿餐饮等配套服务。

◇ 浦口区 ◇

浦口经济开发区

浦口经济开发区创办于 1992 年 6 月，为省级开发区，现有隧道、三桥和桥林新区三大园区。新区启动以来共引进项目 65 个，总投资近 530 亿元，其中单体投资 10 亿元以上项目 20 多个，产业集聚效应初步显现。先后引进各类人才 30 多名，其中国家“千人计划”人才 2 名、省“双创”人才 4 名、市“321”人才 16 名、科技创业家 5 名、“紫金”人才 1 名、“333”高层次人才 1 名。

开发区主导产业格局初步形成，汽车机车、食品药品、新材料新能源和电力电器四大特色园区正在加快发展，拥有国家火炬计划南京浦口生物医药产业基地、国家生化工程中心、国家级南工大科技产业园、国家级的孵化器鼎泰药物检测平台等众多特色产业平台。

开发区创新孵化平台不断加强，逐步形成以分离膜科技产业园、南工大科技产业园和鼎业百泰科学园等为代表的科技创新创业载体。截至“十一五”末，开发区“三创”载体建设总面积为 6.6 万平方米，入驻企业 57 家，其中孵化企业 39 家，创新平台 5 家，现有企业院士工作站 2 家，省级以上研发平台 9 家。

园区与南京主城相连的有南京长江大桥、二桥、三桥、南京长江隧道、板桥汽渡等，在建的有纬三路过江隧道、锦文路过江隧道。

未来将有五条地铁或轻轨线实现浦口区与其他区县的无缝对接。距南京禄口国际机场仅 30 分钟车程。东面有长达 8.3 公里的长江深水岸线，规划有 49 个 5000 吨及以上泊位的七坝港区正在建设，将为新区提供便捷的水路运输。

南京紫金(浦口)科技人才创业特别社区

紫金（浦口）科技人才创业特别社区地理位置优越，周边纬三路长江隧道、3 号线和地铁 10 号线 2014 年通车，规划建设的轻轨 11 号线穿区而过，京沪、宁合等 8 条高速公路四通八达，10 分钟可达主城区，20 分钟可达高铁南京南站，40 分钟可达禄口国际机场。

特别社区围绕电子信息（软件服务）、新材料新能源等主导产业，整合聚集各类科技创新资源，以孵化器、加速器等“三创”载体建设为突破口，带动技术平台、公共服务平台、科技担保、中介机构建设。“十二五”末，特区将建成孵化面积 100 万平方米，在孵企业超过 1000 家，毕业企业 600 家，培育高新技术企业、创新型企业 100 家。

紫金（浦口）科技人才创业特别社区已引进国家“千人计划”人才 1 名、南京“321”计划领军型科技创业人才 7 名，引进科技型、创业型企业 40 个。南京光纤传感产业基地已落户特区，该基地将被打造成国家级光纤传感基地。

社区重点发展电子信息（软件服务）、新能源、新材料等主导产业，还将积极培养其他新兴产业，配套发展科技服务业，产业形态以孵化、加速以及研发中心加总部为主，已吸引南京昕天卫光电、南京科孚纳米等一批高科技企业。天津大学—浦口光纤传感协同创新中心、浦口大学生创业孵化基地等一批核心平台载体正在积极推进建设中。

南京工大科技产业园

南京工大科技产业园为国家大学科技园的产业孵化区，并作为教育部“2011 计划高校”先进生物与化学制造协同创新中心的产业培育平台。园区总占地 222 亩，总投资约 10 亿元，形成了集研发办公楼、科技孵化厂房、人才公寓、餐饮中心、职工之家等配套完善的企业孵育基地，适于各类科技型中小企业进驻发展。

园区充分借助南工大百年办学雄厚实力，重点打造新材料、新能源、先进智造、生物医药、新型化工、软件及信息技术、科技服务业等与南工大优势学科紧密结合的主导产业，现已汇集国家“863”“973”项目单位、省部级重点研发机构项目单位、跨国集团研发中心、高新技术企业、民营科技企业等为主的科技企业 90 多家，其中拥有省级以上科技企业资质认定的近 30 家；高端人才集聚，有国家“千人计划”人才 2 名、省“双创”人才 2 名、省六大高峰人才 2 名、南京市“321”人才计划总计 10 名、南京市“紫金”人才计划 2 名等，科技人才就业 1000 余人，创新创业氛围浓郁。在园企业共承担了市级以上科技类项目 21 项，其中有“国家科技重大专项”1 项、国家“科技型中小企业创新基金”4 项、江苏省科技成果转化资金一项等；获得市级以上产品荣誉认定16项，其中“中国专利金奖”1项、“江苏省科学技术一等奖”1项等；新建市级以上研发机构4项，其中江苏省工程技术中心1项、省级企业院士工作站1项等。

园区拥有国家科技部、教育部认定的“国家大学科技园”、“国际科技合作基地”，省经信委认定的“江苏省小企业创业示范基地”，省科技厅认定的“江苏省科技企业孵化器”，市政府各有关部门授予的“南京市科技成转化产业基地”、“南京市青年创业实践基地”、“南京市首批中小企业公共服务平台”、“南京市专家服务基地”、“南京市大学生创业园”等资质称号及配套扶持政策。

◇ 六合区 ◇

六合经济开发区

六合经济开发区建立于1993年，先后荣获“中国最具投资潜力开发区”、“江苏省信息化和工业化融合示范区”、“江苏省汽车及零部件特色产业基地”、“江苏省新能源汽车及零部件特色产业园”、“南京市节能环保新兴产业基地”等荣誉称号。到2013年末，园区共有落地企业438家，其中工业企业339家，三产服务业企业99家；全年实现国内生产总值250亿元，公共财政预算收入22亿元。

江北大道横贯开发区南北，区内有宁连、宁通、宁淮、宁徐、宁埠五条高速公路，正在建设中的南京六合机场离开发区只有10分钟车程。宁启铁路穿区而过，并设有六合站和货运站。15 分钟车程到达 5 万吨级西坝港区；30 分钟车程达到南京火车站；50 分钟车程到达南京禄口国际机场；3 小时车程可到达上海。

园区产业主要包括高速铁路、大型飞机、卫星导航等。以机械制造为主，在引进新能源装备、海洋工程、智能制造装备、新能源汽车上取得新突破，预计未来三年高端装备制造业总产值将达到 700 亿元，全力打造“高端装备产业集聚区”。节能新材料产业和节能环保设备产业为开发区又一经济增长极，聚集了菲时特、恒翔保温、丰彩、彤天科技、振申泡沫玻璃、天诗科技、鑫溢新材料等一批知名企业，全力打造“新材料特色产业领先区”。

对于入选“六合英才”的优质项目，开发区给予 100 万—300 万元的创业启动资金，200 平方米的创业场所，超过 100 万元的贴息贷款；其中公司聘用“985”高校的本科生、硕士研究生、博士研究生的，3 年内每人每年可享受 2 万、3 万、4 万元的人才补贴。

紫金(六合中山)科技人才创业特别社区

紫金（六合中山）科技人才创业特别社区位于南京江北新城区，毗邻南京高新区、南京化工园区以及扬子石化、南钢集团等众多大型企业。特区总规划面积 4.27 平方公里，重点发展生物医药（包括医疗器械、诊断试剂）、节能环保（包括智能装备、信息技术）两大主导产业，是集科技项目孵化、加速和转化“三位一体”的全方位科技创业培育载体。截至 2013 年底，紫金（六合中山）特区共引进领军型科技创业人才94人，其中“千人计划”专家3名、省“双创”人才2名；“紫金”人才计划1名；引进“六合英才”23人；培养科技创业家3名；创建省级大学科技园1个、省级孵化器1个、市级孵化器2个。

特区在南京化工园内拥有67000平方米的原料药中试基地，天然气、蒸汽年内入园，为生物医药项目提供了不可或缺的必要条件，目前已拥有基蛋生物、长澳制药、柯菲平医药、康倍得药业、九霄药业、康龙威医学康复工程等多家成熟生物医药企业。

特区对入园项目提供适应办公、研发、小试、中试及规模化生产的综合性创业场所，以及交通、住宿、餐饮等生活配套条件，给予企业在集中招聘、风投对接、专利及项目申报等方面的服务与必要的创投支持，并全力扶持科技企业上市。

◇ 溧水区 ◇

紫金(溧水)科技人才创业特别社区

紫金（溧水）科技人才创业特别社区位于溧水经济开发区空港经济区内，包括科技创业特别社区和国际企业研发园两部分，规划面积合计10.5平方公里，2012年2月揭牌成立，重点引进培育航空航天、电子信息、新能源、新材料和新能源汽车等一批科技含量高、人才集聚度高的新兴产业。

科技人才创业特别社区 4.9 平方公里，区内功能区包括孵化创业和加速中试中心 205.5 万平米，产业园区 190.75 万平米，居住及配套 195.94万平米。该社区将成为一个集科技企业孵化加速器、中试厂房、人才公寓及相关配套设施于一体的综合性科创社区。

国际企业研发园占地 5.6 平方公里，区内功能区包括企业总部办公 30 万平方米，孵化创业中心 54 万平方米，加速中试中心 143 万平方米，毕业企业产业园 212 万平方米。园区临近南京禄口国际机场，将技术先进成具有国际视野，集航空制造和基础研发、高科技企业孵化加速器、毕业企业产学研复合基地和空港企业运营中心为一体的综合园区。

紫金（溧水）科技人才创业特别社区先导区——“国家千人智慧创业园”已经被认定为市级孵化器，总面积 4.5 万平方米，为国家“千人计划”专家和入选南京市“321”人才的项目提供办公孵化，到目前为止，共入驻项目 32 个，其中国家“千人计划”专家项目 6 个，南京市“321”人才项目 28 个。国际企业研发园内的汇智产业园可以为人才项目的小试、中试和生产提供 5.5 万元平方米中试厂房。

永阳科创中心

永阳科创中心位于溧水区城南新区，距宁杭高速 5 公里、溧水高铁站 10 公里、禄口国际机场 15 公里，紧邻宁溧轻轨 S7 线，总面积 2.53 万平方米。中心共引进科技型项目 40 个，电子信息类占

45%、高端装备制造类占 18%、节能环保类占 18%、新材料类占 14%、其他 5%，领军型科技创业人才项目 31 个，科技创业家项目 1 个，国家“千人计划”人才项目 3 个；非“321”科技型项目 3 个；现代服务业项目 2 个。科创中心被江苏省科技厅认定为溧水区唯一一家省级科技孵化器；被中国科协认定为全市首批唯一一家中国科协海智计划江苏（南京）高端装备制造业基地。

中心引进了南京银行溧水支行服务处、工商银行溧水支行、南京中信会计事务所、南京苏高专利商标事务所、江苏全衡律师事务所、溧水区中小企业担保有限公司、五星物业管理有限公司、启程人力资源有限公司等一批中介服务机构。

在中心入选“市领军型科技创业人才引进计划”的，提供不少于 100 平方米的办公场所和不少于 100 平方米的人才公寓，三年内免收租金。入选企业获利三年内，企业所得税区以下留成部分给予奖励。重点项目给予 250 万元创业启动资金，落实不低于 300 万元的创业投资和不低于 300 万元的融资担保；一般项目给予 130 万元创业启动资金，落实不低于 150 万元的创业投资和不低于 150 万元的融资担保

在中心入选“市高端人才团队引进计划”的，给予入选团队 300 万元的人才经费资助和 1000 万元项目经费资助；入选团队在引进企业工作期间所产生的职务发明创造，获得国际发明专利授权的，每件给予 5 万元奖励。

在中心入选国家“千人计划”和省“双创”计划创业类的，按 1∶1 配比创业启动资金。在外地入选来中心的，分别给予 150 万元

和80万元的创业启动资金。

在中心入选“急需紧缺创业人才引进计划”的，给予50万元创业启动资金。入选“市领军型科技创业人才引进计划”的，还将在购房上享受系列补贴，最高可享受60万元。

◇ 高淳区 ◇

紫金（高淳）科技人才创业特别社区

紫金（高淳）科技人才创业特别社区设计为“一区三组团”发展格局，分滨湖科技园、国际企业研发园和城北科技新城。其中：滨湖科技园楔入固城湖国家城市湿地公园内，面积约4平方公里，规划建设研发与孵化区、人才公寓和配套设施。国际企业研发园位于省级开发区高淳经济开发区内，面积为6平方公里，布局为大科技园、后勤服务区、研发办公区、产业加速区、毕业企业产业区。城北科技新城位于城区北部，面积为6平方公里，以发展总部型经济、现代服务以及生活配套功能为主的科技新城。

对入选南京“321”计划的领军型科技创业人才，在参照执行并优于南京市科技人才创新创业扶持政策、保障创业成本尽量最低的条件下，充分发挥高淳生态环境优势，重点突出住房保障优惠政策。

（一）特色政策：提供不低于200平方米的人才公寓，三年内免收租金。在淳工作分别满三年、五年的，在购买房屋产权时，可分别享受3000元/平方米和5000元/平方米的购房补贴。

（二）创业项目：提供150万元的创业扶持项目启动资金（重点项目300万元）。提供不少于200平方米工作场所，三年内免收租金。根据项目投资需求，提供不少于300万元的创业投资资金和不少于300万元的融资担保。

（三）金融财税：

1. 依据知识产权的评定，给予50万—200万元的贷款。金融部门对科技贷款给予优先支持，并鼓励开展科技信用担保；

2. 对科技创业企业辅导上市提供全程服务，给予上市企业200万元的中介费用补贴；

3. 科技创业企业获利之日起五年内，企业所得税区留成部分给予全额奖励。对科技创新创业人才所交纳的个人所得税前五年地方留成部分全额奖励，后五年减半奖励；

4. 对列入自主创新产品目录的产品，实行政府定制或首购首用制度，并在参加财政性资金采购招投标中给予优先采用；

5. 对技术成果入股投资的，可按不高于注册资本的70%作价入股。

紫金（新港）科技人才创业特别社区

紫金（新港）科技人才创业特别社区成立于2011年9月。位于长江二桥以东、长江以南，距市中心15公里，地处南京经济技术开发区、仙林大学城核心发展区域，规划用地面积4平方公里，规划建筑面积 380 万平方米，拥有创智科技园（ISP）、龙港科技园（TSP）、兴智科技园（VSP）、红枫科技园（MSP）等为代表的一批创新园区。

新港特区是科技部所批准的“南京新港国家高新技术产业园”，先后获得“国家创新人才培养示范基地”、“国家知识产权试点园区（电子信息产业）”、“江苏省电子信息产业基地”、“江苏省产学研协同创新基地（光电产业）”等称号，目前正在加快推进光电技术研究院、信息技术研究院平台建设，并与中科院上海光机所、剑桥大学、北京大学、南京大学、东南大学、南京邮电大学等共建了一批新兴产业创新中心、公共技术服务平台，集聚了以两院院士、中组部“千人计划”、江苏省“双创”计划、南京市“领军型科技创业人才引进计划”入选者等为代表的海内外高层次科技创业人才，一大批高科技企业迅速发展并逐步成为行业内领军企业。

产业导向：1. 光电产业：新型显示、半导体照明、太阳能光伏、先进激光、光电材料、光电装备。2. 信息产业：云计算、大数据、通讯、集成电路、软件、信息服务、移动互联、电子商务。3. 科技服务：科技金融、知识产权、创业孵化、管理咨询。

南京高新技术产业开发区

南京高新技术产业开发区是南京唯一的国家级高新区。园区规划面积 160 平方公里，拥有注册企业 2546 家，初步形成了软件、生物医药、新能源新材料三大特色产业集群。2013 年实现工业总产值 1960 亿元，GDP 442 亿元，财政收入 67.58 亿元。

园区拥有江苏首创的南京软件园、南京生物医药谷，江苏最早获批的国家级动画产业基地，全国第一个中国南京留学生创业园。园区注册企业中绝大多数为科技人才型企业，70%以上为拥有自主知识产权，高新技术产值1100亿元。现有国家级孵化器4家，累计孵化企业千余家，毕业企业400余家，其中，各类人才企业180多家。并拥有南京软件园经济发展有限公司、南京软件园科技发展有限公司、生物医药谷发展有限公司、南京紫金（高新）科技创业特别社区建设发展有限公司、北斗产业园等5个人才孵化载体平台，为软件通讯、生物医药、新能源新材料等方面的专业人才和企业发展提供平台，为项目成果转化催化加速。已引进和自主培养高新区“三创”、“紫金”、市“321”计划、省“双创”计划等各类人才500多名，汇聚国电南瑞、焦点科技等80多家国内外知名的人才科技企业。

紫金(化工园)科技人才创业特别社区

紫金（化工园）科技人才创业特别社区规划面积253公顷，已建成投用：孵化器5.7万平方米，中试基地2万平方米。即将建成：国际孵化园5.6万平方米2014年6月建成，人才公寓4.2万平方米2015年建成。在孵企业目前超过100家，毕业企业25家。

现有创新平台：“千人计划”（南京）化学化工研究院：11家研究所由“千人计划”专家领衔，研究院入选江苏省创新团队。大学科技园：与南京理工大学合作共建化工与材料科技园。战略性新兴产业创新中心：与南京师范大学共建化工园区节能减排创新中心，与南京工业大学共建南京化工环保产业创新中心。

现有公共技术服务平台：化工新材料公共技术服务平台、化工环保公共技术服务平台。现有科技金融环境：设立“科技创业特别社区建设与发展专项资金”和科技创业种子（天使）投资基金，发展科技小额贷款公司。对科技创业企业通过资本市场直接融资给予补贴。

产业导向：化工新材料：新型显示材料，新能源材料，功能材料，纳米材料，特种合成材料，高性能复合材料，新型催化剂等。生命科学：新医药（及生物医用材料），生物诊断试剂，高端生物化工产品，新型医药中间体等。节能环保：工业“三废”治理新技术，土壤和水体生态修复新技术，废弃物资源化利用新技术，工业节能新技术等。化工新技术：新型分离技术，新型反应技术，绿色化工技术，生物化工新技术等。

南京市麒麟科技创新园

南京麒麟科技创新园位于南京主城东南侧，规划总面积约 83 平方公里。园区交通顺畅通达，规划地铁 2 号线、S2 号线、10 号线、S6 号线、12 号线和有轨电车 1 号线、2 号线等与区内高速路、快速路和“七横五纵”的主干道形成便捷的区域联系通道；15 分钟可达高铁南京南站、南京火车站等铁路枢纽；30 分钟可达南京禄口国际机场和亚洲最大的内河港新生圩港。

园区以大型城市公园为核心，秉承低碳城市的建设理念，将清洁能源、节能环保、绿色建筑等低碳技术在园区广泛应用，超大规模的麒麟生态公园、滨水景观带，遍布园区的慢行系统，形成“七横五纵”的生态网架。

园区依托智慧城市产业中心和智能产业中心，立足物联网、云计算、三网融合、通信网络及文化创意等行业，重点引进和培育移动互联服务、软件和信息技术服务、智慧城市建设、智能制造装备研发及节能减排应用等市场领域的创新型企业，形成研发与总部价值链高端集聚区，建设行政服务、公共技术服务、科技金融服务、第三方服务等七大公共服务平台及孵化器、加速器、中试基地。

国内外院士、“千人计划”专家、“万人计划”专家入园注册企业后，一次性给予100万元项目发展资金；省“双创”计划人才入园注册企业后，一次性给予50万元项目发展资金。入选南京“321”引进计划的，可同时享受相关政策。根据“321”引进计划入选情况，园区将分别给予重点类项目300万元、一般类项目200万元的资金扶持。

南京江宁经济技术开发区

南京江宁经济技术开发区创办于1992年，2010年被国务院正式批准成为国家级经济技术开发区。在江苏省国家级开发区中排名前五位。2011年被中组部授予国家“海外高层次人才创新创业”基地（简称“千人计划”基地）称号，成为南京市首家国家“千人计划”基地。

南京江宁经济技术开发区距南京禄口国际机场 18 公里，紧邻亚洲最大的铁路枢纽南京南站，区里拥有三条地铁线以及十多条高速公路，已经形成了公路、铁路、港口、空港、地铁轻轨等五位一体的快速立体交通网络和物流体系。

经过二十多年的建设发展，开发区投入 300 多亿元建成了完善的基础设施和配套设施，初步形成了教育、居住、医疗、商贸、游乐等五大服务网络。多年来，开发区不断强化载体建设，精心打造了出口加工区、江苏软件园、智能电网产业基地、中国无线谷、未来网络谷、九龙湖总部基地园、空港经济枢纽区、保税物流园等产业平台。截至目前，共引进 45 个国家和地区的 2000 多个项目，其中千万美元以上项目 500 多个，世界 500 强企业有 50 家入驻，已初步形成了电子信息和汽车制造及零部件两大千亿级主导产业，智能电网、通讯与网络、材料与环保、软件和服务外包、总部及研发中心、现代物流和航空动力等一批特色产业。

自 2008 年开展人才工作以来，开发区成功引进和培育领军型科技创业人才 200 多名，其中国家“千人计划”人才 43 人，江苏省“双创”计划人才 45 人，南京“321”人才 168 名，创业人才集聚度位列全市各国家级开发区首位，全省前列。在南京市“321”引进计划扶持的基础上，江宁开发区将另外给予入选者 100—500 万元不等的发展扶持资金，企业和个人所得税的税收优惠。此外，针对在开发区入选创业类国家“千人计划”、国家“万人计划”将给与 600 万项目产业化资金，1000 平米厂房免租三年，对入选省级人才计划的创业者也有资金的奖励。

图书在版编目(CIP)数据

创者赢 /《创者赢》创作组著.—南京:江苏文艺出版社,2014

ISBN 978-7-5399-7346-3

Ⅰ.①创… Ⅱ.①创… Ⅲ.①访问记—作品集—中国—当代 Ⅳ.①I253

中国版本图书馆 CIP 数据核字(2014)第 071249 号

书　　名	创者赢
著　　者	《创者赢》创作组
责任编辑	郝　鹏　孙金荣
出版发行	凤凰出版传媒股份有限公司 江苏文艺出版社
出版社地址	南京市中央路 165 号,邮编:210009
出版社网址	http://www.jswenyi.com
经　　销	凤凰出版传媒股份有限公司
印　　刷	江苏凤凰通达印刷有限公司
开　　本	880×1260 毫米　1/32
印　　张	9.875
字　　数	210 千字
版　　次	2014 年 7 月第 1 版　2014 年 7 月第 1 次印刷
标准书号	ISBN 978-7-5399-7346-3
定　　价	39.00 元